나는 너야

마광수 소설집

나는 너야

어문학사

차례

소낙비

소낙비 가운데 내리고 싶다.
내 가슴 속 엉긴 핏덩이
쫄쫄쫄 쫄쫄쫄 씻어내리고 싶다.

무엇이 두려우냐 무엇이 서러우냐
뒤섞여 흘러가는 저 물 속에
네 고독이 오히려 자유롭지 않으냐

아아, 못생긴 이 희망, 못생긴 이 절망
밤새워 뒤척이는 숨가쁜 꿈, 꿈들,
빗줄기 속으로 씻겨져 내렸으면!

긴긴밤 보채대는 끈끈한 이 사랑,
제 미처 죽지 못해 미적이는 이 목숨,
우우우 우우우 부서져 흘렀으면!

소낙비 가운데 내리고 싶다.
내 껍질 모두 다 훨훨훨 빨가벗겨
빗줄기에 알몸으로 녹아들고 싶다.

짝사랑

내가 향희를 처음 만난 것은 1971년 여름이었다. 그때 나는 스무 살이었는데, 연세대학교 국문학과 3학년에 다니고 있었다.

중학교 때부터 나는 연극이다 문학이다 미술이다 해가며 학교 공부에 별로 신경을 쓰지 않았다. 그러다 보니 고3 때 벼락공부를 해야 했고, 중학교 영어·수학 참고서부터 새로 시작해서 기초를 다져나가야만 했다. 그런데 요행히도 연세대학교 입시에 합격할 수가 있었다.

나의 20대 시절은 정치적 격변기의 연속이었다. 그래서 나는 열여덟 살 되던 1969년 봄에 대학에 입학하고 나서부터 줄곧 시위의 열기에 휩싸일 수밖에 없었다. 대규모의 학생시위는 곧바로 '휴교 조치'로 연결되었고, 그래서 나는 대학 시절 동안 제대로 공부해본 적이 한 번도 없었다. 우리는 그때 가을마다 찾아온 긴 휴교 기간을 '가을방학'이라고 불렀다.

대학 1학년 때는 교련교육 반대 데모 때문이었고, 2학년 때와 3학년 때는 3선개헌 반대 데모 때문이었다. 그리고 4학년 가을에는 박정희가 영구 집권을 꾀한 '10월 유신'이 터져 캠퍼스의 분위기가 더 침울할 수밖에 없었다.

'10월 유신' 전까지만 하더라도 데모를 해도 경찰이 강력한 제지 방법을 쓰지 않았다. 어찌 보면 어수룩한 낭만이 있던 시절이었다. 그렇기 때문에 많은 학생들이 데모에 참여했고, 쉽게 경찰 저지선을 뚫고 교문 밖으로 진출할 수가 있었다.

겁쟁이인 나도 데모에 참가하여 공연한 울분을 터뜨린 적이 많았는데, 교지를 편집할 때 데모하는 사진을 화보로 집어넣었다가 교내에 상주해 있던 중앙정보부(지금의 국가정보원) 직원한테 실컷 야단맞고 새 사진으로 대체하여 교지를 전부 다시 제본해야 했던 적도 있었다.

하지만 어쨌든 1970년대의 대학 캠퍼스에는 낭만이 깃들어 있었다. 학생들끼리 이데올로기 문제로 다투는 일도 없었고, 오직 '민주화'와 '독재추방' 하나면 그만이었다. 우리는 그때 한국의 정치 발전에 대해 낙관적인 희망을 견지하고 있었는데, 그 까닭은 그때까지만 해도 '적(敵)'이 분명했기 때문이었다.

그때와 비교해보면 요즘은 적(敵)이 너무 분명치 않은 것 같다. 어제의 적이 오늘의 아군도 되고 어제의 아군이 오늘의 적도 된다. 그러다 보니 기회주의자나 보신주의자들만 설쳐대고, 애꿎은 모럴 테러리즘만 되풀이된다.

어쨌든 그런 1970년대의 와중에서 나의 문학적 관심은 사회·역사 등 '밖'의 문제보다는, 인간의 내면세계나 무의식 등 '안'의 문제 쪽을 지향해가고 있었다. 그렇게 된 이유는 내가 타고난 체질이 다혈질적 투쟁형이라기보다는 우울질적 회의형(懷疑型)이기 때문이었다. 나는 '안'으로만 파고들어 사랑의 본질이나 성적(性的) 무의식의 실체를 파헤치고 싶어했고, 비현실 속의 '님'을 찾아 헤매다니고 있었다.

나와 처음 만났을 때 향희는 열아홉 살이었다. 그녀는 그 당시 동숭동에 캠퍼스가 있었던 서울대 문리대에서 1학년 1학기를 마치고 휴학 중이었다. 왜 휴학을 했느냐고 나중에 물어보니까, 혹시나 하고 기대를 걸어봤던 대학 생활에 회의를 느꼈기 때문이라고 했다.

향희를 만난 건 철수 때문이었다. 철수가 가는 곳마다 늘 향희가 붙어 다녔다. 철수는 그해 5월에 향희를 알게 됐는데, 향희가 대학을 휴학하게 된 원인의 절반은 철수에게 있었다.

철수와 나는 T 고등학교에 다니던 시절에 같은 교회에 나갔고, 또 연극부에서 연극 활동을 같이 했던 관계로 둘도 없는 단짝이 되어 있었다. 그는 대학입시에 실패했지만 재수를 택하지는 않았다. 그냥 사회로 뛰어드는 편이 낫다고 생각한 모양이었다. 아니 사회라고 표현하기보다는 '연극계'라고 표현하는 것이 맞을지도 모른다.

그 당시만 해도 연극을 한다는 사실 하나만으로도 꽤 큰 보람과 사명감, 그리고 예술인으로서의 우월감과 선민의식을 느낄 수가 있었다. 먹고살기가 힘들었던 시절이라서 그런지 연극 단체도 별로 없었고, 극장도 별로 없었다. 따라서 연극 지망생 역시 드물 수밖에 없었는데, 말하자면 '연극인'이란 라벨이 꽤나 큰 희소성을 지니고 있었던 셈이다.

철수는 향희와 친해진 다음 그녀를 연극판에 끌어들였다. 향희는 철수에게 아주 푹 빠져있는 듯했다.

철수는 대학생이 못 된 것에 대한 열등감 같은 것을 겉으로는 드러내지 않았다. 그러나 그가 늘 대학교 주변에서 맴돌았던 것을 보면, 내심 대학 생활에 대한 동경을 가지고 있었던 것 같기도 하다. 그래서 그는 향희에게 '대학이 별거냐'는 식으로 휴학하도록 적극적으로 권함으로써, 자신의 열등감을 보상받으려 했는지도 모른다.

사실 철수가 대학 주변을 서성거릴 수밖에 없었던 데는 더 큰 이유가 있었다. 그때는 프랑스 청년들이 벌인 68혁명의 여파로 히피 문화와 프리섹스 문화, 그리고 전위예술운동이 판을 치던 때였다.

그리고 우리나라에서는 이른바 '청년 문화'라고 해서 청바지에 통기타, 그리고 생맥주와 장발이 유행할 때였다. 또한 거기에 곁달아 여자들의 초미니스커트와 남자들의 노출 패션이 유행했다.

그래서 대학 문화가 문화계에서 차지하고 있는 비중은 대단히 컸다. 특히나 연극의 경우에는 더욱 그래서, 우리나라에서 초연된 번역극의 대부분이 대학극으로 공연됐을 정도였다.

철수는 기존의 연극 단체에 뛰어들지 않고 자기 혼자서 연극을 해나갔다. 연극판 주변에서 떠돌고 있는 친구들이나 대학 연극반 멤버들을 연기자로 불러들여 자신의 연출로 소규모 공연을 했다. 그가 처음 연출한 작품이 공연된 곳은 그때까지는 우리가 나갔던 교회였고, 그다음 작품이 공연된 곳은 명동 YWCA 회관 안에 있던 '청개구리'라는 이름의 소극장이었다. '청개구리'는 젊은 연극인들뿐만 아니라 음악인들에게도 작품 발표의 공간을 마련해주던 곳이었다.

그때는 서구의 첨단예술이 마구잡이로 유입되던 시절이었다. 미국의 록 음악이나 컨트리 음악, 그리고 솔뮤직 같은 것이 쏟아져 들어왔다. 해프닝이니 퍼포먼스니 하는 말들이 심심찮게 사람들 입에 오르내리면서 젊은 예술인들을 겉멋에 들뜨게 했다.

그 시절 대학생들이나 예술 지망생들이 모여들던 곳은 역시 명동이었다. 지금의 명동과는 다르게 그때의 명동은 젊은이들로 물결쳤다. 철수는 '청개구리'에서의 공연에 이어 라이브 카페 '오비스 캐빈'을 낮에 빌려 사무엘 베케트의 작품을 공연하기도 했다.

그는 나하고 비슷한 체형이었는데, 대학생이 아니라서 그런지 징병검사에서 불합격 판정을 받았다. 사실 그는 군대에 안 가려고 필사적인 노력을 기울였다. 본인은 말을 안 해줬지만 아마도 계획을 세워 차근차근 몸무게를 줄여나갔거나 무슨 다른 방도를 취했던 것 같다. 그는 천성적인 히피 체질이었고 평화주의자였다. 나는 홀어머니의 외아들이라 방위 판정을 받았고, 방위병 근무는 대학원 석사 과정을 끝내고서 했다.

군 복무를 안 했기 때문에 그는 나이에 비해서는 연극 경력이 꽤 있는 편이었다. 그래서 나는 내가 회장을 맡고 있는 문과대학 연극부의 가을 공연에 그를 연출자로 초빙했다. 물론 그가 꼭 적임자였기 때문만은 아니었다.

그 당시에는 대학극의 연출을 해주거나 분장, 조명 등을 맡아주면서 밥을 벌어 먹고사는 연극인들이 상당히 많았다. 적은 액수이긴 하지만 연출료나 수고비가 나가고, 어쨌든 노는 것보다는 나았기 때문이었다. 그래서 나는 연극부원들을 설득하여 철수에게 연출을 의뢰하기로 한 것이었다.

그때 우리가 준비하고 있던 작품은 박지원 원작의 「양반전」이었고, 내가 각색과 주연을 맡고 있었다. 철수 취향에는 안 맞는 작품이었지만 그래도 그는 열심히 작업에 임해주었다.

한문소설인 「양반전」을 마당극 형식의 연극으로 꾸며본 것은 아마 그때가 처음이지 않나 싶다. 그 뒤로는 「양반전」이 TV 드라마나 마당극, 창극 등으로 여러 번 극화되었지만, 당시로서는 새롭고 야심 찬 기획이었다.

번역극 일변도에서 벗어나 우리의 고전을 한번 무대 위에 올려보자는 게 우리의 의도였고, 또한 고전의 현대화를 핑계 삼아 당시의 암담한 정치 상황을 시니컬하게 풍자해보려는 야심도 담고 있었다. 또 그 당시 서구 풍조를 무분별하게 따라가는 데 대한 반성의 기운이 일어나, 대학가에서 탈춤이나 농악이 차츰 인기를 끌고 있었기 때문이기도 했다.

철수와 같이 연극을 시작했을 때 향희를 처음 본 것은 물론 아니었다. 그 이전에도 철수는 이따금 나와 만날 때마다 향희를 데리고 나왔었다. 그런데 「양반전」 연습을 시작하게 되면서부터 나는 향희와 매일 맞닥뜨리게 된 것이었다. 향희는 분장과 의상을 도와주기로 되어 있었다.

사실 내가 철수의 소개 없이 향희를 진짜로 처음 본 것은 그해 이른 봄 명동의 '심지' 다방에서였다.

어느 토요일 오후 나는 같은 과 친구와 함께 심지 다방에 앉아 잡담을 나누고 있었다. 그런데 맞은편 구석 자리에서 남녀 한 쌍이 서로 엉겨 붙어 앉아 있는 게 보였다. 그때 나는 그 여자의 인상이 너무나 강렬해서 눈을 뗄 수가 없었다.

여자의 얼굴은 얄미우리만치 예쁜 미모였다. 앞가르마를 탄 긴 생머리를 늘어뜨리고 있었는데, 얼굴이 갸름하고 조막만 해서 아주 잘 어울렸다. 눈빛은 너무나 그윽했다. 멀리 허공을 응시하고 있는 것 같은 독특한 눈초리였다. 세상의 눈(眼)이란 눈이 다 한데 모여 있는 것 같았다.

한국에서는 미니스커트가 한창 유행하고 서양에서는 발목까지 덮는 긴 치마가 막 등장했던 시절이었는데, 그녀는 대담하게도 잡지책에서나 봤던 그 '맥시스커트'를 입고 있었다. 파스텔 색조의 베이지색 바탕에 자잘한 꽃무늬가 들어가 있는 좁은 타이트스커트였다.

상의로는 수축성 있게 몸에 착 달라붙는 니트 블라우스를 걸치고 있었는데, 가슴을 깊게 파 긴 목이 더욱 날씬해 보였다. 얼굴의 피부색이 너무 희고 고왔다. 얇게 가로 퍼진 입술과 오뚝한 콧날이 창백한 음영(陰影)을 만들어내어, 그녀를 마치 안개꽃처럼 보이게 했다.

두 남녀는 말은 한마디도 하지 않고 계속 붙어 앉아만 있었다. 남자의 손은 여자의 불두덩 언저리를 오르내리고 있었고, 여자의 머리는 남자의 어깨 위에 찰싹 기대어져 있었다.

아무리 그때가 히피 문화 시절이었다고는 해도, 다방에서 대낮에 남녀가 찰싹 달라붙어 앉아 애무를 하고 있는 것은 대담한 풍경일 수밖에 없었다. 하지만 두 사람이 결코 추해 보이지는 않았다.

남자의 머리는 어깨까지 내려오는 단발형의 장발이었다. 나는 용기가 없어 머리를 길게 길러본 적이 없었다. 그래서 그런지 그 사내가 무척이나 우러러보이고 또 부럽기도 했다.

그 뒤로 나는 그 여자의 인상을 머릿속에서 지워버릴 수가 없었다. 그러던 중 그해 여름에 철수를 만났을 때, 나는 다시금 그 여자, 즉 향희와 마주치게 된 것이었다.

철수는 그러니까 향희의 두 번째 남자인 셈이었다. 그전에 심지 다방에서 봤던 남자는 향희가 대학에 입학해서 처음으로 사귄 남자였다. 같은 대학에서 미술을 전공하고 있는 선배라고 했다.

철수는 그 남자로부터 향희를 떼어내는 데 성공했고, 향희는 금세 철수의 여자가 되었다. 처음 만난 남자는 대학생이 됐다는 기쁨에 들떠 입학하자마자 멋모르고 사귄 남자였기에, 사랑이고 뭐고 따질 겨를조차 없었다는 게 나중에 향희가 해준 말이었다.

그날 이후로 내 마음은 끙끙 몸살을 앓기 시작했다. 철수와 만날 때마다 심장이 쿵쾅거렸다. 그의 곁에 붙어 앉아 있는 향희와 눈이 마주칠 때마다 나는 애써 어색한 표정을 감추느라 쩔쩔맬 수밖에 없었다.

나는 향희를 볼 때마다 안톤 체호프의 소설 『귀여운 여인』에 나오는 올렌카나 서머셋 모음의 소설 『과자와 맥주』에 나오는 로지가 연상되었다. 올렌카나 로지는 주책없어 보일 정도로 사랑이 헤픈 여자고 또 말도 많이 하는 여자로 되어 있어 향희와는 많이 다르다. 하지만 빼어난 미인이면서도 남자의 손길에 너그럽고 어떤 남자에게나 누이같이 따뜻한 느낌을 준다는 점에서 올렌카와 로지는 향희와 많이 닮아 있었다.

연극 연습이 시작되면서, 나는 향희와 매일 저녁 만나는 것이 그렇게 고통스러울 수가 없었다. 어찌 보면 내가 철수를 연출자로 끌어들인 진짜 이유는 향희 때문인지도 모른다. 그렇게 해서라도 나는 향희 곁에 머물고 싶었던 것이다. 그런데도 나는 향희를 볼 때마다 온몸이 뻣뻣하게 굳어지기만 했다. 그래서 연기도 제대로 나와 주지를 않았다.

철수와 향희는 연극부원들과 함께 있을 때도 항상 스스럼이 없었다. 휴식시간이 되면 향희는 언제나 철수 곁에 찰싹 들러붙어 있었고, 이따금 그녀는 손으로 철수의 사타구니를 문지르기까지 했다. 그렇지만 두 사람이 이야기를 나누는 적은 별로 없었다.

연습 도중에도 향희는 석고상처럼 그저 가만히 앉아만 있었다. 특별히 눈에 띄는 점이 있다면 가끔씩 담배를 피워 무는 일이었다. 그 당시만 해도 여대생이 여러 사람들이 모여 있는 곳에서 담배를 피우는 것은 금기사항처럼 되어 있었다. 말수가 적고 조용하기만 한 그녀가 거리낌 없이 담배를 입에 물고 피운다는 사실은, 우리 학교 연극부원들에겐 충격으로 다가왔다.

그렇지만 그녀가 천하거나 건방져 보이지는 않았고, 오히려 세련된 멋이 몸에 배어 있는 것처럼 보였다. 공연이 임박해질 무렵에 가서는, 내 상대역을 맡았던 못생긴 미자가 질투심을 제쳐놓고 그만 향희의 열렬한 팬이 돼버렸을 정도였다. 전형적인 모범생이었던 미자는, 같은 여자인데도 불구하고 향희에게서 풍겨 나오는 그윽한 성적 매력에 반해버렸다고 내게 털어놨다.

그때는 야간 통행금지가 있던 시절이어서 연습이 끝난 뒤에도 느긋하게 술을 마실 수가 없었다. 학교 앞 선술집에 가서 막걸리를 급하게 서너 사발 들이켜는 것이 고작이었다. 시간이 아까웠기 때문에 다들 얘기를 많이 했다.

그런 시간에도 향희는 거의 말이 없었다. 그렇다고 해서 다른 대학 학생들과 어울린다는 것을 어색해하는 눈치도 아니었다. 언제나 편안한 얼굴로, 어찌 보면 흡사 백치에 가까운 눈빛으로 철수의 옆자리에 조용히 앉아 있기만 하는 것이었다. 철수의 어깨에 머리를 기대거나 옅은 애무를 주고받을 때 말고는, 항상 허리를 꼿꼿이 세운 자세로 반듯이 앉아 마치 인형처럼 조용히, 그러나 정성스러운 표정으로 다른 사람들 이야기에 귀를 기울이곤 했다.

철수는 달변은 아니었다. 하지만 언제나 현학적이면서 예술적 열정에 가득 찬 이야기들이 입에서 쉼 없이 쏟아져 나왔다. 그는 향희에 대해 전혀 신경을 쓰고 있지 않은 것처럼 행동했다. 그래서 향희는 완전히 그의 소유물처럼 보였다. 그것이 나는 그렇게 부러울 수가 없었다.

연극 공연은 한 회로 중단되었다. 정보부원들이 학교 안에서 설치던 시절이어서 정치풍자극은 용납이 되지 않았다. 공연이 중도에 끝장났는데도 나는 연극 걱정보다는 향희 생각에만 골몰해 있었다. 앞으로는 향희를 매일 보기 어렵다는 생각에 나는 멍청한 정신 상태로 있을 수밖에 없었다.

연습 막판에 가서는 향회와 조금씩 이야기도 나누고 적당히 인사도 주고받을 수 있는 사이로 발전하긴 했다. 하지만 그녀와 이야기를 할 때는 역시 떨리기만 했고, 친구의 애인이라 거리감이 있었다.

그전에도 물론 여자를 사귀어보긴 했지만 향회처럼 내 얼을 쏙 뽑아놓은 여자는 없었다. 허전한 마음 때문에 허겁지겁 사랑의 환상 속으로 빨려들어 갔을 뿐이었다. 하지만 향회를 보면 볼수록, 나는 전 생애에 걸쳐 그녀를 짝사랑하게 될 것만 같은 예감에 가슴을 떨게 되었다. 나는 매일 밤 그녀 생각에 잠 못 이루었고, 하필이면 그녀가 내 앞에 친구의 애인 자격으로 나타난 얄궂은 상황을 저주했다.

그때 나는 거의 발광 직전의 심리상태를 체험했었다. 말하자면 상사병이 들어도 단단히 들었던 것이다.

그래서 나는 향회가 한시바삐 내 눈 밖으로 벗어나 주기를 바랐다. 다시는 철수하고 만나지도 않고 그녀를 그리워하지도 않겠다고 마음먹어보기도 했다. 그렇지만 내가 마음먹은 대로 상황이 돌아가 주지를 않았다.

연극이 끝난 뒤 철수는 연극부 친구 몇몇과 서로 의기투합하는 사이가 되어버렸다. 특히 성호와 아주 친해졌다.

성호는 그때 집에서 나올 궁리를 하던 중이었다. 그는 아버지와 사이가 좋지 않았다. 그래서 그는 어머니를 졸라 적은 자본금을 마련해 학교 앞에다 작은 사진 가게를 차렸다. 정식으로 사진을 찍어

주는 곳이 아니라 카메라 사진을 현상·인화만 해주는 일종의 대리점이었다.

그러면서 성호는 가게 옆에 딸린 방에서 자취를 했다. 그러니 철수나 내가 거기서 죽치고 앉아 있게 되는 날이 자연히 많아질 수밖에 없었다.

디피점(DP店)의 이름은 '미리내'였다. 은하수라는 뜻의 옛 우리말이었다. 사진 가게치고는 너무나 우스꽝스럽게 멋을 부린 상호였다. 사진기도 귀하고 디피점도 드물던 시절이어서 그런 상호가 가능했던 것이다.

그때만 해도 내가 다니던 연세대학교 앞 거리에는 빌딩이 많지 않았고 카페나 다방도 별로 없었다. 올망졸망한 단층집들이 길가에 늘어서 있었는데, 그중의 하나가 '미리내'였다. 미리내가 은하수의 옛말이라는 걸 아는 손님이 거의 없어서, "돈을 미리 내야 한다는 말입니까?" 하고 물어오는 경우가 많았다.

성호는 처음에 술집을 할까도 생각해보았다. 그러나 술집을 하려면 바쁘게 움직여야 하고 바지런을 떨어야만 했다. 천성이 게으르고 느긋한 성호로서는 엄두가 안 나는 일이었다. 그런데 디피점은 손님들한테서 주문을 받아서 그걸 본사로 가져가 인화해 와서 중간 이윤만 챙기면 되기 때문에, 한가롭게 가게를 꾸려나갈 수 있었다.

그때 성호는 혜경이라는 여자와 연애 중이었다. 혜경은 그래서 하루 종일 가게에 붙어 있다시피 하며 안주인 노릇을 했다.

저녁마다 '미리내'에 죽치고 앉아 술타령을 했던 단골손님은 나와 철수, 그리고 같이 연극을 했던 창훈이었다. 거기에 철수의 애인 향희와 성호의 애인 혜경이가 늘 끼어 있기 마련이었다.

향희가 입을 좀 활발하게 떼는 순간은 술이 들어갔을 때뿐이었다. 그래서 나도 '미리내'에서 한두 달 같이 저녁나절을 보내게 됐을 때쯤 해서, 역시 술기운을 빌려 그만하면 덜덜덜 떨지 않고 향희와 자유롭게 말을 나눌 수 있을 정도까지는 됐다.

하지만 내 입에서 튀어나오는 얘기들은 왠지 어색한 화제들뿐이었고 어조 또한 퉁명스러웠다. 그때쯤 해서 나는 향희에게 바치는 짝사랑에 지칠 대로 지쳐버린 상태였기 때문에, 어떻게 해서라도 향희의 단점을 발견해내려고 애쓰고 있었다.

어느 날엔가 같이 술자리를 했을 때 벌어졌던 일이 기억난다. 나는 술에 만취한 상태로 그녀한테 어거지로 시비를 걸었다.

"향희 씨, 당신은 너무 건방진 여자야!"

그러자 향희는 무표정한 얼굴로 내 말을 받았다.

"왜요? 광서 씨 갑자기 왜 그러세요?"

"향희 씨는 남자를 너무 무심하게 대한단 말야. 그래서 약이 바싹바싹 오르게 해. 난 당신을 보면 거북해 죽겠는데 당신은 너무 태연하고 편안한 얼굴을 하고 있어."

그때만 해도 대학생들이 이름 끝에 무조건 '씨' 자를 붙여 부르던 촌스러운 시절이었다.

"그게 뭐가 나빠요? 오늘 광서 씨가 많이 취하셨나 봐요."

향희는 별일 아니라는 듯 무심한 어조로 내 말을 받았다. 하지만 그녀의 어조엔 어딘지 모르게 따스한 기운이 배어 있었다. 철수는 그때 향희 곁에 앉아 눈을 감고 음악에 취해 있었다. 성호가 좋아서 매일같이 틀었던 뮤지컬 「Jesus christ super star」였는데, 마침 유명한 삽입곡 「I don't know how to love him」이 흘러나오고 있었다.

"나도 모르겠어. 아무튼 향희 씨를 보면 이상하게 기분이 불쾌해지고 속이 부글거려 와."

내가 한 말은 하나도 거짓말이 아니었다. 확실히 술은 사람을 솔직하게 만들어주는 모양이었다.

그때 나는 향희에게 완전히 지쳐 있었다. 그래서 저녁때마다 저절로 '미리내'로 향하는 발걸음을 억제하느라 애쓰는 일이 많았다. 그러다가 결국은 관성의 법칙에 떠밀려 미적미적 '미리내'로 가게 되는 것이었다.

그때 '미리내'에 철수와 향희가 같이 앉아 있는 걸 보면 또다시 내 마음속에서 야릇한 희비(喜悲)가 엇갈리게 된다. 향희를 손쉽게 만나볼 수 있다는 사실이 나를 한없이 헛갈리게 만들었고, 또 기진맥진하게도 만들었다.

그날의 술자리에서 향희와 나는 꽤 거세게 다투었다. 처음에 향희는 내 말을 대수롭지 않게 받아넘기더니 내가 계속 욕지거리를 해대자 끝내 성을 내고 말았다.

결국 창훈이와 성호가 뜯어말려 향희의 마음을 겨우 가라앉힐 수 있었다. 철수는 시종일관 향희 곁에서 멍한 표정으로 앉아 있기만 했다.

그때 나는 향희에게 시비를 건 게 아니라 나 자신에게 시비를 건 것이었고, 나 스스로 푸념 섞인 화풀이를 한 셈이었다. 그런데 향희가 그런 내 속사정을 몰라주고 진짜 화를 내면서 말싸움으로 대응해왔다는 사실이 몹시 서글펐다. 그렇지만 다시 생각해보니 그녀가 보여준 단순성이 너무나 사랑스럽게 느껴졌다. 어쨌든 이래도 저래도 향희는 그저 예쁘게만 보였다.

그날 밤 나는 집으로 돌아와 누가 들을까 봐 이불을 뒤집어쓰고 누워 큰 소리로 울었다.

그런 식으로 다시 1년이 지나갔고 나와 성호, 그리고 창훈은 졸업을 했다. 졸업을 전후해서 '미리내'도 문을 닫았다. 매일같이 술만 마셔댔으니 장사가 됐을 리 없다. 성호는 한참 놀다가 고등학교 선생으로 취직했고, 창훈이도 작은 무역회사에 취직했다. 그리고 나는 대학원 석사과정에 진학했고 철수는 계속 연극을 했다.

철수는 여전히 거지 신세였다. 그래서 그를 만날 때마다 술값을 내는 건 언제나 나였다. 내가 고등학생들에게 과외 지도를 해주고 용돈을 꽤 벌었기 때문이었다.

향희는 휴학한 지 2년 만에 다시 1학년 2학기로 복학했다. 아무래도 무료하고 심심했던 모양이었다.

철수를 따라다니며 계속 연극 활동만 하기에는 향희의 성격이 너무 야무졌다. 철수가 철저한 히피요 보헤미안 기질이었던 데 비해서, 향희는 어딘가 모르게 논리적이고 이지적인 면이 많았다. 그건 내가 마음 편하게 향희와 이야기를 나눌 수 있게 되면서 알게 된 사실이었다.

그녀는 지적(知的) 호기심이 강했다. 자세히 뜯어보면 볼수록 백치형에 가까운 관능적인 얼굴인데도, 그녀의 내면에는 무척이나 냉철한 기운이 감돌고 있었다. 그러면서도 유별나게 동정심과 연민의 정이 강했다. 그게 바로 향희의 매력이었다.

향희의 전공은 미학(美學)이었다. 그래서 그런지 여러 예술 장르에 대해 다 알고 싶어 했다. 철수를 만나 연애 비슷한 것을 하게 된 것도, 철수가 장광설로 떠들어대던 전위예술 이론이나 연극 이론에 빨려 들어갔기 때문인 것 같았다.

그녀는 나이가 자기보다 네다섯 살 이상 연상인 남자에 대해서는 이상하다 싶으리만치 강한 신뢰감을 갖고 있었다. 말하자면 그녀는 뭐든지 책보다는 사람을 통해서 배우고 싶어 했다. 초등학교 이후로 학과 성적은 좋았지만 그런 것은 다 겉핥기식 암기 실력에 불과할 뿐, 진짜 공부, 말하자면 인생관이나 세계관에 있어서는 자기가 아주 무지한 상태에 있다고 생각하고 있는 모양이었다.

하긴 나도 대학에 들어간 뒤 향희처럼 학습 욕구에 불탔던 시절이 있긴 있었다. 그러나 금세 피곤해졌다. 그래서 이성으로 하는 공부보다는 감성으로 하는 문학 창작에 몰두했던 것인데, 향희는 원래부터 공부 체질을 타고난 것 같았다.

그래서 그녀는 자기는 별로 말을 하지 않고 주로 남의 얘기를 듣는 편이었다. 가끔씩 내가 억지로 유식(有識) 자랑을 해가며 장광설이라도 펼치게 되면, 그녀의 눈동자가 한결 윤기 있게 반짝거리는 것을 볼 수 있었다. 그녀에게는 사랑이나 성(性) 역시 학습 욕구의 대상에 불과한 것 같아 보였다.

향희와 철수의 관계는 이상하게도 계속 끈질기게 이어졌다. 나는 은근히 마음속으로 두 사람의 관계가 빨리 끝나버리기를 고대하고 있었다. 아무리 생각해봐도 철수보다는 내가 더 똑똑하고 잘난 놈으로 보였다. 철수한테는 향희가 너무 과분한 존재 같았다. 철수가 대학을 다니지 못했다는 사실이 그런 생각을 더욱 부채질했는지도 모른다.

철수와 내가 따로 활동하게 되면서 그를 만나는 일이 차츰 줄어들었다. 그래서 향희를 보는 기회도 자연히 뜸해질 수밖에 없었다.

나는 이런저런 일로 몸을 바쁘게 움직여 애써 향희를 잊어보려고 노력했고, 다른 여자를 사귀어보기도 했다. 그렇지만 내가 꽤 오랫동안 향희를 만날 기회가 없어 그녀를 완전히 단념했다 싶을라치면, 마치 나를 약 올리려고 작정이라도 한 듯 그녀는 어김없이 내 앞에 나타나곤 하는 것이었다. 물론 향희 곁에는 늘 철수가 붙어 있었다.

그 당시의 서울은 지금보다 훨씬 좁았다. 강남이 개발되기 이전이어서 분위기 있는 유흥가라야 명동 아니면 무교동, 종로 2가뿐이었고, 젊은 사람들은 아무래도 종로 2가나 무교동보다는 명동에서 소일하게 마련이었다. '심지'다방이나 '훈목'다방, '코지 코너(cozy corner)'나 '카페 떼아뜨르(cafe theatre)' 같은 곳은 풋내기 예술가나 멋을 좀 부린다는 젊은이들이 진을 치고 앉아 있는 곳이었다. 그래서 약속을 하지 않아도 우연히 부딪히게 되는 경우가 많았다.

향희는 빠른 속도로 변신을 거듭해갔다. 갑자기 옷과 화장이 요란해졌다가 급격히 수수한 스타일로 바뀌곤 했다. 그녀가 막연한 불안감 때문에 괴로워하고 있고, 또 답답한 한국 사회에 짜증스러워하고 있다는 것을 짐작할 수 있었다. 그러다가 향희는 대학을 졸업할 때까지 대체로 야하고 실험적인 화장과 관능적인 옷차림으로 일관했다. 하지만 결코 비싸고 사치스러운 옷은 아니었다.

멀리서 그렇게 향희를 지켜보던 중에 내가 철수에게 미칠 듯한 질투심과 증오심을 결정적으로 품게 만든 사건이 일어났다. 철수와 못 만난 지 석 달 가까이나 됐던 어느 날의 일이었다.

집에 돌아와 보니 철수가 속달로 보낸 편지가 한 통 배달돼 있었다. 나는 전화를 하면 될 텐데 웬일로 편지를 다 보냈을까 하고 생각하며 봉투를 뜯었다. 편지의 내용은 의외로 간단했다.

"광서야. 큰일 났다. 향희가 아이를 가졌어. 돈이 필요해. 제발 도와다오. 이왕이면 좋은 병원에서 수술을 받게 하고 싶어서 그런다. 너만 믿는다."

철수와 나는 서로 친하게 지냈지만 그때까지 돈거래 같은 것을 해본 적은 없었다. 또 우리 둘 다 돈이 넉넉한 편이 못 되었다. 그래서 그는 돈을 꿔달라고 직접 만나서 부탁하기가 겸연쩍었던 것 같다.

그래도 나는 그때 과외 교사 일로 정기적인 수입이 있었다. 그러나 철수는 집안이 넉넉지 못한 데다 수입도 별로 없어 다급했던 모양이었다.

나는 철수의 편지를 읽고 나서 가슴이 철커덩 내려앉았다. 숨이 멎는 것 같았다. 심장을 바늘로 콕콕 찔리는 것처럼 가슴이 따끔거려왔다.

물론 전부터 두 사람이 육체 관계를 갖고 있다는 것을 눈치채긴 했었다. 하지만 철수의 편지를 통해 내 눈으로 그걸 직접 확인하는 순간, 나는 정신을 차릴 수가 없었다. 당장에라도 향희에게 달려가 실컷 때려주기라도 하고 싶었다. 배신당한 느낌이었다.

그런 우스꽝스러운 감정에 빠져든 것은, 그동안 내가 향희를 흡사 거룩한 성녀(聖女)처럼 사모해왔기 때문인지도 몰랐다. 나는 처녀성이니 처녀막이니 하는 것 따위에 절대적 가치를 매기는 고루한 도덕주의자는 아니었다. 그런데도 나는 뭐라고 딱 꼬집어 표현할 수 없는 야릇한 심정에 사로잡힐 수밖에 없었는데, 나중에 생각해보니 그건 결국 열등감과 질투심 때문이었다.

아무튼 나는 다음 날 철수를 만나 돈을 건네줬고, 그는 고맙다는 말도 없이 어디론가 달려가 버렸다.

그런 일이 있은 뒤부터 나는 될 수 있는 대로 철수를 만나지 않으려고 노력했다. 철수도 연락을 해오지 않았다. 그러고 보니 그때 내가 꾸어준 돈을 지금까지 받지 못했다. 철수가 셈이 흐린 성격이라서가 아니라 돈에 무심한 성격이기 때문일 것이다.

나는 더욱더 습작에 매달렸다. 소설보다는 시에 집중했고, 대학원 공부도 재미는 없지만 성의를 내보려고 노력했다. 그러다 보니 향희 생각으로부터 어느 정도 해방되는 것도 같았다. 명동에 나가도 철수와 향희를 만나게 되는 일이 드물기 때문이기도 했다. 그렇게 다시 1년 남짓한 시간이 지나갔다.

그러던 중 철수와 향희 사이가 약간 뜨악해졌다는 소식이 들려왔다. 그게 정말이라면 아무래도 인공 유산을 시킨 것이 향희에게 어떤 정신적 충격으로 작용하지 않았나 싶었다.

향희는 이제 대학 3학년을 마치고 4학년으로 올라가 있었다. 만약 휴학을 하지 않았더라면 벌써 졸업을 했을 터였다. 나는 그동안 향희의 사고방식이 어떻게 변했는지 궁금했다. 내 대학 시절 체험으로 보아, 대학 생활 1년은 사람의 생각을 엄청나게 바꿔줄 수도 있기 때문이었다. 그래서 어쩌면 향희가 이젠 히피 예술가인 철수로부터 완전히 벗어났을지도 모른다는 생각을 해보게도 되는 것이었다. 그런 생각은 가끔가다 미련스러운 확신으로 가슴에 밀려왔다. 나는 그때까지도 향희를 여전히 못 잊어 하고 있었던 것이다.

하지만 나는 용기가 없었다. 또 향희의 전화번호도 주소도 몰랐다. 그녀가 다니는 학교로 찾아가기엔 내 성격이 너무나 우유부단하고 소심했다. 그래서 나는 그저 혹시라도 명동 어디선가 향희와 우연히 마주치기만을 고대하고 있었다. 그러나 그녀는 아예 명동에 발을 끊었는지 도무지 자취를 보여주지 않았다.

나는 답답한 심정으로 시간을 죽여 나가고 있었다. 향희를 먼발치에서라도 못 보게 되니까, 그녀를 단념하게 되기는커녕 안쓰러운 그리움이 나를 더 옥죄어왔다.

그러다가 내가 그녀와 다시 마주치게 된 것은 그 이듬해 3월, 그러니까 향희가 대학을 졸업한 직후였다.

그날 저녁 나는 삼일로 '창고극장'에서 공연된 아라발 원작의 연극 「세발자전거」 종연(終演) 파티에 축하객으로 참석하고 있었다. 장소는 창고극장에 붙어 있는 '섬'이란 이름의 허름한 카페였다.

거기서 나는 뜻밖에도 향희를 만나볼 수 있었다. 그녀의 모습은 다시 옛날로 돌아가 더 어리고 청초해져 있었다. 머리를 전보다 짧게 잘라 파마를 하고, 립스틱을 엷게 바른 것 이외에는 화장을 거의 하지 않고 있었다. 옷도 평범한 차림이었다.

나는 향희의 얼굴을 보는 순간 무언가 불길한 예감에 사로잡혔다. 내가 다시금 상사병의 고열(高熱) 상태로 빠져들게 되지 않나 싶었다. 가슴이 철렁 내려앉는 느낌과 함께, 내가 여전히 그녀한테 지독히 사로잡혀 있다는 사실을 직감적으로 확인할 수 있었다.

파티 중간쯤에 이르러 철수가 나타났다. 철수는 연출자인 C선배와 절친한 사이였으므로, 그렇지 않아도 그가 왜 안 보이는지 궁금해하고 있던 참이었다.

그가 나타나리라고 예감하긴 했지만 막상 철수를 대하고 보니 서먹서먹한 거리감이 느껴졌다. 동시에 나는 철수와 향희가 서로 어떤 식으로 대하는지 몹시 궁금해져서, 신경을 온통 그쪽으로 집중할 수밖에 없었다.

철수와 향희는 오래된 친구 사이처럼 스스럼없이 대하긴 하는데, 자세히 관찰해보니 이젠 확실히 연인 사이는 아닌 것 같았다. 서로 드러나게 어색해하지는 않았지만 예전처럼 들러붙어 있지는 않았다. 그래서 나는 가슴속에서 새롭게 솟구쳐 오르는 전의(戰意)를 감지함과 동시에, 막연하나마 어떤 희망을 품게 되었다.

술잔이 오가고 사람들이 들락날락하면서 이쪽저쪽으로 자리를 옮겨 앉다 보니, 어느 틈에 나는 향희와 마주 보고 앉게 되었다. 오랜만에 향희와 마주 앉아 있으려니 정말로 감개무량했다. 하지만 나는 그녀의 얼굴을 똑바로 쳐다볼 수 없었고, 그저 술잔만 자꾸 입으로 가져가게 되었다. 한동안 어색한 침묵이 계속되었다.

"그동안 어떻게 지내셨어요, 광서 씨?"

침묵을 견디다 못해 향희가 먼저 말을 꺼냈다. 나는 급하게 마신 술 때문에 정신이 마비된 상태였다. 그래서 불쑥 속마음이 튀어나오고 말았다.

"당신이 너무나 보고 싶었어. 나는 당신을 미칠 듯이 사랑해왔단 말야."

말을 마치고 나서 나는 자리에서 벌떡 일어나 그녀 옆으로 갔다. 그러고는 그녀의 입술에 정신없이 축축한 키스를 퍼부었다.

향희는 별로 놀라거나 창피해하지 않고 내 키스를 받아주었다. 그런 다음 한참 동안 내 얼굴을 물끄러미 바라보다가 이렇게 말했다.

"그땐 정말 고마웠어요. 그 돈 정말 요긴하게 썼어요."

오랜만에 만나서, 그리고 키스까지 받고 나서 기껏 한다는 소리가 고작 아이를 유산시킬 돈을 빌려줘서 고맙다는 얘기라니…… 나는 술이 번쩍 깨면서 당장에라도 향희를 한 대 갈겨주고 싶은 충동을 느꼈다.

어처구니없는 절망감과 패배감이 나를 엄습해왔다. 향희가 너무나 뻔뻔스러운 여자로 보였다. 그러나 가빠오는 호흡을 진정시키고서 담담한 표정의 향희를 바라보고 있노라니, 그녀가 혼전순결이니 뭐니 하는 구태의연한 도덕률로부터 완전히 초탈한 성녀 같다는 생각이 밀려오는 것이었다. 그건 상대방의 모든 면을 오로지 아름답게만 보려고 노력하는 미련스러운 짝사랑의 심리 때문만은 아니었다.

지적(知的) 노동에 종사하는 남자들일수록, 고급스러운 창녀의 이미지를 가진 여자한테 매력을 느끼게 된다. 그래서 도스토옙스키는 『죄와 벌』에서 여주인공 소냐를 「성경」에 나오는 고결한 창녀 막달라 마리아의 이미지로 형상화시켰다. 또 아나톨 프랑스라는 작가도 『무희(舞姫) 타이스』라는 소설에서, 고급 창녀 타이스에게 반하여 스스로 수도생활을 포기하고 마는 성직자의 얘기를 그려냈다. 뒤마 피스의 소설 『춘희(椿姬)』나 아베 프레보의 소설 『마농 레스코 (Manon Lescaut)』의 경우도 마찬가지다.

왜 그럴까, 현실의 상투적 윤리에서 오는 압박감으로부터 벗어 나고 싶어하는 작가의 일탈 욕구가 그런 류의 여인상을 창조해내게 끔 한 것은 아닐까.

나는 향희가 철수의 아기를 가졌다는 사실을 알았던 순간 묘한 배신감과 허탈감을 경험했었다. 그래서 될 수 있는 한 향희를 잊어 버리려고 노력했다. 그렇지만 향희의 입에서 자신의 과거 행적을 당 당하게 인정하는 투의 발언이 흘러나오는 것을 듣게 되자, 그녀를 향한 숭경심(崇敬心) 섞인 애모의 정이 더욱 야릇한 파장을 그리며 내 전신을 서서히 강타하고 지나가는 것이었다. 어찌 됐든 나는 향 희로부터 도저히 벗어날 수 없는 숙명을 타고난 존재라는 생각이 들 었고, 향희가 더욱 신비스러운 여인으로 느껴졌다.

하지만 그래서 나는 더욱더 침울한 기분에 빠져들 수밖에 없었 다. 그녀가 내 수준으로는 감당하기 어려운 여자라는 생각이 동시에 밀려왔기 때문이었다. 그러면서 나를 그저 가까운 선배 대하는 식으 로 심상하게 대해주고 있는 그녀가 몹시도 야속하게 생각되었다.

한동안 술만 더 들이켜다가 나는 참다못해 향희에게 물었다.

"도대체 철수와는 어떻게 된 거요? 끝난 거요. 안 끝난 거요?"

"……그저 그런 사이로 지내요. 완전히 끝났다는 말을 남녀관계에서 어떻게 함부로 쓸 수 있겠어요? 아니 그건 남녀관계만이 아니라 모든 인간관계에도 다 해당되는 얘기겠지만요."

나는 자꾸 향희의 페이스에 말려 들어가고 있는 것만 같아 불안하고 초조한 기분이 들었다. 그동안에 향희는 너무나 어른스러워져 있었다. 나이는 나보다 네 살 아래지만 꼭 누나뻘쯤 되는 여자를 상대하고 있는 것 같은 느낌이었다.

그 이후로 나는 내내 참담하리만치 움츠러든 나 자신을 절감하면서, 술자리가 파할 때까지 자학적으로 술을 퍼마실 수밖에 없었다.

그날 밤 나는 술에 곤드레가 된 채 집에 돌아와 오랫동안 부대꼈다. 인사불성이 될 정도로 많이 마신 술 때문에 밤새도록 토하고 또 토하기를 반복했다. 볼썽사납게 향희가 보는 앞에서 토하지 않은 것만도 다행이었다.

아침결에 간신히 눈을 떠 정신을 가다듬어보니 어젯밤에 있었던 일들이 까마득한 옛일처럼 생각되었다. 내가 향희에게 무슨 얘길 했는지조차 잘 기억이 나지 않았다. 처음 부분은 질금질금 기억이 되살아나는데, 나중 부분에 가서는 완전히 필름이 끊겨 있었다.

내가 뭐라고 더 횡설수설 떠벌여대며 치기(稚氣) 어린 추태를 연출한 것도 같았다. 비틀거리는 나를 철수가 택시에 태워준 것이 희미하게 기억났다. 그렇지만 내가 향희에게 무슨 얘기를 했고 어떤 행동을 했는지는 아무리 기억을 되살려보려 해도 생각이 나지 않았다. 창피스럽고 자존심 상하는 짓을 했기 때문에, 내 잠재의식이 기억을 서둘러 은폐시켜버렸는지도 모를 일이었다.

다시 또 잠이 밀려왔다. 한잠 더 푹 자고 자니까 비로소 컨디션이 정상으로 돌아왔다.

어디 전화할 데가 있어 양복 안주머니에서 수첩을 꺼내 전화번호를 찾아보고 있는데, 맨 끄트머리에 향희의 주소와 전화번호가 적혀있는 게 눈에 띄었다. 내 글씨가 아닌 걸 보니 향희가 직접 써넣은 게 분명했다. 내가 그녀한테 주소와 전화번호를 적어달라고 부탁했던 모양이다.

양복 바깥 주머니에는 전리품이 또 하나 들어 있었다. 향희가 달고 있던 귀고리 한 짝이었다. 향희는 내가 그녀를 처음 봤을 때부터 귀고리를 꼭 하고 다녔다. 귀고리가 귀하던 시절이라서 나는 그녀가 화장을 안 할 때도 귀고리만은 반드시 다는 습관을 흥미롭게 지켜보았었다.

주머니에서 꺼낸 귀고리는 요즘 흔히 볼 수 있는 커다랗고 화려한 디자인으로 된 게 아니라 직경 5센티미터쯤 되는 단순한 둥근 모양의 금도금 귀고리였다. 귀를 뚫고 끼우도록 만들어진 게 아니라 압착식으로 귓불에 끼우도록 만들어져 있었다. 그래서 아마 쉽게 떨어져 나올 수 있었던 모양이었다.

그런데 그게 왜 하필이면 한 짝만 내 호주머니 속에 들어 있는 것일까. 내가 일부러 잡아채 떼어내 가지고 호주머니 속에 집어넣은 것일까……

나는 귀고리를 한참 동안 물끄러미 바라보며 생각에 잠겼다. 향희가 내게 일부러 떼어서 건네준 사랑의 징표일지도 모른다는 착각마저 들었다. 나는 향희의 귀고리 한 짝을 손바닥 위에 올려놓고 만지작거리며 한동안 멍한 표정으로 있을 수밖에 없었다.

그날 저녁 나는 한껏 용기를 내어 향희에게 긴 편지를 썼다. 더 이상 향희를 먼발치에서 바라보고만 있기는 싫었기 때문이었다.

편지에다 뭐라고 썼는지는 자세히 기억이 안 난다. 나로서는 혼신의 힘을 기울여 몇 번이나 고쳐가면서 쓴 편지였다.

이제 더 참을 수 없다고 썼다. 내 마음을 이대로 방치해두기만 할 수는 없다고 썼다. 미쳐버릴 것 같은 심정이라고 썼다. 무작정 당신을 사랑한다고도 썼다.

감히 '사랑'이라는 단어를 사용하면서도 쑥스럽다는 생각이 들지 않았다. 그러고 보니 여자에게 보내는 편지에 '사랑'을 운위(云謂)한 것은 그때가 처음이었다.

나는 그때까지도 사랑의 실체가 무엇인지 정확히 파악하지 못하고 있었다. 성욕에 바탕을 둔 미적(美的) 경탄이 사랑인지, 아니면 막연한 동경심이나 소유욕이 사랑인지, 나는 잘 알 수가 없었다. 또 이른바 정신적 사랑이란 게 어떤 것인지도 알 수가 없었다. 대학 4학년 땐가는, 고등학교 때 읽어본 스탕달의 『연애론』을 다시 밑줄을 쳐가며 읽어보기도 했다. 하지만 도무지 오리무중이요 암중모색일 뿐이었다. 그런데 향희에게 편지를 쓸 때는 사랑이라는 단어가 스스럼없이 마구 튀어나오는 것이었다.

편지를 다 쓰고 나니 마음이 후련해졌다. 하지만 부칠까 말까 하고 한동안 망설일 수밖에 없었다. 드디어 결심을 하고 봉투를 봉하고 난 뒤에도, 내용에 자신이 안 가 봉함을 다시 뜯고 내용을 고쳐 새 봉투에 넣기를 세 차례나 되풀이했다.

내가 너무 때늦게 짝사랑의 열병을 앓고 있는 것 같은 기분이었다. 좀 억울한 경우라는 생각도 들었고 창피하다는 생각도 들었다.

하지만 어쩔 수 없는 일이었다. 나는 편지를 결국 향희에게 부쳤다. 편지를 부치고 나서도 며칠 동안 잠을 잘 수가 없었다. 편지를 보낸 게 몹시 후회되기도 했다.

혹시라도 향희와 내가 금세 쿵짝이 맞아떨어져 곧장 연애로 돌입하게 되면 어쩌나 하는 우스꽝스러운 걱정도 들었다. 말하자면 나는 앞으로 닥쳐올지도 모르는 '진짜 사랑의 폭풍우'가 어쩐지 두려워지는 것이었다.

짝사랑에 일방적으로 빠져드는 것도 피곤한 노동이지만, 막상 서로 사랑하는 사이로 발전하여 연애 행위를 계속하는 것 역시 피곤한 노동이요 부담감의 연속이라는 것을 나는 잘 알고 있었다. 하지만 나로서는 어쩔 도리가 없었다. 향희는 이제 내게 있어 운명과도 같은 존재였다.

나는 향희의 답장을 목마르게 기다렸다. 답장이 오기를 순진하게 기다리고 있었으니 나는 참 바보였다. 열흘이 넘도록 답장은 오지 않았다. 나는 간이 오그라들 것만 같았다. 참 부끄러웠다.

다시 열흘이 지난 뒤에 가서야 나는 답장을 기다렸다는 것 자체가 어리석은 일이었다는 것을 깨달을 수 있었다. 그래서 나는 내 쪽에서 전화를 걸어보기로 일단 마음먹었다. 하지만 그게 쉬운 일이 아니었다.

나는 향희에게 전화를 하는 것이 편지를 쓸 때보다 훨씬 더 힘들었다. 끙끙거리며 시간을 보내다가 결국은 술에 잔뜩 취한 상태로 전화를 했다. 맨정신으로는 도저히 전화 걸 용기가 나지 않았기 때문이다. 그런데도 나는 안간힘을 써가며 다이얼을 돌려야 했고, 그러는 내 이마에서는 식은땀이 흥건히 배어 나오고 있었다.

천우신조로 마침 향희가 전화를 받았다. 만약 그때 향희가 집에 없었더라면 전화를 다시 거는 데 한 주일 이상을 소비할 뻔했다.

나는 떨리는 목소리로 떠듬떠듬 이야기를 붙였다. 이야기를 지속적으로 쏟아내긴 했는데 도무지 알맹이가 없는 횡설수설이었다. 그러자 향희가 내 얘기를 조심스럽게 끊어내면서 차분한 음색으로 말했다.

"편지 잘 받았어요. 답장을 못 해 드려서 죄송해요. 제가 편지를 잘 쓰지 못해서요. ……내일 저녁때쯤 시간이 어떠세요? 직접 만나서 얘기하는 게 좋겠어요."

얘기가 너무 쉽게 풀려 이상할 정도였다. 그런데도 나는 순발력 있게 대처하지를 못하고 계속 우물거리만 했다. 그래서 약속 장소까지도 향희가 정했다. 명동의 '훈목(薰木)'다방이었다.

다음 날 저녁, 나는 거울을 몇 번이나 들여다보며 향희와의 첫 데이트를 준비했다.

비록 여럿이 섞여 있는 상태에서였지만 향희와 만난 적이 상당히 많은데도 불구하고, 단둘이 만난다는 사실 하나가 이토록 사람의 마음을 떨리게 한다는 게 참으로 이상했다. 하지만 그것은 괴로운 두근거림이나 괴로운 전율이 아니라 즐거운 두근거림이요 즐거운 전율이었다. 나는 '시작이 반'이라는 속담을 새롭게 상기해보며 뿌듯한 예감으로 충만해지는 나 자신을 느꼈다.

훈목다방에는 내가 일부러 삼십 분 먼저 도착했다. 나는 그때 비장의 무기를 휴대하고 있었다. 그 당시 나는 『주역(周易)』이나 『사주(四柱)』 등 운명철학서에 심취해 있었는데, 거기에 곁들여 부적이나 주술(呪術)에 대해서도 공부하고 있었다.

주역이나 사주에서는 불행을 미리 막거나 인위적으로 행운을 창조해 낼 수 있는 방법은 없다고 되어 있다. 모든 게 다 천운(天運)이라는 식이다. 그러나 민간신앙의 차원에서는, 단순히 심리적 위안 효과에 불과할지는 몰라도 부적의 효용을 중요시한다.

부적이나 예방법은 서양에도 많다. 그때 내가 준비해갔던 것은 한국식 부적이나 주문이 아니라 서양식 주문(呪文)이었다. 유럽에서 예부터 전해 내려오는 주문이나 부적을 모아놓은 책을 그때 나는 용케 입수할 수 있었다. 주로 사랑을 성사시키는 데 쓰는 주술이 많았다. 나는 그 책을 읽고서 홀딱 반했고, 그래서 언젠가 반드시 한번 사용해보려고 마음먹고 있었다.

내가 몇 번씩이나 되풀이해가며 외워둔 사랑의 주문은 이러했다.

'이파 피파 아둘라 아둘라베(Ipa Pipa Adula Adulabe).'

연모하는 상대와 첫 데이트를 할 때 이 주문을 두 사람 사이에 있는 테이블 위에 써놓으면, 그날로 상대방은 큐피드의 화살을 맞아 사랑의 열병에 감염되고 만다고 책에서는 장담하고 있었다.

나는 훈목다방의 테이블보를 젖히고서 그 뒤편에다가 다방 종업원들 몰래 굵은 볼펜으로 주문을 썼다.

Ipa Pipa Adula Adulabe.

얼마 안 있어 향희가 나타났다. 그렇게 아름답고 청초해 보일 수가 없었다.

그녀의 얼굴 표정은 아주 담담했다. 나는 공연히 나 혼자만 들떠 있는 것 같아 어쩐지 부끄럽고 창피한 생각이 들었다.

차를 시켰다. 울렁거리는 가슴을 진정시켜보려고 나는 '위스키 티'를 시켰다. 당시엔 다방에서도 위스키를 팔았다. 홍차에 위스키를 타고 레몬 한 조각을 얹어 놓은 것이 '위스키 티'였다.

향희는 홍차를 주문했다. 다방 아가씨가 차를 날라 오고, 내가 차를 다 마시고, 그리고 다시 담배 한 대를 끝까지 다 피울 동안 우리는 서로 말이 없었다. '위스키 티'는 감질만 났지 취기(醉氣)까지 가져다주진 못했다.

나는 마음속으로 계속 철수 생각을 하고 있었다. 철수는 어쨌든 내 친구요. 향희는 철수와 오랫동안 사귄 여자라는 사실이 내 마음을 무겁게 만들어주고 있었다.

'도대체 철수와 향희의 관계가 지금은 어떻게 되어 있는 것일까……'

나는 바보같이 이런 생각에만 빠져들어 있었다.

그러다가 결국 향희가 먼저 입을 떼었다.

"그동안 제가 어떻게 지냈는지 궁금하셨지요? ……사실 대학을 졸업하기까지 너무나 힘들었어요. 휴학을 할 때까지만 해도 모든 것에 당당하고 자신이 있었는데, 막상 학년이 하나씩 올라갈 때마다 저 자신에 대해 뼈저린 무력감을 느끼게 되더군요. 창피스러운 얘기지만 그래서 자살을 한 번 시도해본 적도 있어요. 내심으로 진짜 죽기가 싫었던 모양이에요. 혼자서 어느 외진 여관에 들어가 수면제를 먹었으니까요. 그건 누군가가 약 먹은 저를 발견해달라는 거 아니겠어요? …… 사실 지금 전 몹시 허탈해요. 그러면서도 한편으로는 이상하게 기분이 좋아요. …… 내가 마치 바람 빠진 고무풍선이나 무게가 거의 없는 비눗방울 같다는 생각이 드니까요. 공부라는 것도, 연애라는 것도 지금은 다 시들해 보이기만 해요. 좋게 말해서 욕심이 없어졌다고나 할까요."

향희가 의외로 그동안의 경과보고를 길게 해오는 것을 듣고서 나는 놀랐다. 푸근하고 아늑한 음색이었다. 그제야 비로소 나는 마음을 가라앉힐 수 있었다. 별다른 '예의 차리기'나 '자존심 차리기' 같은 것 없이 서로가 흉금을 터놓고 이심전심으로 나누는 대화가 가능할 것 같다는 생각이 들었기 때문이었다.

그런데도 나는 여전히 정신을 못 차리고 바보 같은 질문을 불쑥 던지고야 말았다.

"그럼 철수와는 이제 완전히 헤어졌나 보죠?"

그러자 향희는 입가에 빙그레 미소를 머금고서 대답했다.

"글쎄요……. 그게 그렇게 중요한 문제일까요? 광서 씨가 그처럼 궁금해하시니까 대답해드리죠. 이제 그이와 애인 사이로는 만나지 않아요. 그럼 됐어요?"

비로소 조금 마음이 놓였다. 하지만 어쩐지 미진했다. 더 이상 다방에 앉아 있고 싶지가 않았다. 주문의 효력이 약화된다고 해도 하는 수 없었다. 더 술에 취해야 얘기가 풀려나갈 것 같았다. 그래서 나는 향희를 이끌고 '초가집'으로 갔다.

'초가집'은 순 한국식 주막처럼 실내를 꾸며놓은 막걸리 집이었다. 그때는 그런 술집들이 유행했다. 종업원 아가씨들도 다 한복을 입고 있었다.

나는 술을 많이 마셨다. 그때까지도 나는 왠지 향희가 두려워 떨고 있었다.

내가 연속적으로 술을 들이켜면서 잔에 새로 술을 따르려 할 때 향희가 술사발을 손으로 덮으면서 말했다.

"천천히 마시세요. 술은 양(量)보다 속도에 취하거든요."

"왜, 내가 추태라도 부릴까 봐 겁이 나서 그래요? 하긴 지난번에 만났을 땐 내가 너무 취했어요. 무슨 얘길 했는지, 또 무슨 짓을 했는지 전혀 기억이 안 나요. 그때 내가 도대체 어떤 행동을 했지요?"

향희는 빙그레 웃기만 하고 금세 대답을 해주지 않았다. 내가 다시 대답을 재촉하자 향희는,

"괜찮아요, 괜찮아요, 정말 전 아무렇지도 않았어요. 기억 속에서 이마 사라져버린 걸 가지고 그걸 다시 되살려내려고 애쓸 필요는 없어요."

하고 담담한 어조로 이야기하는 것이었다. 나는 그녀의 침착한 태도와 상대방의 자존심을 건드리지 않으려고 노력하는 자상함이 고맙고 감격스러워 미칠 지경이었다. 하지만 향희의 그런 담담한 태도 때문에 더욱 주눅이 들었다.

문득 내 양복 주머니 안에 들어 있던 향희의 한쪽 귀고리 생각이 났다.

그래서 무심코 그 얘길 꺼내려다가 나는 순간적인 판단으로 입을 다물어 버렸다. 이왕에 얘길 꺼낸다면 그걸 다시 돌려주는 게 순서인데, 어쩐지 돌려주기가 싫었기 때문이었다. 아니 돌려줘서는 절대로 안 될 것 같았다. 그걸 내가 계속 압류하고 있어야 향희를 내 여자로 만들 수 있을 것 같았다.

한동안 침묵이 흘렀다. 향희도 술을 제법 많이 마셨다. 그래도 그녀는 별로 취한 기색을 보이지 않았다.

"향희 씬 그래 앞으로 무엇을 할 생각입니까?"

어색한 분위기를 바꿔볼 요량으로 내가 어렵게 입을 떼었다.

"저도 잘 모르겠어요……. 그런데 광서 씨, 꼭 뭔가를 해야 하나요? 그게 그렇게 중요해요?"

향희의 차분한 목소리는 마치 송곳처럼 내 가슴에 들어와 박혔다. 그녀의 말은 '왜 자꾸 따지거나 점검하는 식으로 물어보는 거냐'고 나를 야단치는 것처럼 들렸다. 내가 좀 무안한 표정을 하고 있자 향희는 그런 내가 안돼 보였던지 천천히 입을 열었다.

"……도대체 이런 척박한 상황에서, 말하자면 지성도 없고 합리성(合理性)도 없는 상황에서 우리가 할 수 있는 게 뭐가 있겠어요. 이건 핑계가 아니에요. 한국에 태어난 게 저주스러울 때가 있어요. 이 나라는 설사 유신독재가 끝난다고 해도 마찬가지일 거예요. 통일이 쉽게 찾아오진 않을 테니까요. 분단된 상태에서는 어떤 핑계로든 자유를 억압하게 마련이죠. 하긴 통일이 된다고 해도 이 나라는 똑같을 거라는 생각이 들어 절망감을 느낄 때도 많지만요. …… 이런 상황에서 뭔가 예술을 해보겠다는 광서 씨가 딱해 보이기도 하고 용감해 보이기도 해요. 물론 그건 철수 씨도 마찬가지구요."

야무진 향희의 말에 나는 기운이 빠졌다. 그녀의 말대로 뭔가 해보겠다는 게 부질없는 짓이라는 생각이 밀려왔다. 표현의 자유 제약 때문에 나 역시 진저리를 치고 있었다.

다시 또 침묵이 흘렀다. 한참 뒤에 가서야 나는 겨우 입을 뗄 수 있었다.

"아니…… 그저 궁금해서 물어봤을 뿐이었어요. 어쨌든 먹고는 살아야 하니까요……. 나도 요즘은, 그저 교수로 먹고살기 위해 대학원 공부를 할 뿐이다, 하고 생각하려고 애쓰고 있지요. 그런데…… 공부를 계속하거나 연극을 계속해볼 생각은 없나요?"

"요즘은 모든 게 귀찮고 피곤하기만 해요. 그래서 그냥 시집이나 가버릴까 하는 생각도 있어요. 남들은 다 대충 시집가서 아기 낳고 남편 시중들며 군말 없이 살아가는데, 저라고 유독 일이나 공부에 매달릴 필요는 없지 않겠어요? 뭘 해본다는 것 자체가 허영이라는 생각이 들 때가 많아요."

"그럼 결혼할 상대라도 생겼나요? …… 혹시 …… 철수는 아닙니까?"

앞서 나눈 진지한 내용의 대화도 잊고서, 나는 다시 질투 어린 조바심으로 떨고 있었다. 향희가 당장 다른 사내의 품 안으로 들어가버릴 것만 같은 불길한 예감이 들었기 때문이었다.

"……그이야 늘 당장에라도 결혼하자고 보채지요. 하지만 철수 씨는 아직 남편감이 못 돼요. 생활 능력이 없으니까요. 이왕 결혼을 할 바에야 조건이 좋은 사람한테 가는 게 낫지 않겠어요?"

향희의 입에서 이렇게 계산적인 얘기가 나올 줄은 미처 몰랐었다. 술이 확 깨는 기분이었다. 게다가 향희는 한술 더 뜨는 얘기를 해서 나를 놀라게 했다.

"……그래서 요즘 몇 번 선을 봐보기도 했죠."

그래서 나는 약간 언성을 높여 적극적으로 덤벼들었다.

"아니, 사랑하지도 않는데 무턱대고 결혼을 할 수 있단 말입니까? 난 오늘 정말 놀랐어요. 향희 씨는 그동안 너무 많이 변했군요. 당신이 이젠 낯선 여자로 보여요. 왜 그렇게 자포자기적인 생각을 하고 있는 거죠?"

그러자 향희는 입가에 희미한 미소를 띠며 대답했다.

"광서 씬 너무 로맨티스트라서 탈이에요. 사랑의 실체가 대체 뭐지요? 설사 '진짜 사랑'이라는 것이 실제로 존재한다고 쳐도, 서로 사랑한다고 해서 행복한 결혼생활을 보장받을 순 없지 않겠어요?"

"철수는 당신을 사랑했던 것 같아요. 또 향희 씨도 철수를 사랑했던 것 아닙니까?"

그녀는 내 물음에 고개를 크게 가로저었다.

"아녜요, 아녜요……, 철수 씬 다만 저한테 의지했던 것뿐이에요. 저도 마찬가지였구요……. 저는 광서 씨 편지를 읽어보고 많은 생각을 했어요. 광서 씨는 저를 사랑한다고 몇 번이나 강조해가며 쓰셨지만, 전 광서 씨가 환상 속에서 헤매고 있는 분이라는 생각밖에 안 들었어요. 저는 그렇게 사랑스러운 여자가 못 돼요. 또 광서 씨가 생각하고 계시는 것만큼 예쁘지도 않구요."

"그래요, 그래. 향희 씨 말이 다 맞다 칩시다. 그럼 내가 쓴 편지의 내용을 이렇게 수정하기로 하지요. 난 향희 씨를 사랑하고 있지 않아요. 나도 철수처럼 당신한테 무작정 의지하고 싶어요……."

나는 이렇게 맞받아쳐 보았다. 야무진 향희의 말에 기죽기가 싫어서였다. 그러자 향희는 고개를 숙이고서 한참 동안 생각에 잠겨 있다가 말했다.

"그건 광서 씨의 착각에 불과해요. 광서 씬 철수 씨처럼 약한 분이 아니에요. 다만 약한 척 엄살을 떨 뿐이죠. 저는 그 이유를 정말 모르겠어요. 광서 씨가 왜 그렇게 엄살을 떠시는지……. 광서 씨한테는 누구의 보호도 필요하지 않아요. 너무나 나르시시즘이 강한 분이기 때문이죠."

향희의 말에 나는 절망감을 느꼈다. 그토록 애원하는 쪼로 구애의 편지를 보냈는데도, 향희는 여전히 미동(微動)도 하지 않는 상태였기 때문이다.

나는 높낮이가 고르지 못한 목소리로 무언가 다른 얘기를 횡설수설 더 떠들어댔다. 향희는 내 말을 예의 바르게 경청하긴 했지만 얼굴은 여전히 무표정에 가까웠다. 그리고 내게 감동 어린 눈길을 전혀 보내주지 않았다. 나는 점점 더 목이 말라오고 가슴이 타들어 가는 것 같았다.

향희와 마주 앉아 어정쩡한 화제로 입만 나불거린다는 것은 무척이나 신경질 나는 일이었다. 향희를 심지 다방에서 봤을 때, 그녀가 아무 말 없이 남자 품에 파묻혀 있기만 하던 광경이 새삼 머릿속에 떠올라왔다. 나도 그렇게 향희를 껴안고만 있고 싶었고, 더 이상 너저분한 얘기 따위로 시간을 낭비하고 싶지 않았다.

하지만 향희의 몸에서는 쉽게 범접(犯接)할 수 없는 위엄 같은

것이 배어 나오고 있었다. 왜 그녀가 나한테만 그토록 어려운 상대
로 다가오는지, 나는 도무지 그 까닭을 알 수 없었다. 너무나 억울한
경우라는 생각이 들었다.

내가 계속 침울한, 아니 침통한 표정으로 앉아 있자, 향희가 문득
입을 벌려 따뜻한 미소를 흘리면서 말했다.

"광서 씨가 요즘 꽤나 외로우신가 봐요. 어쨌든 앞으로는 제가
쭉 친구가 돼드릴게요. 오늘 제가 광서 씨를 만난 것도 그럴 결심이
섰기 때문이었어요. 사랑 타령은 나중에 시간을 내어 천천히 더하기
로 하고, 오늘은 시끄러운 데라도 가서 기분을 풀어보면 어떨까요?
여긴 너무 답답해요. 춤추러 가고 싶어요."

나는 자리에서 비척거리며 일어났다. 그리고 향희를 따라나섰
다. 그녀가 나를 데리고 간 곳은 이태원이었다.

그때까지만 해도 나는 춤에는 완전히 쑥맥이었다. 아니 나뿐만
아니라 대부분의 내 나이 또래 세대에겐 춤은 사치스러운 도락이요
미지의 영역이었다.

이태원은 처음이었다. 아니, 이태원만 처음이 아니라 고고
클럽이라는 곳도 처음이었다. 그것이 1980~90년대 젊은이들과
1960~70년대 젊은이들의 차이점이었다. 그리고 그것은 1950년대
젊은이들과의 차이점일 수도 있었다.

1950년대에 나온 소설들을 보면 젊은이들 사이에서 사교춤이 한
창 유행했던 것으로 나온다. 물론 한국전쟁 직후의 찢어지게 가난하

던 시절이었으니까 특별히 돈이 많은 유한계급 청년들한테나 적용되는 얘기였을 것이다.

그렇지만 그 유명한 '박인수 사건'이 터진 게 1955년이었으니까 당시의 젊은이들 중 상당수가 기본적으로 사교춤을 익히고 있었던 것 같기도 하다. 박인수라는 가짜 해군 장교가 기막힌 춤솜씨로 춤바람난 여대생들을 수십 명 농락했다고 해서 화제가 된 사건인데, 전후(戰後)의 우울과 불안이 성적(性的) 자유의 추구와 서양문화 숭배로 이어졌던 것을 입증해주는 사건이었다.

내가 대학에 다닐 때는 관광호텔 나이트클럽과 카바레밖에 없었고, 대학생들은 거의 사교춤을 배우지 않았다. 탱고나 지르박이나 차차차 리듬보다는 훨씬 스텝이 간단한 춤을 간간이 추었을 뿐이었다. 처음엔 트위스트가 유행했다가 소울로 넘어갔고, 고고로 다시 유행이 바뀌었다. 하지만 대학생 전용의 고고클럽은 거의 없었다.

나와 주변의 친구들은 주로 술집에 죽치고 앉아 한없이 마시며 떠들기를 좋아했지 춤추는 것을 즐기지 않았다. 그래서 1970년대 초반에 들어 고고클럽이 생기기 시작한 이태원이란 곳엘 가볼 기회가 한 번도 없었던 것이다.

향희가 나를 데리고 간 곳은 이태원 해밀턴 호텔 건너편에 있는 '케이브(Cave)'라는 고고클럽이었다. 손님의 반수 이상이 외국인이어서 들어서자마자 익조틱(exotic)한 냄새가 풍겼다. 맨날 명동 부근에서만 맴돌고 있던 나에게 그곳은 흡사 별천지처럼 보였다. 노출이 심한 옷을 입은 미국 여자들이 많이 있어서 더 그런 느낌을 받았는지도 모른다. 그곳은 어찌 보면 현대판 '소돔과 고모라'처럼 보였다.

향희는 제법 춤을 잘 추었다. 철수와 같이 있을 때 느꼈던 그녀의 이미지는 그저 '조용히 앉아 있기만 하는 여자'였다. 그런데 향희는 어느새 세련되게 야한 분위기를 풍기는 자유로운 여자의 이미지로 바뀌어 있었다. 대학 졸업을 전후하여 그녀의 마음이 이런저런 이유 때문에 허(虛)해 있어서 그랬던 것일까. 그녀가 춤추는 모습에서는 왠지 모를 허무감이 짙게 풍겨 나오고 있었다.

그때 유행하던 음악은 '쿵후' 리듬의 음악이었다. 팔을 위로 올리고 너울너울 흔들어대는 향희를 쫓아가려니 무척이나 힘이 들었다. 그래서 나는 적당히 박자를 맞춰주기만 하면서 그녀의 세련된 춤 솜씨를 경탄의 눈길로 바라보는 수밖에 없었다.

'케이브'에서는 향희가 춤만 추었기 때문에 얘기를 할 기회가 별로 없었다. 또 나도 술이 많이 취해서 얘기를 한다고 해도 혀 꼬부라진 소리밖에 안 나오고 도무지 조리가 없었다. 그렇지만 향희와 함께 블루스를 추게 됐을 때, 나는 전신을 엄습해오는 짜릿한 전율감과 흐뭇한 성취감을 맛볼 수 있었다. 어찌 됐든 향희와 부둥켜안고 블루스 춤을 출 수 있는 정도로까지 관계가 진전됐다는 사실이 너무 감격스러울 수밖에 없었다.

내가 블루스 스텝을 몰라 자꾸 향희의 발등을 밟자 향희는 조금 안타깝다는 표정을 지었다. 하지만 금세 편안한 표정으로 돌아와 나를 안심시켜주는 것이었다. 나는 용기를 내어 그녀의 입술에다 내 입술을 갖다 대보았다. 향희는 내 키스를 별 표정 없이 덤덤하게 받아주었다. 어쩐지 허전한 기분이었다. 마치 헝겊인형에다 대고 키스를 하고 있는 것 같았다.

'케이브'를 나오면서 나는 향희에게,

"그럼 이제부터는 나를 이따금 만나주는 거죠?"

하고 말해보았다. 그러자 향희는 이렇게 대답하는 것이었다.

"그럼요. 저도 몹시 외롭고 고달픈걸요. 친구 사이로는 얼마든지 괜찮아요."

자꾸 '친구'라는 단어를 붙이는 게 섭섭했지만 그녀의 대답은 그런대로 만족스러웠다.

그녀를 택시로 집 앞에까지 바래다주고 나서 내가 말했다.

"시집은 가지 말아요. 영영 가지 말라는 게 아니라 너무 쫓기듯 결혼을 하진 말라는 얘기예요."

향희는 빙그레 웃기만 했다. 긍정도 부정도 아닌 눈빛이었다.

나는 다시 한 번 키스를 시도해보았다. 이번에도 그녀는 마네킹처럼 꼼짝 않고 서서 내 키스를 받았다. 입은 열려 있었지만 혀는 거의 움직이지 않았다.

나는 어쩐지 허전해진 마음을 느끼며 집으로 돌아왔다. 그리고 긍정적인 예감을 가져보려고 애썼다. 어쨌든 나는 '시작이 반'이라는 속담을 믿고 싶었다.

다음 날부터 나는 아무 일도 손에 잡히지가 않았다. 향희한테서 전화가 걸려올 것 같기도 해서 신경이 온통 전화기 쪽으로만 갔다. 또 내가 대체 얼마나 뜸을 들였다가 전화를 해야 하나, 하는 생각에 갈피를 잡을 수가 없었다.

나는 마음속으로 사랑의 주문인 '이파 피파 아둘라 아둘라베'를 수없이 외워가며 붕 뜬 상태로 시간을 때워나가는 수밖에 없었다. 오히려 더 외로워진 느낌이었다.

두 주일을 그렇게 보내다가 참다못해 나는 향희에게 전화를 걸었고, 그래서 두 번째 데이트가 이루어졌다. 그렇지만 이번엔 정말 싱거운 데이트였다. 향희는 싫다는 나를 억지로 이끌고 프랑스 문화원으로 갔다. 거기서 나는 재미없는 흑백영화 한 편을 보았다.

그런 식의 싱거운 데이트가 일 년 가까이 이어졌다. 향희는 끝내 내 마음을 받아주지 않았다. 그녀는 자신의 판단에 대해 확신이 서 있는 것 같았다. '당신과 나는 애인 사이로는 맞지 않으며, 따라서 결혼 상대로도 적합하지 않다. 또 당신은 절대로 결혼 체질이 아니며, 설사 결혼을 한다 하더라도 아주 늦게 해야 한다.' 이것이 그녀가 늘 되풀이하는 주장이었다.

내 보기엔 향희 역시 헷갈리고 있는 것 같았다. 그녀는 들어오는 대로 선을 보았고 또 내게 경과보고까지 해오는 것이었다. 아직까지는 마땅한 상대를 못 만난 것 같았다. 그런 얘기를 들을 때마다 나는 가슴이 찢어지는 듯 아플 수밖에 없었다.

모든 게 귀찮다던 향희는 또 갑자기 영화에 대한 관심을 보였다. 그래서 걸핏하면 나를 프랑스 문화원으로 데리고 가는 것이었다. 나는 그때까지만 해도 영화엔 관심이 없었고, 문학에만 열정을 쏟아붓고 있었다. 그러나 향희의 말로는 이 시대는 이제 문학의 시대가 아니라 영화의 시대라는 것이었다.

향희가 영화 수업을 받기 위해 어느 30대 소장 감독의 보조원으로 들어갔을 때 나는 다시금 불안해질 수밖에 없었다. 예전에 향희가 철수를 따라다녔던 일이 생각나서였다. 우선 그녀를 만나기 어려워졌다는 것이 나를 우울하게 했다. 또 그 감독이 향희를 은근히 좋아하고 있다는 소문이 나돌았기 때문에 마음이 더 조마조마할 수밖에 없었다.

향희의 영화감독 보조원 일은 다섯 달 만에 끝이 났다. 그 감독은 카뮈의 『이방인』을 우리나라식으로 번안하여 영화로 만들어 보겠다는 야심에 불타 있었는데, 마땅한 제작자를 만나지 못해 결국 기획 단계에서 좌초해 버리고 만 것이었다.

그런 일이 있고 난 뒤 향희는 학교 선배를 통해서 소개받은 K라는 남자와의 혼담에 정신을 쏟고 있는 것처럼 보였다. K는 한양대 연극영화과를 나와 영화 공부를 하러 프랑스로 유학 갈 준비를 하고 있는 남자였다. 영화에 대한 향희의 돌연한 열정이 K를 한없이 우러러보게끔 만든 것 같았다. 향희는 K와 함께 프랑스로 가서 같이 영화 공부를 해보겠다는 꿈에 부풀어 있었다. 그래서 마침내 두 사람은 약혼까지 했다.

그때쯤 해서 나는 향희를 반쯤 단념하고 있었다. 남자의 자존심 상 더 버텨낼 재주가 없었다. 물론 향희가 전화로 K와 약혼하게 됐다는 얘기를 통고 비슷하게 해왔을 때 필사적으로 매달려보긴 했다. 그래서 '마지막 만남'의 약속이 이루어졌고, 나는 그녀에게 하소연할 내용의 초고를 미리 준비해갔을 정도로 안간힘을 썼다. 마치 일대 결전을 각오하고 링 위에 선 권투선수 같은 심정이었다.

지금도 그날의 풍경이 마음속에 선명히 떠오른다. 그날 우리는 을지로 입구에 있는 '아스티(Asti)' 카페에서 만났다. 향희는 꽤나 화려한 색깔의 옷을 걸치고 있었다. 기분이 좋아 보였다.

나는 무조건 나하고 결혼해달라고 졸랐다. 그리고 내가 준비해간 원고 내용대로 그녀를 성심성의껏 설득해보려고 애썼다. 어느새 목소리가 갈라져 나오고 있었다.

향희 역시 나를 설득하느라 진땀을 흘리는 것 같았다.

"광서 씨, 저 같은 여자는 광서 씨한테 정말 안 어울려요. 저는 아주 약한 남자가 아니면 아주 강한 남자한테 맞는 여자예요. 그런데 광서 씨는 속은 강하고 겉은 약하거든요. 그래서 그동안 광서 씨를 만나면서도 전 계속 혼란스러울 수밖에 없었어요. …… 지금 제가 약혼하려고 하는 K 씨와 철수 씨는 아주 대조적이죠. 철수 씨가 아주 약한 남자라면 K 씨는 아주 강한 남자예요. 그리고 두 사람 사이에 공통점이 있다면 겉과 속이 대충은 비슷하게 들어맞는 남자라는 점이죠. 물론 겉과 속이 완전히 똑같은 남자는 이 세상에 없어요.

하지만 대충 비슷하기라도 해야 여자가 헷갈리질 않게 되거든요. 광서 씨는 속은 강하고 겉은 약해서 여자를 한없이 헷갈리게 만들어요. …… 미안한 말씀이지만 광서 씨는 여자를 너무 모르시는 것 같아요. 여자는 자상한 어머니가 되거나 교태부리는 애첩이 되거나 둘 중 하나를 택하게 되는 법이죠. 광서 씨가 원하는 여성상은 제겐 너무 벅차게 느껴져요. 광서 씬 어머니도 되고 애첩도 되는 여자를 바라고 있어요. 말하자면 너무나 완벽한 여자를 원하고 있다는 얘기지요. ……저는 지금 상당히 지쳐 있어요. 그래서 K 씨한테서 푸근한 안정감을 맛보게 되기를 바라고 있어요."

향희의 긴 설명을 듣고 나서도 나는 그저 서운하고 야속할 뿐이었다. 그래서 나는,

"그 사람이 프랑스로 유학을 안 가도 말이오?"

하고 퉁명스러운 어조로 내뱉었다. 향희가 내 말에 조금 움찔해하는 것도 같았다.

"제가 해외로 도피하기 위해 K 씨와 결혼하려는 줄 아시나 보군요. ……하긴 그 말도 아주 틀린 말은 아니죠. 원래부터 제가 갖고 있던 생(生)에 대한 허무감과 나 자신에 대한 한없는 무력감이 원인이라면 원인이라고 할 수 있어요. 결혼에 의한 도피를 통해서든 외국 유학에 의한 도피를 통해서든, 전 어서 빨리 지금의 상태에서 벗어나고 싶은 거예요. 그래서 어쩔 수 없이 결심을 굳히게 된 거죠."

더 이상 호소해 봐도 소용이 없었다. 내 눈에서는 어느새 눈물이 줄줄 흘러내리고 있었다. 향희가 손수건을 꺼내 눈물을 닦아주었다.

"광서 씨한테는 반드시 저보다 훨씬 더 좋은 여자가 나타날 거예요. 전 사실 너무 복잡한 여자거든요. 훨씬 단순하고 착한 여자……, 그런 여자가 광서 씨한테는 어울려요."

'아스티'에서의 만남 이후 향희는 끝내 K와의 약혼식을 치렀다. 어찌 보면 향희는 결혼 자체보다도 같이 외국으로 탈출할 수 있다는 사실에 더 매력을 느꼈는지도 몰랐다. 향희의 부모는 딸이 혼자서 유학을 떠나는 것을 반대했고, 또 그녀 자신도 혼자 유학 갈 자신은 없었기 때문이었다. 그만큼이나 향희는 외로움을 많이 타는 착하고 여린 성격의 여자였다.

그런 뒤에 철수의 자살 소동이 있었다. 한 번 가지고는 향희가 꿈쩍도 안 했다. 진짜 자살이었는지 시위용 자살이었는지 그것은 잘 모르겠지만, 어쨌든 철수는 한 번 더 자살을 시도했다. 두 번째는 약이 아니라 연탄가스였다.

그는 내가 생각했던 것보다 훨씬 더 향희에게 필사적이었다. 나는 한편으로 그가 부럽게도 생각되었다. 시위용이든 아니든, 상당한 결단 없이는 자살을 결행할 수 없기 때문이다.

때마침 K의 유학이 여러 가지 사정으로 좌절됐다. 그 이후로 향희와 K의 사이가 차츰 서먹해지기 시작했고, 철수는 향희에게 더욱 필사적으로 덤벼들었다.

향희와 철수가 결혼에까지 이르게 된 과정을 여기서 더 자세히 이야기하고 싶지는 않다. 기억하기조차 괴로운 일이기 때문이다.

그동안 나는 기껏해야 향희에게 장문의 편지를 서너 번 써보낸 정도였다. 내 깐에는 최선을 다해본다는 것이 고작 편지였다. 나는 철수처럼 자살까지 해가며 사랑에만 몰두할 수는 없었다.

항상 생각해보는 것이지만, 우리네 인생은 세 가지 행위의 복합으로 이루어지는 것 같다. '일'과 '사랑'과 '놀이'가 그것이다. 그런데 세 가지 행위를 다 원만하게 이끌어가기란 참으로 어렵다. 일에 몰두하다 보면 사랑이나 놀이에 소홀하기 쉽고, 사랑에 몰두하다 보면 일이나 놀이에 소홀하기 쉽다. 그리고 놀이(또는 예술)에 몰두하다 보면 사랑이나 일에서 처진다.

세 가지를 한꺼번에 충족시키려면 일 자체가 놀이고 사랑이어야만 한다. 하지만 그게 어디 쉬운 일인가. 그건 사랑을 테마로 한 연극에 출연하는 배우가 무대에서 연기하는 동안에나 가능한 일이다.

연극 같은 인생—일과 놀이와 사랑이 순간적으로나마 함께 어우러질 수 있는 인생, 그런 인생을 바라왔기 때문에 나는 언제나 사랑에 실패했는지도 모른다. 말하자면 나는 욕심이 너무 많았던 셈이었다.

골든 샤워

다희와의 화끈한 섹스를 온 힘을 동원하여 치르고 난 후, 몸이 허약한 나는 몹시 피곤해졌다. 그래서 나는 다희가 그녀의 보드라운 혓바닥으로 나의 자지를 애무해 주는 것을 물끄러미 바라보며 감미로운 잠 속에 빠져들었다. 그런데 다희는 내가 완전히 잠이 든 뒤에도 계속해서 펠라티오를 해주는 것 같았다. 야릇한 촉감 때문에 사타구니 사이가 근질근질하고 알딸딸하게 느껴져서 나는 선잠에서 깨어나곤 했는데, 잠에 반쯤 취한 상태로 다희를 바라보니 그녀는 여전히 나의 자지를, 그리고 나의 고환을, 또 나의 불두덩 언저리와 배꼽 근처를 계속 정성스레 살금살금 핥아대고 있었다. 전혀 피곤해하거나 싫증을 내는 기색이 보이지 않았다.

밀려오는 수마(睡魔)에 쫓겨 다시 선잠 속으로 빠져들고, 또다시 깨어보면 그녀는 여전히 지극히 충실한 쾌락의 노예로서 헌신적인 혓바닥 노동을 계속하고 있고……. 나는 희미한 잠결에서나마 어렴풋이 취해오는 쾌감 속으로 감미롭게 빠져들어 있었다. 그러면서도 나는 밀려드는 피로감 때문에 다시금 잠결 속으로 빠져 들어갔다.

잠결에 나는 갑자기 미칠 듯이 오줌이 마려 오는 것을 느꼈다. 그래서 나는 다희에게,

"오줌이 마렵군. 네 입에다 하면 안 될까?"

하고 물어보았다. 갑자기 무슨 용기로 그런 주문이 튀어나왔는지 모르겠다. 중국의 야한 소설 『금병매(金瓶梅)』를 보면 요부 반금련(潘金蓮)이 그녀의 서방인 서문경(西門慶)과 한겨울에 정사를 벌일 때, 서문경이 갑자기 소피가 보고 싶어 일어나려 하자, 반금련이 "추우니까 그냥 제 입에 누세요"라고 말하는 대목이 나온다. 그 장면이 너무나 인상 깊어서 나의 머릿속에 늘 또렷한 영상으로 입력(入力)되어 있었다.

취중의 꿈결 속임에도 불구하고 난 갑자기 그 장면을 머릿속에 떠올리고는 헌신적인 노예임을 자처하는 다희에게 은근슬쩍, 아주 아무렇지도 않다는 듯이 가벼운 어투로 부탁을 해보았던 것 같다.

사실은 부탁이 아니라 명령을 했어야 할 터인데 너무나도 화려한 그녀의 옷차림새와 눈부신 화장, 그리고 화려한 방 안의 분위기가 아직은 나를 완전한 주인 역할로까지 이끌어가지 못했나 보다.

내 말을 듣자 다희는 아주 당연하다는 표정으로 생긋 웃으며 이렇게 대답했다.

"그럼요, 어서 제 입에 누세요. 아주 시원하게 마음 푹 놓고 싸셔도 돼요."

그래서 나는 다희가 금빛 은빛 립스틱으로 번쩍이는 입술을 벌려 내 소변을 받아 마실 준비를 하자 오줌 누는 작업을 시작했다. 그런데 그게 마음먹은 대로 되지를 않았다. 자기 집 화장실이 아닌 다른 곳에서 대변을 보려면 잘 되지가 않듯이(특히 나처럼 아침 식사 후에 오랫동안 변기를 타고 앉아서 천천히 음미하듯 변을 보는 사람에겐 더욱 그렇다. 나는 담배도 서너 대 피우면서, 또 커피도 마셔가며 꽤 긴 시간 동안 뜸을 들여가면서 대변 보는 게 일종의 낙이라면 낙인데, 다른 장소에서 보는 대변, 예컨대 극단적인 경우 고속버스 휴게실의 화장실이나 공중변소에서의 감질나는 배변은 힘만 쓰다가 실패로 끝나기 십상이다), 변소도 아니고 요강도 아닌 곳, 게다가 여왕처럼 도도해 보이는 그녀의 입에다 대고 오줌을 누려니까 내 방광과 요도(尿道)는 공연히 부끄럼을 타며 움츠러들었다. 불두덩에 힘을 잔뜩 주어보았지만 잘 쏟아지질 않는다.

아까까지는 꼭 금세라도 쌀 것만 같이 화급(火急)한 요의(尿意)

를 느꼈었는데 참 이상한 일이었다. 다희는 계속 입을 방긋하니 벌리고서 눈을 감은 채, 마치 나의 오줌이 아니라 정액을 기다리기라도 하는 것 같은 황홀한 표정을 짓고 있었다.

나는 온몸에 주었던 힘을 서서히 빼내어 내 몸뚱어리를 무게 없는 헝겊 인형처럼 만들어보려고 노력했다. 그러고 나서 한참 있으려니까 비로소 힘 있게 오줌 줄기가 분출되었다.

아까 마신 맥주 탓에 엄청난 양으로 쏟아져 내릴 게 분명한 나의 오줌을 과연 다희의 작은 입으로 계속 꿀꺽꿀꺽 쉬지 않고 받아 마셔줄지 의문이었다.

오줌은 드디어 막혔던 물 보를 터뜨리고 솟구쳐 나와 그녀의 입 안으로 쏟아져 목젖을 적시며 콸콸콸 흘러내려 간다. 다희는 물밀듯 밀려들어 오는 지린내 나는(하긴 마신 게 맥주니까 그렇게 심하게 지린내가 날 것 같진 않다) 소변을 한 방울도 흘리지 않고 날름날름 받아 마셨다. 오히려 그녀의 입보다 내 자지가 다시금 지레 겁을 먹고 소변의 배출을 중도에서 한때 스톱시켜 버렸을 정도였다. 그녀의 작은 입 안 용적으로는 계속되는 나의 오줌 소나기를 다 수용시키지 못할 것 같은 노파심이 들었기 때문이다.

오줌을 누다가 억지로 스톱시키면 재차 오줌을 배출시킬 때까지 꽤 긴 시간이 소요되는 법이다. 나는 내가 공연한 걱정을, 아니 동정을 했다 싶어 조금 부끄러워졌다. 진짜 사디스트라면 잔인무도한 성격을 가지고 있어야 할 터인데, 나는 쑥스럽고 창피하여 괜히 그녀한테 미안스러운 마음이 들었던 것이다. 그래서 나는 다시금 요도(尿道)와 불두덩 언저리에 힘을 주어 방광 속에 남아 있는 오줌을 마지막 한 방울까지 다희의 입안에 쏟아 부으려고 애썼다. 다희는 마치 용적이 엄청나게 큰 대형 요강이라도 되는 듯, 전혀 어색하거나 괴로워하는 표정이라곤 없이 내 오줌을 다 받아 마셨다. 아마 배가 두꺼비 배만큼 불러졌을 것이다.

오줌을 조금이라도 입안에 머물게 했다가는 자칫하면 오줌이 입술 사이로 새어 나와 버리기 마련이다. 다희가 쉴 새 없이 기관지 부근의 울대를 꿈틀꿈틀 벌렁거려가며 내 오줌을 남김없이 식도로 흘려보내는 것이 신기(神技)에 가까우리만치 민첩하고 날렵하여, 나는 정신을 새롭게 수습하고 그녀가 인간 요강의 역할을 수행하는 광경을 또렷한 시각으로 바라보려고 노력했다. 정말 정말 희한한 쾌감이요, 시원한 카타르시스였다.

다희는 내 오줌을 다 받아먹고 나서 이렇게 말했다.

"아, 정말 배가 부르군요. 하지만 당신의 오줌은 정말로 향기로워요. 이렇게 많은 양의 오줌을 어떻게 지금까지 오랫동안 참으셨어요? 역시 아직도 긴장하신 탓인가 봐요. 소변도 보셨으니 어서 맘 푹 놓고 주무셔요. 만약에 똥이 마려우시면 제가 똥도 다 받아먹어 드릴게요."

색다른 아르바이트

그 남자하고는 조선호텔 커피숍에서 만나기로 약속이 되어 있었다. 그는 내가 최근 인터넷 채팅을 통해 알게 된 사람이다. 38세쯤 되는 의사인데, 꽤 괜찮은 직장(큰 병원에 나가고 있었다)과 가정을 갖고 있는 것 같았다. 그런데 어느 날 그가 내게 꽤 황당한 제의를 해 왔다.

그가 내게 제의한 것은 자기의 애인(마누라가 아니라)과 섹스하는 것을 곁에서 지켜봐 달라는 것이었다. 그렇지 않으면 흥분이 잘 안 된다는 것이다. 그러니까 '관음증(觀淫症)'이 아니라 정반대의 증상, 이를테면 '노출증(露出症)'을 성적 취향으로 갖고 있는 남자 같았다.

나는 항상 '당당한 노출'을 좋아하고 있었다. 극장에 가서 혼자오는 여성(또는 남성) 곁에 들러붙어 자기의 성기를 꺼내놓고 그것을 만지게 하며 쾌감을 느끼는 것 같은 '음침한 노출'이 아니라, 누가뭐래도 남이 보란 듯이 노출의 쾌감을 즐기는 것 말이다.

'당당한 노출자(露出者)'는 또한 '당당한 관음자(觀淫者)'이기도하다는 것을 나는 살짝 까먹고 있었다. 나는 노출이 심한 옷을 즐겨입기 때문에, '관음'까지엔 신경이 가지 않았던 것이다. 그런데 그가내게 자기네가 성희(性戲)하는 장면을 봐달라고 부탁하자 '관음'의쾌감에 대해서 생각해보는 한편, 내가 그런 '관음자'가 된다는 사실에 호기심이 느껴지기도 했다.

그는 약속한 시간에 어김없이 나타났다. 상당히 잘생긴 외모였다. 우선 하관이 쪽 빠졌다는 사실에 나는 만족했다. 얼굴이 네모지거나 둥글넓적한 남자는 아무리 좋게 봐주려고 해도 봐줄 수가 없기때문이었다.

그는 양복 속의 와이셔츠 단추를 세 개나 풀어놓고 있었다. 그렇지만 가슴 털은 보이지 않았다. 나는 인조로 만든 가슴 털을 그의 가슴에 붙여주고 싶은 충동을 느꼈다.

하긴 한국 남성들 가운데 가슴 털이 많은 남자는 찾아보기 힘들다. 하지만 워낙 서양 포르노에 길든 나로서는, 은근히 마음속으로 가슴 털이 많은 남자에 대한 선망을 가지고 있었다. 영화 「바람과 라이온」에 나왔던 숀 코너리의 가슴…… 그 털이 무성하게 솟아 나와 있던 딱 벌어진 가슴……. 나는 문득 숀 코너리의 가슴을 되새기며 가슴을 쿵쾅거리고 있었다.

그는 나에게 자신의 성(性) 취향을 자세히 설명해주었다. 그리고 자기와 함께 성희를 벌일 애인에 대해서도 얘기해주었다. 그 여자는 지금 Z여자대학교에 다니는 여대생이라고 했다.

나는 문득 그가 얄미워졌다. 저 정도의 외모에 저 정도의 직업이라면 틀림없이 괜찮은 마누라를 소유하고 있을 게 틀림없다. 그런데도 외간 여자와 바람을 피우다니……. 정 권태롭다면 스와핑을 해보면 될 게 아닌. 그런 생각에 빠져들다가, 나는 생각의 방향을 오프(off)쪽으로 틀었다. 내가 무슨 조선시대 여자라고 '일부일처제'를 지지하는 생각을 하고 있나, 하는 마음이 들어서였다.

주식(主食)만 갖고서는 역시 안 되겠지……. 간식(間食)이 반드시 필요한 법이다. 하지만…… 하지만…… 그 '주식'이란 놈을 꼭 먹어야 한다는 사내들의 심보가 왠지 얄밉다. 그냥 결혼을 안 하고 혼자 살면서 프리섹스를 즐기면 될 게 아닌가…….

그의 설명이 끝나자 나는 고개를 끄덕거려주었다. 그는 내게 관음(觀淫)의 대가로 일정액의 돈을 주겠다고 말했다. 돈까지 받고 그런 일을 한다고 생각하니 좀 치사한 생각이 들었다. 하지만 역시 이

것도 아르바이트 아닌가. 그래서 나는 그가 내어주는 돈 봉투를 받았다. 의외로 많은 액수가 들어 있어서 나는,

"이 돈 정말 고마워요. 요긴하게 쓸게요."

라고 간단히 감사 표시를 했다.

그랬더니 그는 빙그레 웃음을 머금는다. 어쨌거나 나 같은 여대생을 만난 것이 흐뭇한 눈치였다. 자기의 성 취향에 쿵짝을 맞춰주는 젊은 여자를 만났다는 사실이 꽤나 감격스러운 모양이었다. 그래서 그런지 그는 나에게 이렇게 말했다.

"참 고마워요. 하지만 보다 보면 K양도 홍미를 느끼게 될 거예요."

조금 있다가 그와 약속한 Z여대 학생이 커피숍으로 들어왔다. 얼굴이 평범 그 자체여서 나는 속으로 놀랐다. 물론 몸매는 그런대로 쫙 빠져 있었고, 화장도 대담하게 하고 있었다. 보아하니 얼굴보다도 대담한 섹스 테크닉이나 쭉쭉빵빵한 몸매에 반한 것 같았다.

우리는 별 군말 없이 호텔 방으로 올라갔다. 오래된 호텔이라서 그런지 방 넓이가 생각보다 작았다. 그 남자는 곧바로 Z여대 학생에게 옷을 벗으라고 명령했다. 나는 그냥 입고 있어도, 아니 입고 있을수록 좋다는 것이었다.

여자는 곧 옷을 벗어젖혔다. 내가 곁에서 지켜보고 있다는 사실에 전혀 개의치 않는 듯했다. 아무래도 오랜 훈련(?)을 통해 숙달된 행동인 듯싶었다.

옷을 벗고 나서 보니 여자는 젖꼭지에 커다란 피어싱(piercing) 고리를 하고 있었다. 그리고 음순에도 사슬 모양의 긴 피어싱 고리가 늘어져 있었다. 나는 그녀의 얼굴은 별로였지만, 젖꼭지와 음순에 달아맨 피어싱에서 묘한 관음(觀淫)의 쾌감을 느꼈다.

남자와 여자는 침대 위로 올라가고 나는 의자에 앉아서 그들 둘이 하는 행위를 지켜보고 있었다. 이상한 것은 남자가 윗도리는 벗었지만 바지는 벗지 않는다는 점이었다. 남자는 바지를 입고 있고 여자만 옷을 벗고 있는 모양을 보니 19세기 프랑스 화가 마네가 그린 그림 「풀밭 위의 점심 식사」가 연상되었다. 그 그림에서는 남자 두 사람과 여자 두 사람이 나오는데, 남자들은 옷을 쫙 빼입은 정장 차림으로 나오고 여자들만 옷을 홀라당 벗고 있다. 그러한 극명(克明)한 대조가 오히려 선정성을 부추겨주었던 것이다.

여자는 침대 위에 꿇어앉은 자세로 머리를 숙여 남자의 바지 쪽으로 갖다 댔다. 그러고는 입술을 열어 가지런한 치아를 드러냈다. 여자의 벌린 입은 남자의 바지 지퍼로 향했다.

여자는 남자의 바지 지퍼 손잡이를 입에 물고 그것을 이빨 사이에 끼었다. 그다음은 물론 지퍼를 밑으로 끌어내리는 동작이었다.

남자의 바지 지퍼가 열리자 아직은 발기되지 않은 자지가 앙증맞은 모양으로 돌출되었다.

그것을 여자는 입으로 끌어안았다. 그리고 나서는 계속되는 펠라티오(fellatio)였다. 나는 어느새 나도 모르는 관음의 취기(醉氣)를 느꼈다.

펠라티오……, 너무 빤한 동작이고 싱거운 애무인데도 불구하고 그것은 언제나 감미로운 흥분감을 가져다준다. 쿤닐링구스(cunnilingus)는 그만 못하다. 왜냐하면 여자의 클리토리스나 지 스폿(G-spot)은 너무 작고 너무 깊숙이 감추어져 있기 때문이다. 그래서 남자가 쿤닐링구스를 해줄 때면 감질만 나고 오히려 남자한테 측은한 동정심마저 생기는 것이다.

그런데 왜 프로이트는 여자가 남자의 '클리토리스 애무'나 '지 스폿 애무'에 흥분하는 것을 일종의 '변태'라고 규정했을까?(하긴 지 스폿은 프로이트가 죽은 다음에서야 새로 발견된 성감대지만.) 그는 여자가 보지 자극으로 흥분돼야만 정상적인 여자라고 단언했었다.

뭘 몰라도 한참 모르는 넋 나간 늙다리 학자의 주장이었다. 여자는 역시 클리토리스나 지 스폿 자극을 받을 때 흥분이 더 온다. 보지 자체나 음순 자체는 큰 의미가 없는 것이다.

남자의 자지는 꼭 잘 튀겨낸 핫도그처럼 생겨먹어서 그걸 빨거나 핥기도 쉬울 뿐 아니라, 성적 감흥도 훨씬 더 잘 일어난다. 그래서 언제라도 그 '흔한 애무'가 흥분과 쾌감을 가져다주는 것이다.

한도 끝도 없는 펠라티오였다. 그런데도 남자의 자지는 별로 발기되지 않았다. 그는 여자의 펠라티오 애무를 받는 중에도 흘끔흘끔 내 쪽으로 시선을 보냈는데, 그래야만 성적(性的) 감흥이 일어나는 모양이었다. 그래서 나는 그가 나를 불러낸 까닭을 확실히 알 수 있었다.

드디어 남자의 자지가 발기하기 시작했다. 그러자 여자는 더욱 더 속도를 냈다. 남자의 자지는 차츰 터질 듯 부풀어 올랐다.

나는 솔직히 말해서 남자에게 펠라티오를 해줄 때 남자의 자지가 부풀어 오르지 않은 상태로, 다시 말해서 말랑말랑한 상태로 있는 것을 더 좋아한다. 그래야만 핥고 빠는 즐거움을 증가시킬 수 있기 때문이다.

우리나라 남자들은 모두 다 '장대(長大)한 자지'에 대한 선망으로 가득 차 있어서, 자기의 자지가 왕창왕창 발기해야만 여자들이 좋아하는 줄로만 알고 있다. 그러나 펠라티오의 쾌감은 역시 그것이 입안에서 한결 유연성 있게 왔다 갔다 해주는 데 있다. 그렇다. '정력'보다는 '정열'이, '발기'보다는 '유연함'이 더 중요한 것이다.

여자는 남자의 자지가 커질 대로 커지자 자신의 항문을(보지가 아니라) 남자의 자지 앞에 갖다 댔다. 말하자면 '애널섹스(Anal Sex)'를 하려는 모양이었다.

이 부분에 가서는 나도 좀 흥분했다. 애널섹스는 아무래도 '드문 성희'에 속하기 때문이었다.

문학을 전공하는 나는, 언제나 이런 생각을 갖고 있었다. 뭐냐하면, "변태는 권태에서 나오고, 변태적 기질 없이는 새로운 창조가 불가능하다"는 생각이었다. 물론 항문 섹스는 이제 흔하디흔한 '사랑 방식(方式)'이 되어버렸다. 하지만 역시 '비(非)생식적 섹스'는 아무리 흔하더라도 멋지다. 아름답다. '하느님'이 만들어놓은 자연법칙을 깨는 것이고, 사회적 통념을 깨부수는 것이기 때문이다.

남자는 아까 번데기처럼 졸아들었던 자지를 언제 그랬냐는 식으로 힘차게 여자의 항문 틈새로 집어넣었다. 참으로 이상한 일이었다. 그러면서 그는 나를 손짓으로 불러 자기와 키스를 해달라는 신호를 보냈다. 나도 약간 흥분했던지라 그의 제안을 서슴없이 받아들였다.

그리고 나서는 딥 키스(deep kiss)였다. 그는 아주 니글니글하게 헛바닥을 굴려대었다. 그래서 나는 잠깐이나마 내가 그를 사랑(사랑이란 말은 촌스럽다. 거짓말 같다. 성애[性愛]라는 말이 더 적합하다!)하고 있다는 착각에 빠졌다. 하지만 그 착각은 꽤나 감미로운 것이었다.

여자가 '흠흠흠' 하고 신음소리를 내기 시작했다. 꽤 듣기 좋은 신음소리였다. 남자의 이마에서는 송골송골 땀방울이 돋아나고 있었다.

"언제나 힘들여 옹골찬 발기를 해야 하니 남자들은 참 불쌍한 노동자로군……. 내가 여자로 태어났다는 것이 얼마나 다행스러운 일이냐……."

하고 나는 마음속으로 중얼거렸다.

남자는 계속 그의 헛바닥을 내 목구멍 깊숙이 박아넣고 있었다. 나는 문득 얼마 전에 본 고전적(古典的) 포르노 영화 「목구멍 깊숙이(Deep Throat)」를 생각해냈다. 1970년대 만든 정말 '착하게 섹시한' 포르노인데, 하도 전설적으로 유명한 포르노라서 그 CD를 수소

문해서 봤던 것이다. 그때는 '오럴 섹스'만 해도 신기한 성애(性愛)로 간주되고 있던 시절이어서, 계속 들입다 펠레티오만 하는 영화인데도 관객들에게 깊은 인상을 심어준 모양이었다.

하지만 지금 딥 키스를 하면서 생각해보니, 딥 키스는 영원히 물리지 않는 주식(主食)인 '밥'과도 같은 것이라는 생각이 들었다. 나는 남자의 혓바닥 끝이 목젖을 자극하는 것을 의식하면서, 남자가 이왕이면 혓바닥 끝에 혓바닥고리를 꿰어주었으면 좋겠다고 생각했다. 그랬더라면 내가 느끼는 쾌감이 두제곱, 세제곱으로 배가(倍加)됐을 것이었다.

여자의 음순고리는 긴 사슬과 함께 출렁거렸다. 나는 그 모습이 그렇게 예뻐 보일 수 없었다. 나는 지금 귀고리와 배꼽고리만 하고 있는 상태지만, 이왕이면 음순고리에다가 젖꼭지고리, 그리고 더 나아가 란제리 피어싱까지 해보고 싶은 충동을 느꼈다.

이윽고 남자의 자지에서 정액이 분출(噴出)되었다. 생각보다는 수압(水壓)이 별로였다.

들크무레한 밤꽃 냄새가 내 코에까지 미치고 있었다. 남자는 자신의 자지를 잡고서 손으로 피스톤운동을 하며 여자의 궁둥이 전체에 정액을 사출(射出)해내고 있었다.

정액을 사출하고 난 후 남자의 표정을 너무나도 허무한 표정이 되었다.

참 싱겁다, 싱거워……. 저 남자는 왜 '후희(後戲)'라는 것을 모르고 있는 것일까? 하긴 내가 여자라서 남자가 정액을 사출해낸 뒤에 느끼곤 한다는 허탈감을 가늠해 볼 수 없기는 하다. 하지만 우리나라 대부분의 남성들 섹스에서는 '후회'가 곧바로 '후회(後悔)'가 되어버리고 만다. 그렇다면 역시 정액의 사출은 미완(未完)으로 끝내버리는 게 낫겠군……, 하고 나는 마음속으로 중얼거렸다.

남자는 내 입술에서도 혓바닥을 거둬들이고 있었다. 여자도 한참 동안 지친 상태로 널브러져 있었다. 역시 애널섹스는 고통스러운 것이로구나……. 하지만 고통 없는 섹스가 과연 진지한 쾌감을 가져다줄 수 있을까?…… 나는 이런 생각이 들었다.

섹스 행위는 마치 전쟁과도 같다. 두 개의 개체(個體)가 서로 으르렁거리며 만나 상대방을 압살(壓殺)시키고 교란시킨다. 그리고 정력이 완전히 소모될 대로 소모될 때까지 힘겨운 전투행위를 벌인다. 신음 끝에 남는 것은 물론 짙은 페이소스다. 하지만 그 '짙은 페이소스'가 감미로운 느낌으로 다가오는 것은 어쩐 일일까…….

남자는 일을 마치더니, 나보고 이젠 됐다고 가봐도 된다고 이야기했다. 한 번 더 하면 안 되나……. 나는 조금 아쉬운 생각이 들었다. 그렇지만 꽤 산뜻한 기분으로 나는 호텔 방을 나왔다.

신(神)

한 여신(女神)의 사당이 있었다. 어느 날 어떤 사내가 그 사당에
서 잠을 잤다. 그러자 꿈에 웬 여종이 나타나 신(神)이 부른다고 하
였다. 사내가 그 뒤를 따라가 보니 신이 웃으면서 말하였다.

"잘 오셨습니다. 진심으로 흠모하고 있었어요. 그대를 낭군으로
모시고자 합니다. 잠시 후 맞으러 가오리다."

꿈을 깨고 나니 사내는 신이 밉살스러웠다.

이날 밤, 마을의 주민들이 꿈에 신을 보았는데, "아무개가 지금 내 남편이 되었으니 상(像)을 파드리셔요" 하는 것이었다. 그러나 사람들은 여신의 정절을 더럽히는 것이 두려워 신(神)의 분부를 좇지 않았다. 그런데 얼마 안 가서 마을에 전염병이 돌았으므로 크게 두려워하여 사내의 초상을 신의 왼편에 만들어 놓았다.

초상이 만들어진 뒤 사내는 그의 부인에게, "신(神)이 영접을 왔다" 하고 말하더니 그만 죽어버렸다. 처(妻)는 원통히 생각하여 사당에 나아가 여신의 초상을 더럽히며 욕을 하고, 너덧 번 뺨을 치고 돌아왔다.

중국 청나라 때 작가 포송령의 「금고부(金姑夫)」라는 소설을 번안한 이 이야기는 이것으로 끝이다.

그런데 만약에 마을 사람들이 그 사내의 상(像)을 만들지 않았다면 어떻게 되었을까? 그러면 그 사내가 안 죽지 않았을까? 그리고 만약에 그 여신의 상(像)을 아예 부숴버렸다면 어떻게 됐을까? 그러면 여신이 가진 신력(神力)이 없어짐과 동시에 그 여신 자체가 사라져버리지 않았을까?

발 페티시(fetish)

"벽을 보도록. 발 노예야, 내 발을 숭배해도 좋다는 허락을 받을
때까지 구석에 가서 서 있어라!"

'발 페티시(Foot Fetish)' 클럽의 여주인 '지나'는 빨간 코트를 벗
으면서 남자에게 명령한다. 지나의 목소리를 들으면서 남자는 여인
이 걸친 무거운 비단 천, 숨겨진 긴 발톱, 18센티미터 높이의 울트라
하이힐의 은근한 힘을 연상한다.

다시 지나가 그에게 말한다.

"너는 내 발을 숭배할 자격이 없다. 안 그런가? 나의 불쌍한 노예야."

남자는 부르르 몸을 떨면서, 그러나 한편으로는 기이한 마조히즘의 쾌감에 잠기면서, 낮은 목소리로 대답한다.

"예, 그렇습니다. 저의 여왕님. 저는 여왕님의 발을 숭배할 자격이 없습니다."

남자는 벌써 널찍한 방구석에서 몸을 움츠리며 즐거운 공포에 젖어 있다.

"야, 발의 노예야. 너는 이제부터 착하게 굴어야 한다. 내 친구들 앞에서 나를 부끄럽게 만들지 말도록 해라."

남자는 그저 그렇게 생긴 보통 사람이다. 보통 키에 보통 체중, 고급 미용실에서 만진 듯한 산뜻한 헤어스타일, 투명색 매니큐어를 칠해 말끔하게 다듬어진 손톱, 나이는 마흔서너 살쯤…… 남자는 사타구니에 꽉 끼는 검은 가죽 팬티를 입은 것 말고는 아무것도 입고 있지 않다. 코트를 벗어젖힌 지나는 아름다운 살결의 여성이다. 검은색 니트 캣슈트(손목에서 발목까지 가리는, 몸에 꽉 끼는 여성용 운동복)가 탄력 있는 몸매를 매혹적으로 드러내고 있다. 지나는 허벅지까지 오는 윤기 나는 비닐 부츠를 신고 있고, 귀에는 무거운 은제(銀製) 귀고리를 달고 있다. 코트를 의자 위에 던져놓은 지나는 핸드백에서 스웨이드 채찍을 하나 꺼낸다. 그리고 채찍으로 노예의 뭉툭한 고환 부근을 때리면서 계속 욕설을 퍼붓는다.

"발 노예야, 이번 주일엔 어땠지? 내가 시킨 걸 다 했나?"

"뭘 말씀하시는 겁니까?"

노예는 아주 공손한 음색으로 겸손히 묻는다.

"내가 너에게 선물로 준 나의 하이힐에 너의 페니스를 비비면서 매일 마스터베이션을 했느냐 이 말이야."

"예, 그렇게 했습니다. 여왕 마마께서 시키신 일을 그대로 따라 했습니다."

"너는 내 말을 잘 듣는 노예냐?"

이렇게 말하면서 지나는 남자의 어깨를 채찍으로 내려친다. 남자는 아픔으로 몸을 떤다.

"자, 내가 묻는 말에 대답할 테냐?"

이렇게 말하면서 지나는 남자의 등을 세게 채찍질한다. 그러고서 다시 덧붙인다.

"발 노예, 네가 얼마나 착하게 굴었는지에 대해 거짓말을 하진 않겠지?"

"예, 여왕님, 저는 거짓말을 할 수 없습니다. 저는 그럴만한 가치조차 없지요."

지나는 남자한테서 몇 발자국 떨어져 나와 발을 벌리고 선다. 그리고 양손을 허리에 얹는다. 실내는 조용하다. 차량들의 소음을 차단하기 위해 창문을 닫아둔 상태다. 공기를 가르는 채찍소리와 지나의 목소리 이외엔 아무 소리도 들리지 않는다. 강력하면서도 교양이 있고, 그리고 명령하는 투의 지나의 목소리 이외에는……. 지나는 다시 웅크리고 있는 남자에게 명령한다.

"돌아서서 나한테로 기어와라."

속삭이는 듯한 말씨다. 남자는 고개를 숙인 채 지나를 향해 네 발로 엉금엉금 기어와 그녀의 발 바로 앞에서 멈춘다. 바로 눈 앞에 부츠를 신은 지나의 오른쪽 발이 있지만, 남자는 수줍어 어쩔 줄을 모른다. 지나의 발끝이 남자의 뺨에 닿는다. 남자의 자지가 발기한다.

"핥아라."

지나는 발을 바닥에 내려놓으면서 남자에게 말한다. 남자는 지나의 반짝거리는 비닐 부츠에 혀를 댄다. 그리고 혀로 신발을 광택나게 닦기라도 하듯이 길고 넓게 부츠를 핥는다.

'발 페티시스트(Foot Fetishist)'의 유형에는 세 가지가 있다. 하나는 발 숭배하기다. 그들은 여자가 신발을 신은 채든 벗은 채든 발을 핥고 발에 키스하는 데서 오르가슴을 느낀다. 그다음은 짓밟기. 굽 높은 하이힐을 신은 여자가 남자의 몸뚱어리 위를 걸어 다니거나 짓밟는 것을 좋아한다. 그리고 세 번째는 '거녀(巨女) 콤플렉스' 실연하기. 거녀 콤플렉스를 갖고 있는 남성은 숫자가 좀 적다. 그들은 상대방 여성이 거인(巨人)이고 자신을 난쟁이라고 생각하며 상대가 자기를 밟아 죽이는 상황을 연기하고 싶어한다.

남자는 지나의 부츠를 오랜 시간 동안 핥고 빨다가 드디어 자기의 몸뚱어리를 짓밟아 달라고 애원한다. 지나는 엎드린 남자의 등 위에 서서 사정없이 뾰족한 굽으로 짓밟는다. 그때 남자의 자지에서 정액이 분수처럼 솟구쳐 나온다. 잠시 시간이 흐른 후, 지나는 부츠를 벗고서 맨발을 드러낸다. 그런 다음 남자에게 명령한다.

　　"이제 내 발의 냄새를 맡아라!"

　　그리고 이어서 덧붙인다.

　　"발에 코를 대고서 진짜로 냄새를 맡는 거다."

　　남자는 바닥에 무릎을 꿇고 있고, 지나는 의자에 앉아 있다. 남자는 지나의 발에 입술을 갖다 댄다. 지나의 발 냄새를 깊숙이, 그리고 허겁지겁 들이마시는 남자의 거친 숨소리가 들려온다.

　　"이젠 발을 문질러라."

　　지나가 말한다.

　　지나의 발은 갸름하고 발가락이 길다. 다소 짧은 새끼발가락을 빼고 나머지 발가락들은 엄지발가락만큼 길며 발톱들에는 빨간색 매니큐어가 칠해져 있다. 지나의 발을 문지르는 동안 남자는 가끔씩 신음소리를 낸다. 얼굴에는 성적 흥분이 역력히 드러나 있다. 지나는 남자에게 문지르는 것은 이젠 됐다고 말하면서, 엄지발가락 하나를 부드럽게 남자의 입속으로 밀어 넣는다. 남자는 숨죽여 흐느낀다. 남자는 계속해서 열심히 여자의 발가락을 빤다. 남자는 헐떡거리면서 숨을 몰아쉬며 신음한다.

"난 잠깐 쉬고 싶다."

지나는 남자의 입에서 발을 빼며 말한다.

남자의 얼굴에서는 억제할 수 없는 욕망이 드러난다. 그리고 뜨거운 갈망의 표정도 드러난다. 시간이 잠시 흐른 뒤, 지나는 남자의 음낭 주변을 그물 스타킹으로 묶는다. 그리고 남자가 지나의 부츠를 공손하게 신기고 있는 동안 그의 귓전에다 대고 뭐라고 속삭인다. 남자는 여전히 무릎을 꿇고 있다. 지나는 빨간색 코트를 입는다. 남자가 지나에게 두툼한 돈을 지갑에서 꺼내어 준다. 정중한 자세로…….

남자는 차를 타고 집으로 간다. 집에는 아내가 기다리고 있다. 남자의 아내는 남편이 발 페티시스트라는 것을 모른다. 오랫동안 정상 체위의 섹스만 해왔기 때문이다. 남자는 식사를 마친 후, 아내와 함께 잠자리에 든다. 물론 아까 음낭에 매고 온 스타킹을 풀어 자신의 책상 서랍 속에 고이 보관한 뒤의 일이다.

남자는 아내와 인터코스를 하면서 아까 가졌던 지나와의 기억을 떠올린다. 그러니까 자지가 차츰 발기되어 온다. 남자의 아내는 펠라티오조차 하기를 거부하는 '숙녀'다. 그래서 남편에게 삽입 성교만을 요구하는 것이다. 남자는 머릿속으로 지나의 긴 스틸레토 부츠와 발 냄새의 기억을 떠올리려고 애쓴다. 그러자 점점 더 또렷하게 그녀의 발 모양과 냄새가 머릿속에 떠올라온다.

그의 자지가 드디어 아내의 보지 속으로 들어간다. 남자는 아까 지나가 자신을 엎드려놓고 발로 밟아줬던 기억을 쥐어짜내려고 애쓴다. 그러나 기억은 잠시뿐, 그의 자지는 서서히 오그라들고 만다. 그의 아내가 조금 짜증스러운 표정을 짓는다. 남자는 삽입 성교를 포기하고 침대 머리에 비스듬히 기댄다. 그러고는 담배를 한 개비 피워 문다. 아내가 남편 곁으로 다가와 어깨를 감싸 안으며 말한다.

"여보, 우리 큰 병원의 섹스클리닉에라도 가봐요. 당신의 성 기능이 아무래도 이상해요."

남자는 아내의 말에 고개를 끄덕거려 준다. 그러면서도 그의 머릿속에서는 아까 봤던 지나의 긴 비닐 부츠와 송곳 같은 굽이 오르락거린다.

"내일은 돈을 더 줘 봐야지……. 그러면 더 오랫동안 나를 밟아줄지도 몰라……."

그는 이렇게 마음속으로 중얼거리면서 긴 한숨을 몰아쉰다. 아내는 남편의 심정을 통 이해할 수 없다는 표정이다.

그녀도 답답한지 냉수를 한 잔 마신다.

판타지

그녀는 '딱딱한 여자'가 아니라 '부드러운 여자'였다. 나는 여자가 부드러우냐 부드럽지 못하느냐를 단적으로 판단할 수 있는 방법으로, 여자를 나이트클럽으로 데리고 가 블루스를 춰보는 방식을 택하고 있다. 우선 블루스를 가까운 연인(이를테면 살을 섞은)끼리나 출 수 있는 '음탕한 춤'이라고 생각하여 춤추기를 거부하는 여성은, 일단 부드러운 여성의 범주에서 제외된다. 그렇게 촌스럽게 행동하며 폼을 잰다는 것 자체가, 몸매나 매너의 부드러움 이전에 '생각의 부드러움', 즉 '사고방식의 유연성'이 없다는 증거이기 때문이다.

또 마지못해 블루스를 춘다고 해도, 온몸이 경직돼 있어 마치 장작개비를 붙들고 춤추는 것 같은 느낌이 들면 역시 낙제다. 그런 여자들은 대개 춤추는 동안 남자의 몸과 자기 몸 사이에 사과 한 알 정도의 간격을 유지하려 든다. 그리고 서로 포옹하는 자세로 춤추는 것을 거부하고 엉터리로라도 정식 스텝을 밟으려고만 한다.

이런 여자라면 설사 그녀가 진짜 애인과 블루스를 춘다고 하더라도, 필시 장작개비같이 뻣뻣하고 사이비 귀부인같이 오만방자한 몸놀림으로 춤을 출 것이 틀림없다. 어쩌다 내가 그런 여자와 함께 어정쩡하고 어색하게 춤을 추다가, "왜 이리 몸이 굳어져 있느냐. 절대로 잡아먹지 않을 테니까 염려 말고 몸을 풀어라" 하고 말하면, 여자 쪽에서는 대개 이런 대답이 나온다.

"당신하고는 어쩐지 어색한 느낌이 들어서 그래요. 저도 진짜 사랑하는 사람을 만나면 둘이서 꽉 부둥켜안고 춤을 출 거예요."

하지만 내 경험으로는, 그런 여자는 아무리 진짜 애인을 만나더라도 블루스를 유연하고 섹시하게 추지는 못할 거라고 생각한다. 그런 여자는 춤 자체를 즐기기보다 주변 사람들 눈치 보기에 급급해하는 부류이기 때문이다.

진짜로 '부드러운 여자'는 일단 블루스를 추게 되면 스텝을 알든 모르든 간에 남자 품 안에 착착 감겨들어 온다. 그러면서도 자기가 천한 행동을 하고 있다는 생각은 전혀 하지 않는다. 자신의 부드럽고 따뜻한 매너에 대해 이미 당당한 자신감(自信感)이 서 있기 때문이다.

그런데 이른바 '딱딱한 여자'들은 항상 남 눈치 살피기에 바빠서 자기의 몸을 '고상하게' 놀리려고만 든다. 그래서 결국 '사랑스러운 여자'가 되지 못하는 것이다.

'부드러운 여자'와 '딱딱한 여자'는 키스를 할 경우에도 마찬가지로 구별된다. 설사 서로의 마음이 맞아떨어져 상호 합의하에 키스를 한다 하더라도, 부드럽지 못한 여자들은 입술이나 혓바닥을 유연하게 놀리지 못하는 것이다. 딱딱한 여자들은 남자의 혓바닥이 자기 입안으로 들어오면, 마치 더러운 물건이 쳐들어오기라도 한 듯 지레 겁을 먹고 입술을 움츠리는 게 보통이다.

순결이데올로기에 집착하는 촌스러운 한국 남자들이 속아 넘어가기 쉬운 게 바로 이런 경우다. 그런 남자들은 어떤 여자가 '혓바닥 놀리기'를 거북해하면(또는 블루스 추기를 거북해하면), 그것이 섹스 경험과는 무관하게 형성된 그 여자의 속성이나 체질인 줄도 모르고, 다만 그녀가 '수줍어서' 그런 행동을 하는 것이라고 여기며 흐뭇해한다. 그러면서 '진짜 순진한 처녀'를 만났다고 생각하며 바보같이 기뻐하는 것이다. 딱딱한 체질의 여자와 사랑을 나눈다는 것이 얼마나 재미없고 지겨운 '노동'인지 미처 모르고서 말이다.

나는 그녀, 즉 박아라와 함께 블루스를 처음 춰본 기억을 감미롭게 간직하고 있다.

아라를 처음 만났을 때 나는 우선 그녀의 길디긴 손톱에 눈이 팽 돌아갔다. 손톱들이 손끝에서 적어도 15센티미터 정도는 뻗어 나가 있었다. 구부러들며 휘어진 정도가 들쭉날쭉한 것을 보니 모조 손톱을 붙인 게 아니었다.

열 개의 손톱들은 각각 다른 빛깔의 매니큐어로 채색되어 있었고, 파란색, 까만색, 황금색, 노란색 등 현란하고 그로테스크한 색깔의 매니큐어 위에는 자잘한 은색 반짝이들이 붙어 있었다. 특히 왼손 새끼손가락과 집게손가락, 그리고 오른손 엄지손가락과 가운뎃손가락의 손톱 끝에 구멍을 뚫고서, 작은 다이아몬드들로 이어진 10센티미터가량 되는 길이의 체인을 늘어뜨리고 있는 것이 인상적이었다.

그녀는 손을 움직일 때마다 손톱이 다칠까 봐 조심스러워하는 모습을 보였는데, 아주 습관화된 동작이라 무척이나 우아하면서도 나태해 보여 나의 성감대를 자극시켰다. 두 손은 주로 무릎 위에 포개고 있었는데, 날카로운 손톱 끝이 손등을 찌르지 않도록 손가락들을 부챗살처럼 쫙 펴고 있는 모습이 소름 끼치도록 고귀해 보였다. 가끔씩 손을 움직일 때도 그녀의 손가락들은 마치 너울너울 느린 무용을 하고 있는 것처럼 보였다.

나는 요즘 지식인들이 '정신'이나 '지식'의 '상품화'는 필요하다고 말하면서, '몸의 상품화'를 부정하려 드는 것은 모순이라고 생각한다. '몸의 상품화'는 '관능미의 상품화'로 발전하고, 이를 통해 성은 지배(또는 소유)와 피지배(또는 피소유)의 구조를 벗어나 탐미적 환상 위주의 아름다운 에로티시즘으로 구현될 수 있다는 게 내 생각이다.

이럴 경우 페티시(fetish)의 역할이 매우 중요하다. '긴 손톱'에 내가 특별히 집착하는 이유는, 그것이 인간의 폭력성을 완화시켜 주거나 아예 없애 줄 수 있기 때문이다.

나는 그것을 '탐미적 평화주의'라고 부르는데, 이를테면 손톱을 아주 길게 기른 여성은 손톱이 부러질까 봐 겁을 내어(또는 손톱이 부러지는 게 아까워) 남자를 쉽사리 할퀼 수 없는 것과도 같은 이치다.

이것은 '긴 머리카락'의 경우도 같다. 만약 모든 나라의 군인들에게 머리를 아주 길게 기르도록 한다면, 머리를 가꾸고 관리하는 데 공을 들이지 않을 수 없게 되어 싸움을 하지 않게 되거나 싫어하게 될 것이고, 결국에 가서는 전쟁 자체가 없어질 것이다.

아라의 길디긴 손톱을 보고 내 눈은 팽글팽글 돌아가고 있었다. 나는 아라가 '부드러운 여자'인지 '딱딱한 여자'인지 빨리 시험해 보고 싶어 그녀를 어느 나이트클럽으로 데리고 갔다. 특히 한국 여성의 경우 손톱을 길게 기르거나 화장을 짙게 하는 등 '겉'이 야하다고 해서 반드시 '속'까지 야하지는 않다는 것을, 나는 경험을 통해 알고 있기 때문이었다.

아라가 별 군소리 없이 금세 따라나서는 것을 보고, 나는 그녀에게 막연한 '희망'을 품게 되었다.

아라는 몸에 칭칭 휘감겨드는, 옆구리에 은색 줄무늬가 들어간 하늘하늘한 옷감의 보라색 망토를 걸치고 있었다. 아주 짧은 길이의 망토여서, 엉덩이만 아슬아슬하게 가릴 정도의 짧디짧은 뱀 가죽 무늬의 스판덱스 천으로 된 미니스커트의 끝자락이 살짝 드러나 보였다.

허리 부분에는 금속으로 만든 묵직한 벨트가 느슨하게 둘러져 있었는데, 남자의 발기한 자지와 똑같은 모양으로 된 장식들이 은빛 나는 가는 고리에 의해 연결돼 있었다. 허리를 두르고 남은 부분은 불두덩 부근에서 매듭지어져 허벅지 윗부분까지 늘어져 있었고, 대롱대롱 매달려 있는 몇 개의 자지가 그녀의 음부를 살짝살짝 가려주고 있었다. 주변에서 춤을 추고 있던 몇 명의 남자들이 보지 근처에서 대롱거리는 그녀의 벨트 끝자락을 멍하니 응시하고 있는 게 보였다.

그녀의 다리는 엄청나게 길고 매끈했고, 뱀이 꽃을 휘감고 있는 모양으로 짜인 검은색 망사 스타킹을 신고 있었다.

그녀가 고개를 움직일 때마다 왼쪽 귀에 매달린 다섯 줄의 굵은 금빛 쇠사슬이 어깨까지 드리워져 있는 것이 강조되었다. 오른쪽 귀에는 한 줄의 긴 금사슬과 솔방울만 한 크기의 사파이어 귀고리가 무겁게 매달려 있었다.

머리카락의 빛깔은 순은색(純銀色)이었는데, 뒤로 한데 모아 묶어 한 가닥으로 길게 땋아 내리고 있었다. 머리카락의 길이가 그녀의 키보다 30센티미터는 넘게 길어 보였다. 그래서 그런지 그녀는 앞창이 얇고 날렵하게 생긴 전형적인 펌프스 스타일의 하이힐이 아니라, 앞창을 15센티미터 정도의 높이로 두껍게 댄 통굽 모양의 하이힐을 신고 있었다. 구두 굽만은 송곳처럼 날카롭게 뻗어내려 있었는데, 굽의 높이가 족히 30센티미터는 넘어 보였다.

"둔탁하게 생긴 구두를 신고 있어서 죄송해요. 나이트클럽에 가게 될 줄 몰랐거든요. 춤을 멋있게 추려면 날렵한 모양의 구두를 신고 있어야 하는데 말이에요⋯⋯. 저는 앞창을 두껍게 댄 둔탁하게 생긴 통굽 모양의 하이힐을 사실 싫어해요. 하지만 머리가 원체 길어 질질 끌리다 보니 외출할 땐 이런 구두를 자주 신게 되었지요. 또 한국 남자들은 여자의 뾰족구두나 긴 손톱의 날카롭고 가느다란 선(線) 같은 데 별로 관심을 두고 있지 않은 것 같아서, 더 그런 버릇이 들게 됐어요."

하고 문득 아라가 내게 말했다.

나는 아라가 내 의중을 정확하게 꿰뚫어 보고 있는 것을 알고서 깜짝 놀랐다. 그래서 나는 아라에게,

"어쩌면 그렇게 내 마음속을 잘 꿰뚫어 보고 있죠?"

하고 물었다. 그러자 아라는 이렇게 대답했다.

"마 선생님의 시집과 소설집을 몇 권 읽었거든요. 그래서 선생님의 관능적 취향을 잘 알게 되었어요. 그리고 아름다움에 대한 생

각에 있어 선생님과 저는 서로 쿵짝이 잘 맞아 떨어질 거라고 생각했어요. 사실 전 앞창이 얇은 날씬한 모양의 정식 뾰족구두라도 18센티미터 정도의 굽까지는 신을 수 있어요. 아슬아슬하게 걷는 것도 그렇지만 긴 머리가 땅에 질질 끌리는 걸 느끼는 것 또한 묘한 쾌감을 가져다주거든요."

빗자루처럼 긴 금빛 속눈썹을 붙인 그녀의 요요(夭夭)한 눈매가 나를 향하고 있어 나는 무의식중에 눈길을 피할 수밖에 없었다. 그녀의 눈길이 너무나 뇌쇄적이기 때문이었다.

"선생님은 제 모습이 마음에 드시나요?"

하고 다시 아라가 말했다.

"그럼요. 매우매우. 아니, 무지무지."

"다행이군요. 제 남편과 취향이 비슷하신가 봐요."

'남편'이라는 말에 움찔 신경이 곤두설 뻔했지만 그녀의 따뜻한 미소가 내 마음을 포근하고 자유롭게 했다.

나이트클럽에 들어서자 마침 빈자리가 있었다. 나는 그녀가 의자에 앉을 때 그토록 짧은 미니스커트가 아슬아슬하게 당겨 올라가는 것을 편안하게 주시했다. 아라가 노출의 쾌감을 즐기는 성격의 여자라는 것을 알게 되었기 때문이었다.

주변에 있는 사람들이 검은 망사스타킹에 둘러싸인 그녀의 미끈한 다리를 슬금슬금 훔쳐보고 있었다. 그녀는 처음엔 왼쪽 다리를 오른쪽 다리 위에 올려 꼬고 앉아 있다가, 조금 시간이 지나자 왼쪽 다리를 내려놓고 두 다리를 약간 벌리고 앉았다. 거지같이 감칠나게 야한 영화인 「원초적 본능」에 나왔던 한 장면을 연상시켰다. 하지만 '샤론 스톤'은 아라에겐 상대가 되지 않았다. 그녀는 아라에 비해 너무 늙고 못생기고 교활한 얼굴이었다.

샤론 스톤에 생각이 미치자, 나는 아라가 팬티를 입고 있을까 안 입고 있을까 하는 문제에 대해 추측해 보기 시작했다. 그런 사소한 의문을 가지고 상대방을 열심히 관찰하면서 추측을 해본다는 것 자체가 참으로 유쾌하고 재미있었다. 권태롭고 짜증 나던 나의 일상(日常)은, 어느새 아라로 인해 '즐거운 각성 상태'로 들어가고 있었다.

아라와 함께 춤을 추기 전에 가졌던 우리 둘 사이의 행동을 여기서 자세히 묘사하지는 않겠다. 그날 밤 내가 그녀와의 첫 살갗 접촉을 소재로 단숨에 써 내려간 산문시 한 편을 소개하는 것으로 장황한 묘사를 대신하기로 한다. 나는 시의 제목을 「감사(感謝)」로 붙였다.

너는 내가 첫 데이트 때부터 네 초미니스커트 아래로 희게 드러나 있는 너의 허벅지 사이에 내 손을 다짜고짜 찔러 넣는 것을 허락해 주었다. 너무 길이가 짧은 치마라 앉을 때는 다리를 꼬고 있을 수밖에 없어, 내 차가운 손바닥은 네 사타구니 사이에 포근하게 갇혔다. 내 손에 전달돼 오는 맨살의 따스한 온기와 '노팬티'로 인한 음모의 부드러운 감촉 때문에 나는 너무나 너무나 행복했다. 너는 또 내 더러운 혓바닥이 네 얼굴을 개처럼 핥아대도 조용히 있어 주었고, 내 이빨이 네 귓불을 질겅질겅

썹어대도 가만히 있어 주었다. 너처럼 첫 만남에서부터 나를 편안하게
해준 여자는 없다. 다들 조금씩은 폼을 잡거나 생색을 냈다. 너를 사랑
했기 때문에 네 사타구니 사이에 손을 찔러 넣은 것은 아니었다. 그러나
네가 잠자코 내 응석을 받아 주었기 때문에 나는 너를 사랑하게 되었다.

윗 시의 마지막 부분에 나오는 "너를 사랑했기 때문에 네 사타구
니 사이에 손을 찔러 넣은 것은 아니었다. 그러나 네가 잠자코 내 응
석을 받아주었기 때문에 나는 너를 사랑하게 되었다"는 구절에는
사실 약간의 거짓말이 섞여 있다. 아라가 내 응석을 받아주었기 때
문에 그녀를 사랑하게 된 것은 아니었다. 나는 아라를 처음 본 순간
부터 사랑하고 있었다. 외모나 치장이 너무나 마음에 들었기 때문이
었다.

그런데도 시의 마지막 부분에서 약간의 '능청'을 떤 것은, 시에서
든 산문에서든 거기 나오는 여자가 너무너무 예쁘다고(또는 너무너
무 섹시하다고) 표현하면 질투심을 느끼는 독자들(아무래도 못생
긴 여자들이 주가 될 것이다)이 너무나 많기 때문이다. 말하자면 나
로서는 시의 '발표'를 의식하여, 독자들한테 적당히 '아부'를 한 셈이
었다.

따져서 생각해 보면, 내가 아라를 처음 보자마자 '사랑'하게 됐다
는 말 자체에도 어폐가 있다. '사랑'이라기 보다는 '관능적 흥분'이
나 '기분 좋은 발기(勃起)'라는 말이 더 적당할 것이다.

나는 참된 에로티시즘은 '사정(射精)'이 아니라 '발기(勃起)'에
있다고 늘 생각해왔다. 순진하게 농염한 얼굴과 길디긴 손톱이 그로

테스크하게 조화를 이룬 아라의 모습은, 나의 '상상적 발기'를 최대한도로 가능하게 해주었다. 다시 말해서 오르가슴의 순간을 가슴 두근거리며 기대하게 하는 시간을 한없이 연장시켜 주었다.

이것은 여성의 경우도 마찬가지라고 생각한다. '사정(射精)'이란 말을 '수정(受精)'이란 말로 바꾸기만 하면 되기 때문이다. '발기'는 여자나 남자나 같다. 여자는 '자지' 대신 '클리토리스'가 발기하는 것이 다를 뿐이다(보지 같은 것은 성기 축에도 들지 못한다. 그것은 그저 '아이 나오는 구멍'에 불과하다). 다시 풀어서 설명하자면, 여자에게 있어 참된 에로시티시즘은 '수정'이 아니라 '발기'에 있다.

'사랑'이란 것이 굳이 있다면, 그것은 오직 상대방의 외모에 대한 '탐미적 경탄'의 감정일 뿐이라는 게 내 생각이다(상대방에는 물론 동성도 포함된다). '정신적 사랑'이나 '이심전심(以心傳心)의 사랑' 같은 말들은 다 말짱 헛소리들이다.

그런 말을 앵무새처럼 뇌까리는 자들은 모두 못생긴 파트너를 갖고 있는 자들이다(한번 주위 사람들을 가지고 시험해 보라). '사랑'이 뭐 별거더냐. '아름다움', 아니 '관능적인 외모'에 대한 '군침 흘리기'가 바로 '사랑'이다.

그건 그렇고, 어쨌든 나는 아라가 '노팬티'로 있다는 사실 하나만으로도, 그녀가 '딱딱한 여자'가 아니라 '부드럽고 말랑말랑한 여자'라는 사실을 직감적으로 알 수 있었다.

술을 몇 잔 마시고 나니 드디어 블루스곡이 흘러나왔다. 나는 블루스곡이 빨리 안 나와 내심 초조해 하고 있었다. '힙합 뮤직' 등은 도무지 춤을 추기가 싫은 빠른 곡이기 때문이었다. 내가 나이가 많고 체력이 딸려서가 아니라, '살갗 접촉'이 없는 춤은 춤이 아니라는 생각을 굳센 확신으로 견지하고 있어서 그랬다.

'디스코'든 '록'이든 '테크노 댄스'든, 그건 모두 다 일종의 '보건 체조'에 가깝다. 신체 단련을 위한 '운동'으로라면 몰라도, 남녀가 서로 살을 붙이지 않고 떨어져서 추는 춤은 자칫하면 쓸데없는 '에너지 낭비'가 되기 십상인 것이다.

블루스곡은 마침 내가 좋아하는 바브라 스트라이샌드의 「메모리(Memory)」였다. 아무리 들어도 좋은 노래다. 멜랑콜리한 내용의 멜로디와 가사가 은근히 관능적이다. '야한 관능'이란 것은 언제나 센티멘털리즘과 관련을 맺고 있다. '정사(情事)'라는 것 자체가 결국은 허무한 마음으로 끝날 수밖에 없는 것이기 때문인지도 모른다.

아라는 기다렸다는 듯, 춤을 추러 나가기 전에 겉에 입고 있던 얇은 망토를 벗어젖혔다.

우윳빛같이 고운 피부가 거의 다 그대로 드러났고, 그녀의 상체에는 아주 작은 역삼각형 모양의 시폰(chiffon) 옷감으로 된 '배가리개'가 느슨하게 붙어 있을 뿐이었다. 너비가 5센티미터쯤 되는 링 모양의 두 젖꼭지고리와 얇은 두께의 링에 여러 개의 다이아몬드 줄이 내려뜨려져 있는 배꼽고리에 연결돼 있는 역삼각형의 노란색 천이, 그녀의 희디흰 살갗을 살풋하게 드러내 주고 있었다.

"블루스 춤은 추는 사람도 섹시하게 춰야 하지만 남들이 볼 때도 근사하게 요염하지 않으면 안 돼요. 그래서 제가 겉옷을 벗었는데, 선생님도 동의해 주시겠죠? 혹시 남 보기에 창피하다고 생각하시면 망토를 도로 입을게요."

하고 아라가 해사하게 웃으며 말했다.

동의하고 말고가 없었다. 나는 그저 감격스러울 뿐이었다. 요염무쌍(妖艶無雙)한 여자와 살을 맞대고 춤을 추면서 보는 사람들로 하여금 침을 질질 흘리게 하며 질투의 감정을 유발한다는 것은, 유쾌하기 그지없는 '노출증적(露出症的) 쾌감'이기 때문이었다.

블루스 춤을 추기 시작할 때부터, 나는 아라가 '부드러운 여자' 정도가 아니라 '뱀같이 섹시하게 휘감기는 여자'라는 사실을 알게 되었다. 그녀는 우선 그녀의 불두덩을 나의 불두덩에 바짝 밀착시켜 왔다. 그리고 마치 힘주어 마사지를 하듯 계속 내 하복부를 자극해 가면서, 자신의 배를 울뚝불뚝 움직여가며 내밀었다 거두어들였다 하는 것이었다. 마치 아라비아의 오달리스크(하렘의 여자 노예)가 배꼽춤(Belly dance)을 추고 있는 것 같았다.

그러고는 두 팔을 내 어깨 위로 올려 깍지를 낀 다음, 그 긴 손톱으로 내 등을 계속 살근살근 긁어대고 있었다. 물론 나 역시 그녀에게 질세라, 두 팔로 아라의 허리를 껴안고서 지속적으로 그녀의 엉덩이와 보지 부근을 슬근슬근 어루만져 주었다. 손바닥에 느껴지는 감촉이 이루 말할 수 없이 감미로웠다. 그녀가 걸치고 있는 초미니 스커트 역시 시폰 옷감을 방불하게 얇고 하늘하늘한 천으로 만들어져, 둔부에 착 달라붙는 '쫄쫄이' 옷감으로 된 것이기 때문이었다.

아라가 문득 한 가닥으로 땋아 내린 그녀의 길디긴 머리 다발을 손으로 집어 올려 내 목에 칭칭 감았다. 그녀의 은빛 머리 다발은 블랙 라이트(Black light) 조명을 받아 마치 꿈틀거리는 백사(白蛇)처럼 보였다. 그래서 내 목은 똬리를 튼 뱀 사이에 끼여 질식 직전의 상태에서 묘한 오르가슴을 느끼는 처지가 되었다.

나는 서서히 발기되어 오는 나의 자지를 느끼며(나는 발기 속도가 느리다. 그것이 또한 나의 자존심을 지탱시켜 준다), 그녀의 입술에 정신없이 입을 갖다 댔다. 내 혀에 느껴지는 그녀의 하들거리는 혓바닥과, 혓바닥에 꿰어져 있는 금속성의 혓바닥고리가 느끼게 해 주는 섬뜩한 감촉이, 나를 점차 농밀(濃密)한 흥분 상태로 몰아가고 있었다.

나는 아라의 머리 가닥에 묶여 한참 동안 그녀에게 질질 끌려가듯 수동적으로 춤을 추었다.

묘한 마조히즘(masochism)을 느끼게 해준 기막힌 카타르시스였다.

그러던 중에 바브라 스트라이전드의 「메모리」가 끝났다. 이어서 시끄러운 요즘 노래가 흘러나왔다. '2NE1'이 부르는 「Fire」였다. '2NE1' 멤버들은 한 명(산다라 박)을 빼놓고는 다들 못생겼다. 노래는 꽤 잘 부르는데, 가사가 영 마음에 안 든다. 요즘 노래의 경우, 처음엔 듣는 이들의 프리섹스 정신을 들입다 '고취'시키는 척하다가, 결국에 가서는 '사랑' 타령으로 얼렁뚱땅 마무리 짓는 게 보통이다.

한껏 야하게 꾸미고서 노래를 부르는 젊은 가수들이라고 해도 '양다리 걸치기식 교훈주의'로 끝나는 것은 기득권에 편입돼 있는 늙은 예술가들과 별다를 바가 없다.

나는 원체 빠른 춤을 싫어하는 데다가 노래도 마음에 안 들어 아라에게 물어보지도 않고 자리로 돌아와 버렸다. 그러자 아라는 내 행동에는 별로 개의치 않고 빠른 리듬에 맞춰 신 나게 춤을 추어대는 것이었다. 그토록 굽이 높은 하이힐을 신고서 날렵하고 빠르게 몸을 놀리는 게 정말 신기해 보였다.

나는 자리로 돌아온 뒤 어쩐지 기분이 머쓱해져서 술을 벌컥벌컥 빠르게 들이마셨다. 거지 같은 가사에 맞춰 신 나게 춤을 추는 아라가 어쩐지 '가까이하기엔 너무 먼 당신'처럼 느껴졌기 때문이었다.

곡이 끝나자 아라는 자리로 돌아와 목이 마른 듯 빠른 속도로 술잔을 비웠다. 그러고 나서 이렇게 말했다.

"제가 혼자서 춤을 춰서 기분이 언짢으셨지요? 저도 그냥 한번 운동 삼아 춰본 것이지 노래가 좋아 춤을 춘 것은 아니에요. 도대체 우리나라엔 젊은 가수들의 노래라 할지라도 솔직하게 야한 가사가 없어요. 적어도 비틀스의 「Happiness is Warm gun (행복은 따뜻한 총)」 정도는 돼야 할 텐데 말이에요."

나는 그녀가 비틀스의 노래를 알고 있다는 데 놀랐다. 나는 예전부터 비틀스의 존 레넌과 비슷한 얼굴을 갖고 있다는 말을 자주 들어 왔기 때문에(하지만 존 레넌처럼 죽기는 죽어도 싫다), 비틀스에 대해 특별한 친밀감을 느껴 왔었다. 「Happiness is Warm gun」은 특히 내가 좋아했던 노래였다. 여기서 'Warm gun'이란 곧 '자지'를 가리킨다.

"그런 옛날 노래는 어떻게 알았지?"

어느새 나는 반말로 아라에게 물었다. 이심전심의 친밀감이 느껴져 더 이상 존댓말을 쓸 필요가 없을 것 같다는 생각이 들어서였다.

"비틀스를 모르는 사람도 있나요? 저는 학교 다닐 때 공부하기는 죽도록 싫어했지만 노래만은 옛것이건 요즘 것이건 너무나 많이 들었어요."

말을 마치고 나서 아라는 문득 땋아 내린 머리 가닥을 풀었다. 숱 많은 머리카락이 폭포수처럼 쏟아져 내렸다. 나는 정신이 아찔해졌다. 아라의 머리카락 더미 속에 묻혀, 온갖 시름을 잊고 영원히 잠들어 버리고 싶다는 생각이 났다.

다시 블루스곡이 나왔다. 아라와 나는 다시 플로어로 나가 춤을 추었다.

이번 곡은 조지 베이커 셀렉션이 부르는 「I have been away too long」이었다. 오랜만에 옛날 노래, 그것도 느린 템포에 맞춰 선정적으로 흐느적거리는 '멜로우(mellow) 블루스' 곡을 듣게 되니 기분이 몹시 좋았다. 은은하게 서드럭거리는 멜로디와 구슬픈 가사가, 저절로 리듬을 타고 발을 움직이게 만들었다.

아라의 길디긴 은빛 머리카락 더미는 수만 마리의 기다란 실뱀들이 한데 뭉쳐 꿈틀거리듯, 플로어 바닥까지 수직으로 흘러내려와 음험하게 물결치고 있었다. 나는 나의 얼굴을 그녀의 머리카락 수풀 속에 들이밀어 감추고서, 그녀의 매끄러운 목에 혓바닥을 갖다 대 보았다. 아라의 피부에서는 머리카락 냄새에 섞여 묘한 맛과 향기가 풍겨 나왔다. 재스민 향기 같기도 하고 살구 향기 같기도 하고 개의 암내 같기도 한 야릇한 냄새였다.

"머리를 한번 풀어 봤어요. 선생님께 여쭤보지도 않고 제 마음 대로 해서 죄송해요. 왠지 '변화'를 좋아하실 것 같은 생각이 들어서 그랬으니 용서해 주세요."

일부러 겸손을 떠는 어조(語調)가 아니었다. 그녀는 진짜로 보드랍고 따뜻한 참된 모성애를 연상케 하는 '진솔하게 마조히스틱한 매너'를 천성적으로 타고난 여자 같았다. 나는 그동안 조금만 얼굴이 예뻐도 시건방지게 '얼굴값'을 하려고 드는 '뻔뻔스럽게 딱딱한 여자들'한테 질려 있던 참이라서, 아라의 겸손한 말투에 그만 전신이 녹아내리는 것 같았다. 그러면서 '혹시 이 여자가 나를 좋아하는 것이 아닐까' 하는 부질없는 생각이 잠깐 내 머릿속을 스치며 지나갔다.

하지만 문득 정신을 수습하고 나서 다시 생각해보니, 그녀가 나를 좋아하기 때문에 그런 태도를 보이는 것은 확실히 아니라는 결론에 다다를 수밖에 없었다. 그런 찰나적 판단을 내리게 된 것은, 역시 내가 그럭저럭 나이를 먹어가는 동안 많은 여자를 상대해 본 경험을 가졌기 때문이었다.

말하자면 아라는 모든 남자한테 부드러운 태도를 보이는 여자이고, 에로틱한 분위기를 만나면 그것을 실속 있게 이용하고 즐길 줄 아는 여자임에 틀림없었다. 그녀의 재벌 남편이 이혼하려는 그녀를 한사코 놓아주지 않으려고 한 이유를 나는 충분히 짐작해 알 수 있을 것 같았다. 약간 서운한 생각이 스쳐 갔지만 이내 마음이 가라앉아 왔다. 나 역시 '분위기'만을 순간적으로 충실히 즐기는 것을 모토로 삼아 여태껏 이를 악물고 독신생활을 유지해 왔기 때문이었다.

　　그런 생각이 들자 나는 문득 대담해져서, 아라의 노출된 유방에 손을 가져갔다. 우선 커다란 젖꼭지고리부터 만져보았다. 아주 살짝 만졌는데도 불구하고 아라는 옅은 신음소리를 내었다. 젖꼭지고리를 조금 더 세게 당기자 그녀의 신음소리는 두 배로 커졌다. 관능적 '끼'를 타고난 여자들이 젖꼭지고리를 하는 이유를 알 수 있을 것 같았다.

　　"왜, 아파서 그래?"

　　하고 나는 짐짓 시치미를 떼고서 물어보았다.

　　"아프기는요. 너무 선정적인 자극이 와서 그래요. 젖꼭지고리를 하고 있는 것 자체만으로도 하루 종일 오르가슴 비슷한 것이 느껴지거든요. 그런 정도이니 남자가 젖꼭지고리를 조금이라도 만져주면 금세 흥분이 될 수밖에 없지요."

　　아라가 숨을 약간 가쁘게 몰아쉬며 대답했다. 젖꼭지가 훌륭한 성감대 역할을 할 수 있는 여자의 신체 구조가 너무나 부럽게 느껴졌다. 남자의 젖꼭지는 우선 그 모양부터가 절벽에 붙어 있는 건포도처럼 영 볼품없게 생겼을 뿐 아니라, 성감을 느끼는 면에서도 여자의 십 분의 일에도 채 미치지 못하기 때문이었다.

나는 이번엔 아라의 젖무덤 전체를 손으로 오랫동안 주물럭거리며 어루만져 보았다. 아까 춤을 출 때는 그녀의 관능적인 옷 모양에만 눈이 팔려 미처 못 느꼈었는데, 아라의 젖가슴이 엄청나게 크다는 사실을 나는 손으로 전해지는 촉감을 통해 확실히 알 수 있었다. 분명 유방 확대 수술을 받은 것이 틀림없었다. 그녀가 슈퍼모델 대회에 나갔을 때 TV로 보았던, 약간 빈약한 젖가슴이 내 머릿속엔 아직까지 각인(刻印)되어 있기 때문이었다.

나는 포옹을 풀고서 그녀한테서 약간 떨어져 나와 그녀의 전신을 관찰해 보았다. 연필같이 가느다란 체형에 매달려 있는 고무풍선처럼 풍만한 젖가슴이 기묘한 언밸런스를 이루면서, 그녀의 고혹적인 염정미(艶情美)를 그로테스크하게 배가(倍加)시켜 주고 있었다.

나는 다시 아라에게 다가가 오른팔로 세게 포옹을 하면서 왼손으로 그녀의 젖가슴을 주물럭거렸다. 참 기분이 좋았다. 한참을 그러고 있다가 나는 아라에게 물어보았다.

"유방 확대 수술을 받았나 보지?"

"저는 원래 성형수술 같은 것을 퍽 싫어했어요. 아니 싫어했다기보다 할 필요가 없다고 느꼈지요. 얼굴이나 몸매에 웬만큼 자신이 있었으니까요. 그런데 남편을 따라 외국의 질탕한 파티에 가서 섹시한 서양 여자들을 많이 만나게 되다 보니까 그녀들의 풍만한 젖가슴이 부러워지더라구요. 그래서 미국에 놀러 갔을 때 큰맘 먹고 유방 확대 수술을 해 보았죠. 그것도 아주 크게 해달라고 했지요. 여러 곳에 보디 피어싱도 했는데 유방 수술을 하는 게 뭐 어떠랴 싶은 생각이 들어서요. 선생님 보시기엔 아니 만지시기엔, 어떤 느낌이 드셔요?"

"아주아주 좋아. 유난히 부드럽고 물렁물렁해서 좋군. 유방 확대 수술을 한 여자의 젖가슴은 이렇게 부드럽고 탄력 있게 느껴지지 않는 걸로 알고 있는데……."

"최고로 수술을 잘한다는 의사한테 아주 비싼 돈 내고 수술을 받은 데다가, 요즘엔 실리콘 대신 식염수를 써서 그런가 봐요."

내가 유방 확대 수술을 받은 여자의 젖가슴을 처음 만져본 것은 오래전 일이다. 어느 룸살롱에 갔다가 파트너로 나온 여자의 젖가슴이 유난히 커서 유심히 만져 보았다. 그런데 느낌이 너무 딱딱하고 부자연스러웠다. 실리콘을 삽입할 때라서 그랬는지, 수술을 잘 못해서 그랬는지, 나로서는 알 수 없었다. 그런데 나중에 알게 된 성형외과 의사한테서 들으니, 그건 수술 기술이 미숙해서 그렇게 됐다는 것이었다. 그리고 실리콘의 부작용을 막기 위해서 나온 삽입 물질인 식염수를 쓴다고 해서 무조건 유방이 부드럽게 되고 부작용이 없는 것은 아니라고 했다. 역시 의사의 기술이 제일 중요하다는 것이었다.

"식염수를 쓴다고 해서 수술이 다 잘 되고 부작용이 없는 것은 아니라고 들었어. 아무튼 느낌이 너무너무 좋군."

「I have been away too long」이 끝나고 다시 또 이름 모를 블루스곡이 이어졌다. 나는 느릿느릿 춤을 춰 가면서 고개를 내리 숙여 그녀의 젖무덤 사이에 얼굴을 들이밀었다. 마치 따끈따끈한 커다란 찐빵 사이에 머리를 박고 있는 듯한 느낌이었다. 내가 혓바닥으로 그녀의 두 젖무덤 사이의 계곡을 계속 핥아주자, 그녀는 긴 손톱으로 내 머리통과 뒷목을 계속 살금살금 갉작거리며 할퀴어 주었다. 기분이 너무너무 근사했다. 나는 그녀의 한 손을 잡아끌어 서서히 발기되고 있는 나의 자지로 가져갔다. 바지의 옷감을 사이에 두고 느껴지는 그녀의 손톱 놀림은 더욱 안쓰러울 수밖에 없었고, 그래서 발기의 쾌감과 긴장감을 한층 더 은은하고 지속적으로 인식시켜 주었다.

나는 그녀의 젖무덤 사이에 처박고 있던 머리를 들어 그녀의 얼굴 쪽으로 가져갔다. 내 얼굴과 그녀의 얼굴이 겹쳐지면서 아라는 살며시 눈을 감았다. 아라의 입술이 천천히 열리고 나의 혓바닥이 꽤 힘 있게 그녀의 입안으로 쳐들어갔다. 나는 조심스럽게 그녀의 혓바닥이 주는 감촉을 음미했다. 그녀의 혓바닥고리에 내 혀가 닿을 때마다 미묘하게 껄끄러우면서 감미로운 마찰의 쾌감이 왔고, 그녀는 내가 젖꼭지고리를 만지작거릴 때보다 더 큰 신음소리를 냈다. 아라 역시 열심히 혓바닥을 내밀어 내 혀를 음미하고 있었다.

조심스러우면서도 적극적으로 내 혓바닥을 음미하고 있던 그녀가 내 머리 무게에 눌려 뒤로 쓰러지려 하자, 나는 두 손으로 그녀의 머리를 받쳤다. 그러는 동안에도 나의 혓바닥은 그녀의 구강 내부를 이리저리 휘젓고 다니고 있었고, 나의 손은 그녀의 보지를 주물럭거리고 있었다. 그녀의 입술은 역시 나의 입술을 강렬한 흡인력으로 빨아들이며 한 손으로는 내 자지를 주물럭거리고 있었다. 편도선 근처까지 밀고 들어온 나의 혓바닥 때문에 숨이 가빠진 아라가 나의 머리를 살짝 떼어내려 하자, 나는 더욱 세게 그녀를 끌어안았다. 나의 타액과 아라의 타액이 뒤섞여 그녀의 목구멍으로 넘어가는 소리가 아련히 들려왔다. 그 소리에 장단 맞추기라도 하듯, 나의 입술은 그녀의 입술을 더욱 보채듯 거세게 빨아들이고 있었다. 내 손가락들 역시 그녀의 보지 속을 들락거렸다.

나의 숨소리가 차츰 커지면서 나의 이가 아라의 입술을 살금살금 안쓰럽게 깨물었다. 나는 나의 이 사이에 그녀의 아랫입술을 잘근 물고 있다가 앞으로 당겨서 퉁겨도 보고, 혓바닥을 꺼내 그녀의 입술을 들추고서 잇몸 언저리를 훑고 다녀보기도 했다.

아라의 입 주위가 온통 나의 침으로 어지러워졌고, 나의 입에서 뿜어나오는 공기의 기압 때문에 그녀는 가쁜 숨을 고르느라 색색거렸다.

나는 아라의 입술을 더 크게 벌리고서 더욱 깊숙이 혀를 집어넣었다. 그녀의 콧구멍에서 더욱 뜨거운 콧김이 빠르게 새어나오면서, 그녀의 섹시한 코걸이를 흔들거리게 했다.

나는 크게 벌린 입으로 그녀의 입을 강하게 압박하여 그녀가 입을 다물지 못하게 했다.

그녀 역시 입술을 더 크게 벌리려고 애쓰면서(그럴 때 그녀의 입술결이가 더 도드라지면서 나를 묘하게 흥분시켰다), 혓바닥을 한껏 길게 빼내어 나의 혓바닥과 입천장을 고르게 문질러 주려고 노력했다. 감겨 있던 아라의 눈이 반쯤 열리면서 기다란 속눈썹 사이로 허연 흰자위가 드러나 보였다.

동시에 그녀의 머리가 뒤로 젖혀지면서, 머리카락에 가려 있던 그녀의 하얗고 긴 목이 드러났다. 그녀의 얼굴 위에 머물러 아득한 진공상태(眞空狀態)에 빠져 있던 나의 정신이, 아니 나의 머리가 살짝 들려지면서, 나의 입술이 그녀의 턱선(線)을 타고 목 아래로 내려갔다.

아라의 목 왼쪽 부분에 파랗게 돋아나 있는 정맥이 나의 눈에 짙푸른 강물처럼 크게 확대되어 들어왔다. 나는 그 부분에 대해 이상하리만치 강한 집착이 가는 것을 느끼며, 물을 마시듯 그녀의 목을 계속 갈증 나게 흡입했다.

잠시 후 나는 아라의 목에서 입술을 떼어냈다. 그러나 어느새 내 혓바닥이 나의 입술 사이로 다시 또 길고 나른하게 빠져나왔고, 내 혓바닥은 그녀의 보지 쪽을 향해서 서서히 이동해 가기 시작했다.

음순고리를 입안에 머금은 순간 음악이 멈췄다. 그러고는 빠른 곡이 흘러나왔다. 나는 아쉬운 마음을 품고서 아라를 데리고 자리로 돌아왔다. 자리에 앉아 술을 한 모금 마시고 나서, 나는 다시 그녀의 보지를 향해 내 혓바닥을 가져갔다.

내가 그녀의 음순고리와 클리토리스를 음미하는 동안, 그녀는 침착한 자세로 핸드백을 뒤지더니 새 장신구를 하나 꺼냈다. 귀고리인 줄 알았는데, 여러 겹의 에메랄드로 이어진 체인 모양의 '미간(眉間)걸이'였다.

"미간에 구멍을 뚫고 미간걸이를 하기엔 미간 살이 상할 것 같았어요. 그래서 접착제로 붙이게 돼 있는 미간걸이를 구한 거죠. 새로운 흥분을 느끼실 수 있을 거예요."

하고 아라가 말했다. 나는 그녀가 '변화'를 추구하여 나를 기쁘게 해주려는 모습이 너무나 사랑스러워 보여 그녀의 클리토리스를 한껏 세게 깨물어 주었다.

쉬메일(Shemale)과의 사랑

그녀를 만나자 내 본능이 어리둥절하니 환해졌다. 어느새 내 머릿속에서 형이상학이 달아났다. 그녀는 '그'이기도 했다. 다시 말해서 쉬메일, 즉 여장남성(女裝男性)이었다. 그래서 대체로 형이하학적이었다.

그는 오로지 '여자의 몸'이 되고 싶어 했다.
섹스에도 관심이 없었다.

그래서 나의 허약한 정력에 맞았다. 그러나 그(그녀)는 나를 사랑한다고 했다.

그는 나하고 블루스를 출 때 오르가슴으로 몸을 부르르 떨었다.

그, 아니 그녀는 손톱을 아주 길게 기르고 있었다.

화장도 진했다. 그래서 여느 여자들보다 나았다.

그녀의 몸은 분명한 남성이었다.

성전환 수술을 바라고 있지도 않았다.

그렇지만 고운 피부며 불룩 튀어나온 유방이나 호리호리한 몸매는 완벽한 여성이었다.

모두 피나는 노력과 성형으로 이루어진 것이었다.

화사한 옷차림과 짙은 화장이 그(그녀)를 더욱 여성스럽게 했다.

나는 그(그녀)가 너무나 사랑스러워 요란하디요란하게 키스했다.

키스하면서 그녀의 눈을 훔쳐보았다. 콘택트렌즈가 퍽 특이했다.

'주얼리 콘택트렌즈'라고 했다. 렌즈 표면에서 얇은 끈으로 연결된 보석이 아래로 떨어지면서, 볼 근처에서 반짝반짝 흔들리고 있었다.

그녀는 줄에 걸려서 렌즈가 빠질까 봐 조심조심 눈동자를 굴리고 있었다. 다들 저런 렌즈를 붙인다면, 싸움이 없는 평화로운 세상이 될 수 있을 것 같았다. 내가 늘 주장해 왔던 '탐미적 평화주의'의 현실적 실현이었다.

그녀는 위쪽 속눈썹에는 10㎝의 인조 속눈썹을, 아래쪽 속눈썹에는 12㎝의 인조 속눈썹을 붙이고 있었다. 아래 속눈썹은 코언저리까지 흘러내려와 있었다. 몹시도 섹시했다.

나는 그녀와 계속 블루스를 추었다. 흘러나오는 곡은 다미타 조가 부르는 「A Time to Love」였다. "Stay with me……"로 시작되는 감미로운 가사와 솜사탕 같은 음색이 나의 자지를 한껏 고조시켜 주었다. 춤을 몇 곡 더 추고 난 뒤, 우리는 나이트클럽을 나왔다.

우리가 간 곳은 장미호텔이었다.

나는 지난날 M 교수가 쓴 시집 『가자, 장미여관으로!』를 보고 큰 감동을 받은 바 있다.

그런데 요즘은 모든 장급(莊級) 모텔들이 '모텔'이 아니라 '호텔'이라는 명칭을 쓰고 있었다.

방 안에 들어간 후, 우리는 먼저 목욕실로 들어가 샤워를 했다.

그녀는 발가벗는 것을 전혀 창피해하지 않았다.

옷을 벗은 그녀의 아랫도리에는 묵직한 자지와 고환이 매달려 있었다.

나는 문득 그녀의 자지를 펠라티오 해주고 싶은 충동을 느꼈다.

그러나 그녀가 먼저 입을 크게 벌리고 내 자지를 향해 돌진해 왔다.

나는 그녀가 온몸에 비누를 묻혀 나를 목욕시켜 주는 서비스와 펠라티오 서비스를 해주는 것을 동시에 받으며 한껏 고양된 오르가슴을 느꼈다.

일본에는 '소프 랜드(soap land)'라는 곳이 있어 여자들이 맨몸뚱이에 비누칠을 하고서 남자 손님의 몸을 비비며 서비스를 해준다고 한다. 그런데 우리나라엔 왜 그런 서비스업소가 없는 것일까. 답답한 나라다. 엔터테인먼트 사업을 발전시켜야 관광객들도 많이 찾아올 것이 아닌가.

우리는 비누 거품 속에서 한참 동안 서로의 몸을 탐식했다. 끈적끈적 섹시섹시하게…….

보면 볼수록 신기한 그녀의 육체 구조가 나를 더욱 흥분시켰다. 그녀의 산(山)만 한 젖퉁이와 커다란 자지는 정말 '톨레랑스'라고 부를 수 있는 유쾌한 대조이자 조화였다.

목욕이 끝난 후, 우리는 벌거벗은 채로 침대 위로 기어 올라갔다. 푹신푹신한 더블베드는 운동장만큼이나 넓었다.

그녀는 먼저 펠라티오부터 해주었다. 내 자지 끝에 매달려 있는 자지고리를 그녀의 앞 이빨 사이에 집어넣고 살짝 잡아당기자 나는 마조히스틱한 쾌감으로 몸을 부르르 떨었다.

그래서 나도 그녀의 젖꼭지에 매달려 있는 젖꼭지고리를 거세게 잡아당겨 보았다. 그녀가 자지러지는 신음소리를 냈다.

"아아야…… 으으흠……."

나도 그녀에게 '쿵짝'을 맞춰 주느라고 신음소리를 내주었다.

"으으으…… 흐흐음……."

우리는 서로의 몸뚱어리를 철퍼덕철퍼덕 비볐다. 악에 받친 흥분 끝에 내 자지에서 정액이 분수처럼 솟구쳐 올랐다 그녀의 자지에서도 정액이 분수처럼 솟아올랐다.

우리는 서로의 정액을 섞어 서로의 얼굴에 발랐다. 그리고 그것을 혓바닥으로 살금살금 핥아 먹었다.

그러다가 우리는 거센 키스를 했다. 아주 오랫동안의 키스였다. 나는 혓바닥이 얼얼해져 오는 것을 느꼈다.

그다음에는 애널(anal)이었다. 아까 정액을 쏟아내서 그런지 이번에 나는 정액을 빨리 사출시키지 않고서 오랜 시간 동안 애널섹스를 즐길 수 있었다.

내 자지는 사실 그리 힘이 센 자지가 아니다. 그런데 이번에는 아주 힘차게 작동해주는 것이었다. 아마도 그녀에 대한 나의 '사랑'

이 그것을 가능하게 해준 것 같았다.

'사랑'만 한 정력제가 어디 있을까? 남자들은 인삼, 녹용, 웅담, 뱀, 지렁이 등의 정력제를 찾아다닌다. 또 '비아그라'를 쓰는 사람도 많다.

그러나 진짜 정력제는 '사랑'이다. '정력'보다는 '정열'이 최고의 최음제가 되는 것이다.

그녀는 내 애널섹스를 받아들이는 중간에도 자신의 자지를 계속 주물럭거리고 있었다.

참 희한한 남자였다. 성감대가 온몸에 퍼져 있는 듯했다.

영화 「파리에서의 마지막 탱고」에 나오는 말론 브랜도는 애널섹스를 하는 데 버터를 윤활제로 쓴다. 그런데 나는 그런 윤활제가 필요치 않았다.

오랜 시간의 애널섹스가 끝난 뒤 우리는 펑퍼짐하게 누워 각자 담배를 한 대씩 피웠다.

'사랑을 나눈 후 피우는 담배…….' 나는 금세 시상(詩想)을 떠올릴 수 있었다. 허무와 희열이 엇섞인 기분……. 그런 기분이야말로 불교에서 말하는 무아지경의 경지가 아닐까?

담배 연기는 한껏 희뭉드레하게 공중 위를 흩날렸다.

덧없는 것의 화려함,

화려한 것의 덧없음…….

나는 한껏 센티멘털한 기분에 잠겨 그녀의 몸뚱어리를 살살 쓰다듬어 주었다.

담배를 다 피우고 난 후, 우리는 다시 서로의 몸뚱어리를 거칠게 능욕했다.

그녀는 분명 마조히스트였다.

나는 분명 사디스트였다

나는 바지의 혁대를 풀어 그녀의 온몸에 채찍질을 했다.

그녀는 아픈 비명 속에서도 자지러지는 오르가슴을 느끼며 내 매를 얌전하게 맞았다. 혁대를 쥐고 있는 내 손에서는 불끈불끈 힘이 솟았다.

다 때리고 난 후, 나는 테이블 옆의 의자에 앉았다. 그녀는 곧바로 내게 엉금엉금 네 발로 기어와 나의 발 받침 노릇을 해주었다. 그녀는 오랜 시간 동안 꼼짝 않고서 내 발과 다리를 받쳐주고 있었다. 그런 자세로 나는 맥주를 따라 마셨다. 호박빛 액체가 한결 음란한 색깔로 내 시야에 들어왔다.

나는 맥주를 마시는 중간중간 그녀의 몸에 맥주를 뿌렸다. 그런 다음 내 혀로 맥주를 핥아 먹었다.

내가 다리 받침 노릇을 그만두라고 명령하자 그녀는 곧바로 다시 내 자지와 고환에 들러붙었다. 그러고는 한도 끝도 없는 펠라티오였다.

나는 그녀의 머리에 침을 뱉었다. 퉤! 퉤! 퉤!……

나는 어느 여자한테서도 이런 섹스의 엑스터시를 느껴본 적이 없었다. 여자들은 조금만 예쁘면 다들 기(氣)가 세고 위세 등등했다. 건방졌다.

나는 그녀가 성전환 수술을 받은 '트랜스젠더'가 되지 않고 있는 것이 더 좋았다.

그녀의 온몸 전체가 관능 덩어리였다. 나는 오랜만에 관능의 포만감을 느꼈다.

피어싱

나는 외국 포르노에서 본 음순고리가 부러운 생각이 들어 이대 앞에 있는 피어싱 집으로 갔다. 내 귀는 양쪽에 다섯 개씩의 구멍이 뚫려 있었다. 그리고 왼쪽 콧방울에 한 개, 배꼽에 한 개……

코고리는 인도 여자들의 코고리가 예쁘다. 그네들은 코고리를 해도 아주 큰 것으로, 과장해서 말하면 자전거 바퀴만 한 것으로 한다. 하지만 나는 작고 가늘고 앙증맞은 것으로 코에 피어싱을 하고 있었다. 아무래도 커다란 코고리는 너무 눈에 띨 것 같아서였다. 그러나 음순고리 아니 '음순걸이'를 한 그 포르노 여배우를 보고 나서, 나는 내가 코고리를 너무 작게 한 게 아닌가 하는 생각이 들었다. 하지만 내 배꼽고리가 남들보다 큰 만큼 그런대로 자위(自慰)는 되었다.

음순고리나 클리토리스고리는 치마 속에 감추어져 있다. 그래서 눈에 띄는 피어싱은 되지 못한다. 그렇지만 나도 '음순고리'가 아닌 '음순걸이'를 링(Ring)에 쇠사슬이 늘어진 모양으로 하면, 그것은 걸음을 걸을 때마다 출렁거릴 것이다. 짝 달라붙는 바지는 입을 수가 없겠지……. 치마만 입어야 하겠지……. 하지만 짧은 길이의 초미니스커트 아래로 삐쭉 늘어진 음순걸이는 얼마나 에로틱할 것이랴. 나는 음순을 뚫는 시간을 기다리면서 적이 기대가 되었다.

주인아저씨는 나에게,

"정말 거기를 뚫으시겠어요? 좀 아플 텐데요."

하고 말했다. 그러나 나는 이렇게 대답해주었다.

"아주 큰 구멍을 뚫어주세요. 그래야만 우악스럽게 굵은 금사슬을 늘어뜨릴 수 있을 테니까요. 그리고 이왕이면 클리토리스도 뚫어주세요. 뚫은 거기에는 가는 굵기의 링밖에 못 달아매겠지요? 하지만 어쩐지 그것만은 귀엽고 앙증맞은 것으로 하고 싶어요."

구멍 뚫는 가게의 주인아저씨는 별 군말 없이 내 주문대로 구멍을 뚫어주었다. 음순 양쪽에는 두 개의 구멍이 뚫렸다. 사실 좀 아팠다. 그렇지만 은근히 마조히스틱한 쾌미(快味)를 즐길 수는 있었다.

금사슬과 링을 맞추려면 시간이 좀 걸려야 했다. 그래서 주인아저씨는 내 아랫도리에 난 세 개의 구멍들에 임시 끼우개를 끼워주었다. 그것만 꿰고 있어도 나는 기분이 좋았다. 그래서 나는 내친김에 젖꼭지고리 구멍도 뚫어달라고 주문했다. 젖꼭지에 구멍을 뚫는 동안, 나는 마치 거센 남자의 손길이 내 젖가슴을 헤집고 있는 것 같은 느낌에 취했다.

며칠 후 주문한 링과 사슬걸이가 완성되었다. 나는 다시 구멍 뚫어주는 집을 찾아가 내 몸뚱어리에 장착(裝着)시켰다. 온몸의 성감대가 대여섯 배나 커진 것 같은 느낌이 들었다.

나는 음순걸이에 늘어져 있는 사슬을 오른쪽 엄지손가락과 집게손가락으로 튕겨보았다. 저릿저릿한 쾌감이 온몸 가득히 몰려왔다. 이번엔 클리토리스고리 차례……. 그것을 쥐고 살짝 비틀어 보았다. 그윽한 오르가슴이 마치 밀물이 몰려오는 것 같은 모양새로 찾아왔다. 젖꼭지고리도 튕겨본다. 시시한 썩킹(sucking)이나 릭킹(licking)보다도 훨씬 더 야한 쾌감이 온다. 나는 마음속으로 쾌재를 부르며 피어싱을 새로 하기 잘했다는 생각을 했다.

그런 지 얼마 후에 K와의 데이트가 있었다. 나는 일부러 제일 짧은 미니스커트를 골라 입었다. 그랬더니 예상했던 대로 두 개의 음순걸이가 치마 밑으로 늘어져 내려온다. 나는 문득 새로운 아이디어가 떠올라 액세서리 가게로 가서 두 개의 작은 금방울을 샀다. 그런 다음 금방울들을 음순걸이 끝에 매어달았다. 금방울은 내가 걸음을 옮길 때마다 양감(量感)있게 짤랑거렸다. 그 소리 또한 기막히게 섹시했다.

나는 청각적 오르가슴을 느끼며 약간 휘청거리는 발걸음으로 K와 약속한 '지 스폿(G- spot)' 카페로 갔다. '지 스폿' 카페는 홍익대 정문에서 신촌 쪽으로 30미터쯤 가면 있는 약간 음울한 분위기의 카페다. 홍대 앞의 여느 클럽들과는 다르게 따로 마련된 플로어가 없고, 테이블 사이의 꽤 넓은 공간에서 춤을 출 수 있도록 인테리어된 카페였다.

물론 춤을 안 추고 술만 마셔도 된다. 가끔씩 언더그라운드 가수들의 공연이 있기도 하다. 그래서 나는 그 융통성이 마음에 들어 요즘 '지 스폿' 카페를 자주 찾고 있었다.

이름이 가리키는 것처럼 카페 안의 분위기가 꽤나 음탕하다. 벽 곳곳에는 섹스를 상징하는 일러스트들이 부착돼 있었다. 카페 주인 되는 사람은 30대 후반의 여자인데, '여성 오르가슴 찾기'라는 인터넷 카페까지 운영하고 있었다. 다른 성(性) 관련 카페와는 달리 '여성 전용 게시판'이 야한 디자인으로 설치되어 있는 게 특이했다. 또 '즐딸 클럽'이라는 코너도 설치돼 있었는데, '즐딸'이란 곧 '즐거운 딸딸이', 다시 말해서 '즐거운 마스터베이션'이란 뜻이다.

K는 20대 후반의 미혼 남자다. 나는 K를 우리 대학 '오르가슴' 동아리 집회에서 만났다. 내가 대학 2학년 때, 그러니까 작년의 일인데, 그는 고(高)학번 선배로서 모임에 참석해 있었다. 그와 나는 윙

크 한 방에 죽이 맞았고, 집회가 끝난 후 곧바로 일행과 헤어져 '니나노' 카페로 갈 수 있었다.

'니나노'에는 이른바 '킹카'나 '퀸카'들이 많이 온다. 그래서 얼굴이나 몸이 후진 애들은 별로 출입을 안 하는데, 나는 그 점이 마음에 들었다. 내 몸매와 얼굴이 괜찮다고 생각하기 때문이다. 배우 김혜수 같은 '몸짱'은 못 되지만 코 하나만큼은 김혜수보다 훨씬 더 잘 빠졌다. 김혜수는 자기의 푸들푸들한 살덩어리를 자랑해대는 것까진 좋은데, 코가 납작하니 널브러져 있는 게 몹시 꼴사납다.

K는 지금 어느 광고회사의 카피라이터로 일하고 있다. 그래서 다른 기업 회사의 사원들보다는 옷차림이나 헤어스타일이 자유롭다. 그는 머리를 노랗게 염색하고, 귀고리를 양쪽에 끼우고, 머리 길이가 어깨에 닿을 만큼 길다. 가끔 꽁지머리를 할 때도 있는데, 역시 풀어헤치는 것이 보기에 더 멋있는 것 같다.

나는 K와 처음 만난 날, 그가 거두절미하고 내 허벅지를 스킨십(skinship)해주는 것이 좋았다.

내 치마는 언제나 아주 짧은 상태였으므로 허벅지가 먹음직스럽게 노출되어 있었다. 그는 내 사타구니를 만지더니 곧이어 보지를 만졌다. 기분이 나쁘지 않았다.

우리는 그날로 양화대교 근처에 있는 러브호텔 '발버둥'으로 갔다. 내가 다니고 있는 대학인 Y대학에서 멀지도 않고, 또 치르는 값에 비해 시설이 좋았기 때문에 내가 늘 애용하고 있던 모텔이었다.

K와의 진한 페팅과 살 섞기가 있은 후, 나는 그때까지 사귀고 있었던 B와의 단교(斷交)를 결심하게 되었다. 생각 같아서는 두 남자 모두 데리고 놀고 싶었지만, 헤어스타일이나 오뚝 솟은 코, 그리고 몸매에 있어 B는 K와 비교가 되지 않았기 때문이다. 그러니까 K는 내 세 번째 남자인 셈이다.

'지 스폿'에는 K가 먼저 와 기다리고 있었다. 만나자마자 그는 깊은 키스부터 했다. 주위의 시선은 아랑곳없다는 태도였다. 나는 K의 그런 대담성이 새삼 마음에 들었다. 그래서 나는 내 혓바닥을 더 뾰족이 세워 그의 입천장까지 골고루 핥아주었다.

K는 내가 음순걸이를 한 것을 금세 알아차렸다. 지독하나 짧은 치마를 입고 있었기 때문인 것 같았다. K는 내 음순고리에서 늘어진 사슬 끄트머리에 달린 방울을 짤랑짤랑 흔들어보더니 이렇게 말했다.

"이게 웬일이야, 리라. 나한테 큰 선물을 가지고 왔군."

그래서 나는 아예 치마를 걷어 올렸다. 조명이 원체 어두워 별로 창피한 생각이 들지 않았다. 내 클리토리스고리가 음음(淫淫)한 조명 밑에서 선연히 드러났다. 그는 정말 고맙다는 표정을 하며 고개를 숙이고서 내 클리토리스고리에 입을 맞췄다.

"이젠 너도 귀두에다 자지고리를 해야 해. 알았지?"

하고 내가 약간 들뜬 음색으로 말했다. 우리는 처음 만난 날부터 서로 말을 놓기로 약속하고 있었다. 그는 내 말에 고개를 끄덕였다.

맥주를 서너 잔 마시고 나니 알딸딸하게 색기(色氣)가 발동한다. 그래서 나는 K더러 빨리 '발버둥' 모텔로 가자고 했다. 그는 내 말에 군말 없이 따라주었다.

'발버둥'에는 마침 전망 좋은 방 하나가 비어 있었다. 한강이 시야에 확연히 들어오는 방이었다.

나는 방에 들어가자마자 우선 샤워부터 했다. 아까 너무 더웠기 때문이었다. 날씨가 덥기도 했지만 K의 스킨십이 내 몸을 화끈 달구어놓았기 때문이기도 했다. 내가 샤워를 시작하자 K도 금방 따라 들어왔다. 나는 아주 긴 머리채를 가지고 있다. 종아리까지 내려오는 머리다. 이만큼 기르려고 내가 얼마나 고생을 했는지…….

나는 나의 풍성한 머리카락 수풀에 비누를 묻혀 K의 전신(全身)을 닦아주었다. 특히 그의 자지를 닦아줄 때가 재미있었다. 숱 많은 내 머리 가닥 뭉치가 그의 발기된 자지를 감쌌고, 비누의 지방질이 미끈미끈 그의 자지 겉가죽을 자극했다.

그의 자지는 곧바로 터질 듯이 팽창해 올랐다. 우리는 한참 동안 비누 거품 놀이를 했다. 일본에 많다는 '소프 랜드(Soap land)'라는 곳에서 아가씨들이 해주는 접대가 바로 이런 것이 아닌가 싶었다.

"네 머리는 볼수록 섹시해. 네 머리털을 한 가닥으로 땋아 내 모가지에 매어줘. 그런 다음 나를 거칠게 끌어당기며 거리 한복판을 유유히 산책하는 거야."

하고 K가 말했다.

한참 동안의 목욕이 끝난 후, 우리는 전화로 룸서비스를 시켜 모텔 지하에 있는 레스토랑에서 술과 안주를 가져오도록 했다. 나는 완전히 벗고 있는 상태로, 그리고 K는 헐렁한 셔츠만 입은 상태로 (셔츠가 길어 그의 음부를 살짝 가려주고 있었다) 룸서비스가 날라온 술과 안주를 받았다. 술은 위스키였다.

나는 위스키를 따라 한 모금 입에 물었다. 그러고는 K의 입안에 내 입으로 술을 흘려 넣었다. K는 술을 차분차분 음미하듯 마신다. 술을 다 마시고 난 뒤 K는 이번에 얼음덩어리 한 개를 입에 물었다. 그러고는 그 얼음을 내 입에 넣고서 한참 동안 녹여 먹는 것이었다.

내 혀는 자연스레 그의 혀와 엇섞였고, 딥(deep) 키스보다 더 그윽한 쾌감이 밀려왔다. 얼음을 다 녹여 먹은 뒤에도 그와 나는 오랫동안 입을 포갠 상태로 있었다.

다시 내가 안주를 입으로 힘겹게 집어 올려 K의 입안으로 전해주었다. 내가 집은 안주는 껍질을 깐 땅콩이었다. 우리는 입과 입을 마주 덮고 오랫동안 천천히 땅콩을 씹어 먹었다. 입속에 있는 땅콩을 다 씹어 먹은 후, 이번에는 내가 땅콩 몇 알을 집어 내 보지 안에 삽입했다. 손톱을 길게 기르고 있어서 정확한 삽입에는 꽤 시간이 걸렸다. 그런 다음 나는 내 보지 속의 온기로 따뜻해진 땅콩을 다시 긴 손톱 끝으로 힘겹게 집어 올려 내 입속으로 가져갔다. 몇 번 씹은 다음, 땅콩을 내 입술에 포개진 그의 입속으로 들이밀었다.

"리라, 이런 네가 좋아. 넌 뼛속 깊이 야한 여자 같아."
하고 K가 말했다.

"어서 너도 나처럼 야해져라."

내가 K에게 한 대답이었다. 하긴 그 말은 쓸데없는 말이었다. K는 여느 꼬장꼬장한 한국 남자놈들과는 달리 꽤 야한 남자이기 때문이었다.

그는 여자의 혼전순결에도 집착하지 않았다. '처녀막 재생 수술'이 버젓이 자행되고 있는 시점에서, 처녀막 유무(有無)를 따진다는 것 자체가 부질없는 일이라는 것이었다. 그는 한국 남자치고는 그런 대로 화통했다.

우리는 벌거벗은 상태로 오랫동안 침대 위에서 뒹굴었다. 에어컨이 가동되고 있기 망정이지 하마터면 때가 밀릴 뻔했다.

"사랑해, 리라."

하고 K는 말했다.

"사랑은 무슨 얼어 죽을 사랑……. 그냥 '먹고 싶다'고 얘기해줘."

하고 내가 대답했다.

그렇게 말하면서 나는 전에 인터넷 채팅으로 만났던 마조히스트 남자를 생각하고 있었다. 나는 K만 만나는 게 아니었다. 채팅으로든 기타 다른 방법의 '꼬심'에 의해서든, 나는 여러 남자를 맛보며 틈틈이 간식(間食)을 하고 있었다.

낳은 죄

어느 여인 왕국에서 새 여왕의 즉위식이 시작된다. 양털이 깔린 황금 침대 위에 나체로 비스듬히 누워 있는 여왕. 여왕이 눈을 두 번 깜빡거리자, 공중에서 잠자리 날개처럼 투명하면서 금빛으로 번쩍이는 실크 천이 천천히 내려와 여왕의 몸뚱어리를 덮는다. 금빛 실크 천에 덮여 긴 발톱만 드러나는 여왕의 발. 그리고 실크 천을 통해 들여다보이는 여왕의 풍만한 젖가슴과 엉덩이.

침대 위쪽에서 푹신한 등받이가 서서히 솟아오르고, 침대의 네

모퉁이에서는 정교하게 조각된 황금 기둥이 불쑥 솟아난다. 여왕이 있는 드넓은 홀의 핑크빛 대리석 바닥이 갑자기 붉은 핏물이 고인 호수로 바뀌었다가 다시 회갈색 무늬의 대리석으로 바뀐다.

방에는 문이 보이지 않고 단지 천장에 커다란 창만 하나 나 있다. 그 천창을 통해 청아한 푸른색의 달빛이 스며들어와 여왕의 얼굴을 비춘다. 방 안에 촛불 하나 없지만 달빛 때문에 하나도 어둡지가 않다.

이때 멀리서 날카로운 하이힐 굽이 대리석 바닥에 부딪치는 소리가 들려온다. 그리고 남자들의 둔탁한 발걸음 소리도 들린다. 하이힐 굽 소리와는 조금 다른, 대리석 바닥에 금속이 부딪치는 소리가 함께 섞여 있다.

잠시 후 육중한 벽이 선명하게 금이 가면서 갈라지고, 남자 차림의 여자들과 여자 차림의 여자들이 엉금엉금 기어서 들어온다. 남자 차림의 여자들은 화장만 안 했다뿐이지 얼굴이나 근육이 여자처럼 곱상하게 생겼고, 여자 차림의 여자들은 다들 요란한 화장에 교태스러운 외모를 가졌다. 그들은 여왕 앞에 당도하자 일제히 우뚝 선다.

수백 명이 훨씬 넘어 보이는, 옷차림으로만 남자와 여자로 구분되는 무리들은 모두 다 고대 이집트와 아라비아, 그리고 로마풍이 혼합된 디자인의 옷을 걸치고 있다.

클레오파트라식 머리 모양을 하고 머리 위에 여러 겹의 금줄을 얹은 궁녀들. 금줄에는 작고 정교한 보석들이 매달려 있어 머리를 움직일 때마다 찰랑거리는 소리를 낸다. 동양적인 신비감이 풍겨 나오는 얼굴과 가녀리디가녀린 몸매들이다.

궁녀들은 가느다란 팔뚝에 굵은 팔찌를 끼고 있고, 귓불에는 금속판에 사파이어와 홍보석을 박아 넣은 산뜻한 귀걸이를 매달고 있다. 배꼽을 드러낸 복부들이 하나같이 뽀얀 안개빛을 뿜어내고 있다. 허리에는 금줄에다 보석을 박아넣은 얇은 벨트를 늘어뜨리고 있고, 풍성한 엉덩이와 미끈한 다리를 훤히 비쳐 보이게 하는, 투명하리만치 가는 금실로 짠 항아리 모양의 하렘팬츠를 입고 있다. 정교하게 수놓고 보석을 박아 넣은 대님으로 발목을 묶었다.

엄청나게 높은 굽의 금빛 샌들이 대리석 바닥에 부딪칠 때마다 딱딱 소리를 낸다. 투명한 팬츠를 통해 허벅지에 낙인으로 깊이 새겨놓은 왕실의 문장이 엿보인다. 요염하게 눈을 내리깔고 있는 궁녀들의 얼굴은 짙다 못해 가면처럼 화장되어 있다.

남자 차림의 여자들은 로마 시대의 군복같이 생긴 소매 없는 황금 갑옷에, 새빨간 비로드 망토를 어깨에서부터 발까지 끌리도록 두르고 있다. 그리고 아랫도리엔 광물질로 만든 것 같은 느낌을 주는 빳빳한 천으로 된 짧은 치마를 걸치고 있다. 무릎 부분에 황금색 밴디지(Bandage)를 하고, 왼쪽 팔꿈치 위에는 사파이어가 박힌 황금으로 된 굵은 암릿(armlet)을 둘렀다. 오른쪽 손목에서는 암릿의 반정도 두께 되는, 루비가 박힌 폭이 넓은 금팔찌가 번쩍거린다.

집게손가락과 가운뎃손가락엔 반지를 끼고 있고, 광택제를 바른 손톱들이 반짝거리고 있다. 허리엔 두 겹으로 감아 한 가닥을 길게 늘어뜨린 검고 굵은 가죽 채찍을 차고 있고, 신은 신지 않았다. 엄지 발가락과 세 번째 발가락에 황금으로 된 링을 끼워 놓았기 때문에, 대리석 바닥을 걸을 때마다 딱딱 소리가 나도록 되어 있다. 그 소리 는 듣기에 따라 기분 나쁘게도 들린다. 남자 차림의 여자들 역시 어 깨 바로 아래에 왕실의 문장을 낙인으로 새겨놓았다.

천천히 몸을 일으켜 등받이에 기댄 채 궁녀와 무관의 무리를 나 른한 눈초리로 내려다보는 여왕. 여왕이 한쪽 무릎을 세우며 얼굴을 곧게 펴들자, 궁녀들은 찰랑거리는 장신구 소리를 내며 무릎을 꿇고 엎드리고, 무관들은 부동자세로 서서 양발을 알맞게 벌리고 두 손을 채찍에 갖다 댄다.

여왕이 황금색 긴 손톱들이 매달려 있는 화사한 손으로 신호를 보내자, 천장에서 징 하는 소리와 함께 색색의 조명이 궁녀들에게 쏟아져 내려온다. 그것을 신호로 궁녀들이 앞으로 기어 나와 납작 엎드린 자세로 춤을 추기 시작한다.

두 손을 깍지 끼고 무릎으로 기어 여왕에게 다가가는 궁녀들. 상 체를 선정적으로 흔들며 요변스럽게 허리를 비비 꼰다. 그러면서 여 왕에게 다가가 여왕의 황금빛 손톱에 새빨간 입술들을 차례로 갖다 댄다. 그런 다음 일제히 일어서서 광란에 가까운 동작으로 춤을 추 기 시작한다.

그러는 동안 두 명의 궁녀가 여왕에게 다가와 여왕의 양쪽 손가 락들을 혀끝으로 섬세하게 핥는다. 두 개의 혓바닥은 점차 여왕의 손에서 팔로 옮겨가 동그스름한 여왕의 어깨에 이른다. 다시 여왕의 어깨에서 목으로, 목에서 가슴 쪽으로 이동해 가는 두 궁녀의 입술. 이윽고 두 개의 입술은 복숭앗빛 곡선을 그리고 있는 여왕의 젖가슴에 이른다.

두 명의 궁녀는 핏빛으로 화장된 여왕의 유두 언저리를 혀끝으로 섬세하게 애무한다. 서로의 머리가 살짝살짝 부딪칠 때마다 서로 얼굴을 비벼대며 황홀한 표정을 짓는 궁녀들. 궁녀들의 입술이 여왕의 유두에 닿을 때마다, 나직이 들려오는 배경음악은 최고조가 된다.

나지막하게 신음소리를 내어 뱉은 여왕은 긴 목을 뒤로 젖히며 두 궁녀를 가슴에 끌어안는다. 두 궁녀는 여왕의 가슴에 안겨 다시금 서로 진한 입맞춤을 나눈다. 그동안 또 다른 두 명의 궁녀는 여왕의 발과 발톱을 계속 핥고 있다.

여왕이 다시 손짓을 하자 춤을 추고 있던 궁녀들이 일제히 춤을 멈춘다. 그리고 뒤에 시립하고 있던 무관들과 어울려 서로 어지럽게 애무하기 시작한다. 홀 안은 궁녀들끼리의 애무와 무관들끼리의 애무, 그리고 궁녀와 무관 사이의 애무와 서너 명 이상이 뒤섞여 왁자지껄하게 벌이는 애무로 소란스럽다. 몸뚱이와 몸뚱이의 어우러짐, 그리고 무관들이 내리치는 채찍 소리로 넓은 홀 안은 아름다운 아수라장이 된다.

한참 동안의 요란한 제의(祭儀)가 끝난 후, 다시 벽이 갈라지면서 흑단처럼 매끄러운 피부를 가진 여자 흑인 노예 하나가 나온다. 흑인 노예는 여왕에게 엉금엉금 기어와 여왕의 즉위식이 준비되었음을 알린다.

즉위식은 한 죄인을 재판하고 벌주는 순서로 되어 있다.

죄인은 다름 아닌 여왕의 어머니.

죄목은 '낳은 죄'.

무관들에 의해 끌려온 마흔 살이 조금 넘어 보이는 여인은 아직도 요염한 아름다움을 간직하고 있다. 그러나 여인은 두려움에 떨며 온몸이 경직되어 있다.

공포에 가득 찬 여인의 얼굴 표정을 본 순간, 여왕은 그녀를 좀더 괴롭히고 싶어진다. 그래서 여인의 옷을 갈기갈기 찢어발겨 알몸뚱이로 만들게 한 후, 다섯 명의 무관들로 하여금 여인의 온몸을 샅샅이 유린하도록 시킨다.

백마처럼 희고 날렵한 몸매의 다섯 무관들이 채찍을 휘둘러대며 여인에게 달려든다. 그들은 분홍색 헛바닥을 날름거리면서 여인의 겨드랑이, 젖가슴, 허벅지, 그리고 사타구니 등을 물고, 빨고, 때리고, 문지르고 한다.

여인은 어쩔 수 없는 쾌감과 고통에 미칠 듯 신음소리를 질러대고, 여왕은 그녀의 쇳소리 같은 비명이 몹시도 귀에 거슬린다. 여왕은 드디어 그녀를 완전한 침묵의 세계로 보내리라 결심한다.

흑인 노예를 시켜 주황색 방울뱀을 가져오게 하여 여인의 온몸 위를 기어 다니게 한다. 무서운 독을 품고 있는 방울뱀이 혀를 날름

거리며 여인의 몸뚱이 위로 스멀스멀 기어가기 시작한다. 여인은 얼굴이 파랗게 변해가면서 거의 기절 상태가 된다.

뱀은 여인의 몸뚱이 위에서 한참 동안 꿈틀대다가 드디어 여인의 보지 속으로 기어들어간다. 여인은 다시금 공포 어린 쾌감에 짓뭉개져 야릇한 비명소리를 낸다. 여왕은 뱀의 꼬리에 불을 붙이도록 명령하고, 뱀은 뜨거움에 못 이겨 여인의 몸뚱이 안에서 몸부림을 친다.

추하게 일그러져가는 여인의 얼굴. 더욱 옥타브가 높아가는 여인의 비명소리. 뱀은 죽어라 하고 요동을 쳐대고, 독이 퍼져가는 동안 여인의 온몸은 서서히 새카만 색깔로 변해간다. 쾌락과 고통이 뒤범벅되어 죽어간 여인의 시체를 바라보면서, 여왕은 문득 아랫도리가 축축해져 오는 것을 느낀다. 그러고는 비로소 시원한 절정감을 맛본 것 같은 표정을 한다.

이때 다시 벽이 열리며 네다섯 살쯤 되어 보이는 여왕의 딸, 즉 공주가 궁녀들의 시중을 받으며 우아한 걸음걸이로 걸어 들어온다. 어린 나이인데도 너무나 표독스럽게 아름답다. 여왕은 자신의 딸을 보자 딸이 치를 미래의 즉위식이 생각나 문득 끔찍한 공포감에 사로잡힌다.

죽은 여인의 시체를 노예들이 치우고 난 후, 무관들과 궁녀들이 일제히 "여왕 폐하 만세!"를 외친다…….

귀족 부인의 간식(間食)

　　그녀가 심심풀이로 운영하는 멤버십 클럽 안에는 그녀와 나 단 둘이만 남았다. 오랜만에 가져보는 둘만의 시간이었다. 그녀는 웨이터와 웨이트리스를 퇴근시킨 후, 나를 데리고 그녀의 방으로 올라갔다. 나는 기분이 좀 얼떨떨했다. 그녀는 양주를 한 잔 내게 권한 다음에, 불쑥 내게 이렇게 물었다.

　　"로빈 씨, 지금도 저를 사랑하고 계시나요?"

뜬금없는 질문에 나는 당황할 수밖에 없었다. 그녀의 귀여운 변덕과 '남자 골리기'가 또 시작되는가 보다, 하고 나는 생각했다. 사실 그녀한테 '남자 골리기' 같은 취미는 없었다. 다만 남자들이 충분히 그렇게 생각할 만한 행동을, 그녀가 천진스럽게 해대고 있다는 말이 맞는 말일 것이다.

"그럼."

나는 잠시 생각해보는 체하다가 이렇게 대답했다.

"전에도 사랑한다고 그러신 일이 있죠, 네?"

"그럼."

나는 거짓말을 했다. 나는 최근 들어 그녀만이 아니라 어떤 여자한테도 '사랑'이란 단어를 쓴 일이 없기 때문이었다.

예전 청춘 시절에 나는 데이트를 할 때나 연애편지를 쓸 때 '사랑한다'는 말을 거침없이 남발했었다. 그런데 차츰 나이를 먹어가면서 생각해 보니, '사랑'이란 말처럼 불투명하고 모호한 말도 달리 없었다. 특히 한국에서는 '사랑'이 대개 '정신적 사랑(이를테면 '신[神]에 대한 사랑'이나 '가족에 대한 사랑' 등)'의 의미로 통용되고, 솔직한 '성애(性愛)'의 뜻으로 사용되는 일은 극히 드물기 때문이었다.

"그럼 다시 한 번 저한테 '사랑한다'고 말씀해 주세요. 저는 그 말이 꼭 듣고 싶어요."

하고 그녀가 말을 이었다. 그래서 나는 그녀에게,

"사랑합니다."

라고 경어체로 말해 주었다.

"좀 더 길게 구체적으로, 그리고 대상을 정해서 말해 주셔요."

다시 그녀가 내게 주문했다.

"나는 당신을 무지무지하게 사랑합니다."

내가 다시 그녀에게 말했다.

"아이 좋아라. 그 말 진심이겠지요?"

"그럼요."

"당신을 사랑해요. 이젠 저한테 조금 아까처럼 시큰둥한 태도를 보이지 않겠지요?"

"이젠 다시 안 그럴게요."

"자꾸 존댓말로 말씀하지 마세요. 어색한 거리감이 느껴져요."

"이젠 다시 안 그럴게."

내가 다시 반말로 수정해서 대답했다.

"아이, 정말로 당신을 사랑해요. 아까 F 씨가 그랬던 것처럼, 제 드레스 사이에다 손을 깊이 집어넣어 주셔요."

나는 그녀가 하라는 대로 했다.

"왜 손을 가만히 두고 있는 거예요. 제 젖가슴을 보드랍게 쓰다 듬어 줘요."

이 여자가 갑자기 왜 이럴까, 하고 나는 생각했다. 갑자기 권태스러워져서 그러나? 하지만 나는 그녀가 시키는 대로 그녀의 젖가슴을 천천히 주물럭거렸다.

그녀가 내게 키스해 왔다. 입을 맞출 때 보니 그녀는 눈을 꼭 감고 있었다. 그러는 모양이 꼭 사춘기 소녀 같았다.

이 여자가 아무래도 나를 놀리고 있나 보다, 하고 나는 생각했다. 하지만 그렇더라도 상관없었다. 내가 나중에 어떤 지경에 빠지게 되든 알 게 뭐냐. 어쨌든 지금은 순간의 쾌감을 만끽하고 볼 일이다…….

그녀의 방에는 휴식을 위해 마련된 침대만큼이나 크고 푹신한 긴 소파가 있었다. 그녀는 키스를 끝내고 난 후 그 위로 가 누웠다.

"로빈 씨, 이리로 와요."

"오늘은 좀 어색한걸. 기분이 별로 내키지 않아."

"왜죠?"

"나도 모르겠어. 당신이 어쩐지 '먼 그대'처럼 느껴져서 그래."

"그런 생각일랑 제발 걷어차 버려요. 자 이리로 와요, 얼른."

"오늘은 그냥 앉아서 얘기만 하기로 하지."

"싫어요. 당신은 저를 사랑한다면서요?"

"진정으로 사랑하지, 난 당신한테 미쳐 버렸으니까."

나는 그녀가 듣기 좋도록 과장해서 말했다.

"그럼 이리 와 제 온몸을 마음껏 사랑해 줘요."

"그럼 조금 이따가."

"안돼요, 빨리 오세요, 자아 어서 이리 와요……."

나는 그녀한테로 갔다. 그러고는 서로의 몸을 포개고서 한참 동안 가만히 누워 있었다. 불현듯 내 머릿속으로 짧은 시 한 편이 선명

하게 떠올라왔다. 더 덧붙이고 퇴고할 필요도 없이, 그냥 그대로 쓸
만한 시 한 편이 될 것 같았다.

> 오오
> 그대가 작은 섬이라면
> 나는
> 큰 파도가 되어
> 그
> 섬을
> 삼키리

그렇지만 시의 내용은 현실과 거리가 있었다. 그녀는 '작은 섬'
이 아니라 '큰 섬'이었고, 나는 '큰 파도'가 아니라 '작은 파도'였던
것이다.

그녀는 연두색으로 염색한 긴 머리를, 오늘따라 위로 높이 틀어
올리고 있었다. 그래서 가슴이 거의 다 드러나는 탱크톱 스타일의
드레스가 더욱 가느다란 모양으로 강조되어, 그녀의 사슴처럼 긴 목
을 더 우아해 보이도록 만들고 있었다.

하지만 나는 그녀가 길디긴 머리채를 그대로 늘어뜨리고 있는
것을 더 좋아했다. 그래서 나는 그녀의 머리에 박혀 있는 여러 개의
핀을 뽑아내어 그녀의 머리를 아래로 흐트러지게 했다.

내가 그녀의 머리를 풀어주는 동안, 그녀는 가끔씩 머리를 들어 내게 키스를 해주는 것 이외에는 꼼짝도 않고 누워 있었다. 나는 수많은 핀을 뽑아 소파 아래로 내던지면서, 점점 더 요염한 귀녀(鬼女)의 산발한 머리 모양으로 되어 가는 그녀의 헤어스타일을 즐겼다. 나중에 가서 마지막 핀 두 개를 뽑자, 그녀의 머리가 온통 아래로 쏟아져 내려왔다.

나는 그녀를 소파에서 일어나 앉게 한 다음, 그녀로 하여금 머리를 숙이게 했다.

나는 머리카락의 긴 폭포수를 바라보고 있는 것 같은 느낌이 들었고, 그 속으로 들어가 파묻히고 싶은 충동이 일었다. 그래서 나는 그녀의 얼굴로 가까이 다가가 길고 풍성한 머리 더미 속에 얼굴을 묻었다. 포근한 안식감과 함께 자궁 속과도 같은 달콤한 어둠이 밀려왔다.

머리 더미 속에서 코와 뺨으로만 비벼 봐도, 그녀의 얼굴 윤곽이 더할 나위 없이 아름답다는 것을 알 수 있었다. 주황색 불빛이 은은히 스며 나오는 소파 옆 스탠드 때문에, 그녀의 머리 색깔은 연두색이 아니라 짙은 초록색으로 보였다. 그래서 나는 한여름의 녹음이 우거진 깊디깊은 숲 속에 파묻혀 있는 듯한 착각이 들었다.

나는 그녀의 볼과 이마, 그리고 눈 아래와 턱 등을 손끝으로 어루만져 보았다. 너무나 매끄럽고 살풋한 느낌을 주는 살결이었다. 그래서 나는 그녀에게,

"꼭 고운 밀가루처럼 부드럽군."

하고 말했다.

우리는 머리카락이 만들어내는 안온하면서도 어슴푸레한 여명 속에서 깊게 입 맞추었다.

그러나 어쩐지 그녀의 남편에게 들키기라도 할 것 같은 조마조마한 심정이었다.

잊혀지지 않는 여인

박인환 시인은 「세월이 가면」이란 시에서, "지금 그 사람 이름은 잊었지만, 그 눈동자 입술은 내 가슴에 있네"라고 노래하였는데, 점점 나이를 먹어갈수록 이 시구(詩句)가 내 마음속에 실감으로 와 닿는 것을 느끼게 된다. 나도 40대 초반까지는 이 시구를 그저 흔하디흔한 유행가 가사 정도로만 보아 넘겨버렸었다. 그런데 이 여인 저 여인과 만남을 계속해 가며 사랑의 실체를 경험하게 되면서부터,

이 시구가 내포하고 있는 의미가 그럴듯한 진리라고 생각하게 된 것이다.

사람들은 처음엔 누구나 사람의 실체를 '입술'이나 '눈동자'에서보다 '이름'에서 찾기 마련이다. 입술이나 눈동자로 상징되는 사랑은 말하자면 '육체적인 사랑'인 셈이고, 이름으로 상징되는 사랑은 '정신적인 사랑'인 셈이다. 설사 그때그때 본능적인 욕망에 못 이겨 육체적인 사랑에 탐닉하는 경우가 있다 할지라도, 마음 한구석에서는 정신적으로 이심전심이 가능한, 또는 내 영혼의 구원까지도 가능한 구원(久遠)의 여인상(또는 남성상)을 찾아 헤매게 된다.

그러나 나이를 차츰 먹어가면서, 이 세상이 그렇게 낭만적인 이상이나 환상의 실현이 가능한 곳이 아니라는 사실을 확인하게 되면서부터는, 사랑의 '양다리 걸치기' 작전이 시작된다. 즉, 정신적으로도 어느 정도 통하고, 육체적으로도 어느 정도 통하는 절충적인 애정을 가장 바람직한 사랑의 형태로 받아들이게 되는 것이다.

나도 처음엔 정신적인 사랑을 찾아 헤매었다. 그러다가 그것은 결국 환영(幻影)에 불과한 것이라는 것을 깨닫고, 사랑은 '육체적 접촉에 의한 그때그때의 순간적 황홀감'이라고 생각하게 되었다. 특히 지나간 시절의 여인들과의 만남을 회고해 보면 더욱 그렇다. 그 여자와 나누었던 대화나 정신적 교류 같은 것은 기억 속에서 없어져 버린다. 그러고는 그 여자의 육감적인 입술, 길고 투명했던 손가락, 유달리 짙었던 그녀의 향수 냄새 같은 것들만 가슴 속에 남는다. 특히 그녀의 손을 처음 잡아보았을 때의 그 감미로웠던 감촉의 기억과, 그녀의 뺨에 내 뺨을 갖다 댔을 때의 감각들이 계속 내 가슴속에 생생하게 살아서 움직이고 있다. 그래서 나는 이제 박인환의 시를 이렇게 고쳐 부른다. "지금 그 사람 이름은 잊었지만, 그 눈동자 입술만 내게 남아 있네"라고.

그래서 나에게 있어 가장 잊혀지지 않는 여자는 손톱을 유난히도 길게 길렀던 K다.

K는 내가 삼십 대 초반의 젊은 대학교수 시절에 나와 연애했던 연세대의 싱싱발랄한 여학생이다.

나는 어렸을 때부터 여자의 긴 손톱에 특별히 미쳤었다. 적당히 예쁘게 길러 매니큐어를 한 손톱 정도로는 성에 차지 않았다. 아주 아주 길게 손톱이 휘어질 정도로 기르고, 거기에 그로테스크한 색깔의 매니큐어(검은색이나 파란색 같은)를 바른 여인을 보면 나는 심장이 멈출 것만 같은 충격을 받으며 순간 진짜 황홀한 관능적 법열감을 느끼곤 하였다.

그러나 우리나라에서는 그렇게 길게 손톱을 기른 여자가 흔치가 않았다. 그래서 다만 상상 속에서 그런 손톱의 여인을 그리워하고 있었는데 뒤늦게 K가 나타난 것이다.

K는 연세대 언어학과에 다니고 있던 여학생이었다. 얼굴은 서구적으로 생긴 얼굴이었고 키가 유난히 훤칠하게 컸다. 그리고 옷을

아주 야하게 입고 다녔다. 그리고 무엇보다도 손톱을 아주아주 길게 길렀다. 손톱에 바르는 매니큐어도 아주 섬뜩하고 번쩍이는 색깔들로만 발랐다.

그때는 내가 총각으로 있으면서 연세대 국문학과 교수로 강의하고 있을 때였다. 젊은 교수라 그런지 내 연구실엔 내 강의를 듣는 학생들의 발길이 잦았는데, 그중에 K도 끼어 있었던 것이다. 나는 그때 배짱 하나로 버티던 때라 여학생들에게 용감하게 접근했었다.

아니, 사실 내가 먼저 접근하기 전에 여학생 쪽에서 내게 접근해 오는 일이 많았다. K도 그중 하나였던 것이다. 나는 처음 K를 봤을 때부터 그녀의 길디긴 손톱에 군침을 흘리고 있던 참이었다. 그런데 그녀가 내 방에 자주 들락거리게 되자 여러 학생들이 보는 데서 선뜻 나에게 데이트 신청을 했고, 나는 별 군말 없이 그녀의 제의를 수락해주었다.

그녀와 처음으로 단둘이 만났을 때, 그녀는 다짜고짜 나에게 여관으로 갈 것을 제의했다. 남의 눈치를 볼 것 없이 솔직한 얘기를 주고받을 수 있고, 또 육체적 페팅도 가능하기 때문이라는 것이었다. 나는 물론 순순히 그녀의 말을 들어주었다.

그때가 1984년도인데. 젊은 여대생들이 야하게 놀기로는 요즘과 별 차이가 없었던 듯싶다. K 말고도 같이 여관으로 간 연세대 여학생이 꽤 많았기 때문이다. 촌스럽게 폼을 재거나 생색을 내는 여학생을 나는 단 한 명도 보지 못했다. 물론 내가 그 당시 젊고 인기 많은 남자 교수라서 더 그랬을 것이다. 내가 섹스에 대해서 솔직하게 이야기하면 그들은 그것 자체를 좋아했고, 그래서 나는 '여관 데이트'를 이따금 하곤 했다.

그때 나와 K가 간 곳을 연세대 앞에 있는 그 유명한 '장미여관'이었다. 우리는 겁도 없이 바로 학교 앞에 있는 여관으로 갔던 것이다. 말이 여관이지 내부 시설은 요즘 모텔들과 똑같은 수준이었다. 그 당시에는 '모텔'이란 말이 별로 사용되고 있지 않았다. 그래서 나는 장미여관을 데이트 장소로 애용하고 있었던 것이다.

방에 들어가자마자 나는 옷을 홀딱 벗어젖혔고 그녀도 흔쾌히 옷을 벗었다. 그때나 지금이나 내가 여자하고 부담감 없이 페팅을 나누는 방법은 오럴섹스였다. 경험이 있는지 없는지는 잘 모르겠지만, 어쨌든 그녀는 당당하고 씩씩하게 잘 핥고 빨고 해주었다. 애무를 하는 동안에도 나는 그녀에게 그녀의 길고 날카로운 손톱으로 내 몸뚱어리 여기저기를, 특히 자지를 갑작갑작 부드럽게 할퀴라고 주문했고, 그녀는 자신의 긴 손톱을 사랑해 주는 나를 애정 어린 눈빛으로 바라보며 그로테스크한 손톱 놀림을 게을리하지 않았다.

그런 다음에도 우리는 자주 만나 장미여관으로 갔다. 맥주를 시켜 그녀의 입을 술잔 삼아 받아 마시기도 했다. 안주는 반드시 손을 안 쓰고 입으로만 머금어 내 입안에 집어넣도록 그녀에게 시켰다.

애널링구스는 물론 기본사항이었다. 그녀가 길디긴 손톱들이 매달려 있는 손으로 내 자지를 붙잡고서 펠라티오를 해 줄 때면, 나는 긴 손톱만 봐도 진한 쾌감이 왔고 배가 불렀다.

그녀는 진심으로 자신의 긴 손톱을 사랑하고 있었기에 더욱 좋았다. 남들이 보라고 손톱을 가꾸는 것은 한계가 있기 마련인데, 그녀는 스스로 나르시시즘에 빠져 손톱을 한없이 길게 길렀기 때문에 더욱 더 나의 관능적 심미안(審美眼)을 충족시켜주었던 것이다.

나는 그녀를 만날 때마다 그녀의 손톱만 가지고 놀았다. 그녀와는 별로 대화를 나눌 필요가 없었다. 원체 그녀는 말수가 적은 편이었기 때문에 마치 고형(固形)의 물체처럼 내 가슴에 안기곤 하였다.

그녀는 천생적(天生的)으로 손톱을 길게 기를 수 있도록 태어난 것 같았다. 보통 여자들은 손톱을 길게 기르면 중간에 부러지거나 찢어지는 것이 예사인데, 그녀의 손톱은 절대로 부러지거나 찢어지는 일이 없었다. 그렇다고 손톱의 두께가 투박스럽게 두꺼운 것도 아니었다. 얇고 날렵한 모양의 손톱이 절대로 중간에서 상하는 일 없이 길게 길게 뻗어 가는 것이었다. 또 내가 신기하게 생각했던 것은, 그녀의 손톱은 아무리 길게 자라도 절대로 둥글게 휘거나 각각의 손톱마다 다른 각도로 흉한 불균형을 이루며 구부러지는 일이 없었다는 점이다. 길디긴 손톱들이 모두 다 한결같이 빳빳하게 곧추세워진 형태로 뻗어 나가고 있었다. 나는 그 뒤로도 그녀와 같은 손톱 재질을 갖고 있는 여자를 만나보지 못하였다.

그러나 그때까지도 나는 사랑에는 무언가 조금은 정신적인 것이 가미되어 있어야 한다고 믿었던 것 같다. 계속 헷갈리고 있었던 셈이다. 나는 바보같이 "손톱만으로는 안 된다. 무언가 더욱 진한 정신적 일체감을 경험하고 싶다……"라고 뇌까리는 마음을 억제하지 못하였다. 그리고 나하고 시큰둥한 만남을 '우정'을 핑계로 간헐적으로 계속해주고 있는 G를 마음속으로 여전히 사모하고 있었던 것이다.

G는 내가 홍익대 전임강사 초기 때부터 사랑해온 여자였는데, 한마디로 그 우라질 놈의 '지성미'를 가진 여자였다. 그녀는 어느 유부남을 오랫동안 사랑하고 있어서, 내 구애를 받아주지 않고 있었다. 그러면서도 가끔 나를 만나주기도 하니 난 미치고 환장할 지경이었다. 그러니 G와 만났을 때 내가 그녀와의 육체적 애무를 바란다는 것은 언감생심(焉敢生心) 마음먹을 수조차 없는 일이었다.

그렇게 K와 G 사이를 오락가락하며 나는 1년 정도의 시간을 보냈다. 그러다가 나는 드디어 G에게 청혼하기에 이르렀다. 지금 생각해보면 정말 바보같이 웃기는 짓이었다. 속궁합도 못 맞춰본 여자를 내 마누라감으로 선택했으니 말이다. 그런데 이게 웬일, G는 보름쯤 있다가 나의 청혼을 수락하는 게 아닌가. 아무래도 그 유부남이 본처를 버리고 자기에게로 와줄 것 같지 않다는 계산과, 또 당시로는 G가 혼기를 넘기고 있어서 내심 결혼에 초조해하고 있었던 게 원인이 아니었나 싶다. 그리고 내가 명문대학 교수라는 '겉 간판'도 그녀의 결혼 결심에 플러스 요인으로 작용했을 것이다.

그래서 G와 나의 결혼은 일사천리로 진행되었고, 나는 손톱이 긴 K를 버리고 손톱은 짧더라도 지성(?)을 갖추고 있는 G를 선택한 셈이 되었다. 그러나 그녀와 나의 결혼생활은 3년이 못 가 깨지고 말았다. 도무지 속궁합이 맞지 않았을뿐더러, K가 갖고 있었던 '백치적 복종의 매너'와 '능동적 페팅과 펠라티오 기술', 그리고 무엇보다도 '긴 손톱'을 한사코 거부했기 때문이었다. 나는 정말 '밤'이 너무나 재미없었다.

이제 시간이 흘러 노년에 이른 나로서는, 지금까지도 K가 너무나 너무나 그립다. K의 길디긴 손톱이 그립다. 그래서 지금의 나는 사랑에는 아무런 정신적 차원의 것도 필요 없다고 결론 내리게 되었다. 같은 가치관이나 인생관, 고상한 사랑의 대화 따위는 필요 없다. 사랑은 그저 내가 좋아하는 그녀의 아름다운 '부분', 즉 페티시(Fetish)를 만지작거리면서 느낄 수 있는 관능적 희열감일 뿐인 것이다. 물론 페팅(주로 오럴섹스와 사디즘, 마조히즘)의 궁합도 맞아야 하고 말이다.

이 글을 쓰는 순간에도 내 눈앞에는, 거의 10센티미터 정도까지 길었던 K의 고혹적(蠱惑的)인 손톱의 모습이 망령(妄靈)처럼 어른

거린다. 아…… 하루 종일 그녀의 길디긴 손톱을 내 눈앞에 바짝 붙여대고 응시하고 싶다. 그리고 그녀의 긴 손톱에 하염없이 긁히고 싶다. 그리고 그녀의 손톱에 칠해진 으리번쩍한 색깔의 매니큐어 냄새를 맡아보고 싶다.

또한 그녀의 길디긴, 그리고 비수처럼 날카로운 손톱으로 내 온몸을 여기저기 찌르게 하고 싶다…….

귀골(貴骨)

이불을 깔지 않은 맨바닥 위에선 잠이 잘 오지가 않더군. 드러눕지도 못하겠어. 몸이 원체 말라서 이리저리 뼈가 튀어나와 방바닥에 살이 배기기 때문. 그런데도 서울역 대합실이나 2호선 지하철역의 노숙자들과 걸인들은 시멘트 바닥에서 잠을 잘도 자고 있었어. 그것도 대낮에.

괜히 육신이 예민하여 조그만 소음이나 자극에도 잠을 잘 못 이

루는 나보다 그들은 그래도 행복해 보였어. 이런 고통을 어머님께 호소하면, 으레 어머님은,

"그건 네가 귀골(貴骨)인 탓이야."

라고 말씀하시며 대견스레 당신의 아들을 바라보시더군.

오늘도 퇴근길에 벗어 놓은 내 양말을 빨아주시며, "발에 땀이 없는 걸 보면 넌 역시 귀골이야, 귀골. 천골(賤骨)인 사람들은 꼭 발에 땀이 많아가지고 썩는 냄새가 나거든. 사람은 확실히 날 때부터 천골과 귀골이 따로 있는 모양이야."

라고 하시며 흐뭇한 표정을 지으시지 않아.

그러고 보니 정말, 어디서나 잠을 쿨쿨 잘 자는 친구들, 살이 질편하게 찐 친구들이 꼭 천골로 보여. 피곤한 모습으로 시장터에서 정신없이 낮잠을 자고 있는 행상 아주머니들도 확실히 천골. 노숙자들도 천골. 짜장면을 30초에 게걸스럽게 먹어치우는 사람도 천골.

천골로 태어난 그들은 참 불쌍하지. 귀골로 태어난 나는 참 그래도 행복하지. 돈은 없어도 나는 몸이 말랐어. 신경도 날카로워. 큰 부자는 못 된다고 해도, 노동을 하지 못하고 카페 구석에서 담배 연기를 내뿜으며 무정한 세월을 한탄하고, 걸인들에게 천 원짜리라도 떨어뜨리며 흐뭇해 할 수 있는 귀골인 나는 그래도 얼마나 행복한 놈이야?

귀골 귀골 귀골 귀골.(발음이 이상해, 꼭 개구리들이 악마구리처럼 떠드는 소리 같지 않아?) 아무튼 좋은 게 좋지, 귀골이 좋지. 사람은 태어날 때부터 귀골과 천골이 따로 있다더군. 천골은 날 때부터 눈이 세 개라더군. 뿔이 달렸다더군. 흉측한 꼬리도 달렸다더군.

이루어질 수 없었던 사랑

그때 그 명동

　내가 겪은 20대 청춘 시절을 소재로 영화를 만든다면, 주된 배경이 되는 곳은 아마도 서울 한복판의 명동(明洞)일 것이다.

　내 20대 청춘 시절이라면 학부 시절부터 대학원 석·박사과정을 다닐 때, 그리고 박사과정 재학 중 이 대학 저 대학에 시간강사로 나가던 때부터 전임강사 초기까지를 말한다. 남들은 4년이면 졸업하는 대학을, 나는 박사과정까지 합쳐 9년 동안이나 다닌 셈이다. 그래서 한결 더 낭만적인 치기(稚氣)와 열정을 가지고 꽤 길게 청춘 시절을 보냈다고도 볼 수 있다.

대학원생이라고는 하지만 역시 학생 신분인 것은 마찬가지여서, 나는 학부를 졸업하고 금방 직장생활을 시작한 친구들보다는 훨씬 어리씽씽 발랄한 마음을 가지고 20대를 보낼 수 있었다.

또 병역은 내가 홀어머니의 외아들이었던 관계로 방위병으로 치를 수 있었기 때문에 군대 시절의 공백이 1년밖에 없었다. 방위 근무는 대학원 석사과정을 마친 뒤 1975년에 했는데, 공교롭게도 내가 배속된 곳이 을지로 2가 예비군 중대본부였다. 그래서 나는 방위 시절까지도 명동의 화사하고 낭만적인 분위기 속에서 그런대로 재미있게 시간을 때워나갈 수 있었다. 명동 지역의 반 정도가 을지로 2가 중대의 관할구역이었기 때문이다.

물론 방위복은 일반 군복에 비해 훨씬 더 구지레하고 촌스럽게 생겨먹어서, 아는 여자를 만날 확률이 높은 명동 거리를 그 옷을 입고 누비고 다닌다는 게 조금 창피하기는 했다. 그러나 금세 나는 얼굴이 두꺼워져서 아무렇지도 않게 되어버렸고, 내가 어렸을 때부터 오매불망 그리워하고 사랑해 마지않던 명동 거리를 하루 종일 왔다 갔다할 수 있는 게 얼마나 좋은지 몰랐다. 저녁때가 되면 방위 동료들과 어울려 명동에서 술이라도 한잔 마실 수 있다는 것 또한 유쾌하고 기분 좋은 일이었다.

명동의 황금기는 역시 1950년대 중반부터 1960년대 중반까지다.

그때는 명동이 유흥가라기보다는 예술인들의 거리로 통했다. 소설가 이봉구(李鳳九)가 쓴 『명동, 그리운 사람들』이란 책을 보면, 그 당시 명동의 낭만적인 풍물과, 마음이 따사롭던 명동 사람들의 모습이 여실히 그려져 있다.

시인·소설가들이 매일같이 죽치고 앉아 전후(戰後)의 허무를 달래곤 했던 '동방(東方)살롱', 그리고 지금은 전설적인 술집이 돼버린 '은성(銀星)', 또 유일한 클래식 다방이었던 '돌체', 공초 오상순이 매일같이 상근(常勤)하며 계속 줄담배를 피워댔다는 '청동(靑銅)다방'…….

이런 장소들이 예술을 사랑하는 사람들이 만나 기탄없이 토론하며 훈훈한 우의를 다지고, 또 각자 빈약한 호주머니를 털어 술을 마시기도 했던 추억의 명소들이다.

대학 시절의 전혜린이 언제나 까만색 옷을 입고 나타나 매일같이 이집 저집을 돌며 담배를 피우고 술을 마셨던 곳도 명동이었다. 시인 박인환이 즉석에서 창작한 「세월이 가면」이란 시를, 옆에 앉아 있던 극작가 이진섭이 즉석에서 작곡하고, 또 성악가 임만섭이 즉석에서 노래를 불렀던 곳 역시 명동이었다.

나는 지금까지도 우리나라 노래 가운데 「세월이 가면」을 가장 명곡으로 본다. 그런데 유감스럽게도 오리지널 음반을 구할 수가 없다.

임만섭이 부른 것은 물론이고 그 후에 현인이 취입한 것도 구하기 힘들다. 아주 훨씬 뒤에 박인희가 취입한 것이 음반 가게에 나와 있을 뿐인데, 아무래도 남자가 부른 것보다는 못한 것 같다. 임만섭 씨 노래는 들어보지 못했지만, 타계하기 전 현인 씨가 텔레비전에 나와 불러준 「세월이 가면」은 정말 감동적이었다.

지금 그 사람 이름은 잊었지만
그 눈동자 입술은
내 가슴에 있네

바람이 불고
비가 올 때면
나는 저 유리창 밖
가로등 그늘의 밤을
잊지 못하지

사랑은 가도
옛날은 남는 것
여름날의 호숫가
가을의 공원
그 벤치 위에
나뭇잎은 떨어지고
나뭇잎은 흙이 되고
나뭇잎에 덮여서
우리들 사랑이 사라진다 해도
내 서늘한 가슴에 있네

이 노래를 좋아하는 사람들이 아직까지 상당히 많은데도 불구하고, 정작 음반이 드물다는 건 아이러니한 일이 아닐 수 없다.

하지만 이런 1950년대식 명동의 추억은 내겐 해당 사항이 못 되었고, 내가 거닐었던 명동은 이미 돌체다방도 은성 술집도 사라진 뒤의 명동이었다.

그 대신 멋쟁이 연극인들이 모여서 간단한 연극 공연도 하고 손님들한테 차를 팔기도 했던 '카페 떼아뜨르'와, 대학생들이 주 고객이었던 '캠퍼스 다방', 역시 대학생 전용이었던 '학사주점'과 '카이자 호프' 같은 곳들이 내 추억 속에 애틋한 이미지로 자리 잡고 있다.

내가 스무 살 되던 해는 1971년이어서, 그때부터 벌써 명동엔 예술인들의 발길이 뜸해지고 있었다. 다른 곳으로 몰려갔다는 얘기가 아니라, 1950년대나 1960년대보다는 예술가들의 생활형편이 나아져 각자 직장을 갖기도 하고 또 집에서 집필을 할 수도 있게 됐기 때문이었다. 말하자면 하루 종일 명동에서 죽치고 앉아 있을 필요가 없어진 것이다. 룸펜, 즉 '고급 실업자'라는 말이 서서히 사라지기 시작하던 때가 바로 1970년대 초반이었다.

내가 20대 대부분을 명동에서 노닐게 된 것은, 명동 이외엔 달리 갈 만한 곳이 없기 때문이었다.

지금은 강남이 발달해서 압구정동이나 방배동 같은 곳이 거대한 카페촌을 형성하고 있고, 연대 앞이나 이대 앞, 홍대 앞 등 신촌 근처에도 젊은이들이 갈 만한 카페나 커피숍이 넘쳐나지만, 그 당시만 해도 서울의 유흥가는 오직 명동과 종로 2가, 그리고 무교동 단 세

군데뿐이었다. 1970년대 초의 서울 인구가 4백만 명 정도였으니 그럴 만도 했다.

아니 인구도 그렇지만 그 당시 우리나라 경제 수준이 지금만 훨씬 못했다는 것이 진짜 원인일 것이다. 술집에서 마음 놓고 술을 마실 만큼 돈을 여유 있게 가지고 다니는 사람이 그때는 드물었다.

나도 마찬가지여서, 대학 시절 4년 동안 맥주를 마셔본 기억이 아주 적다. 대개는 소주가 아니면 막걸리였고, 특히 요즘과 다른 점은 대학생들이 소주보다 막걸리를 더 많이 마셨다는 사실이다.

그때의 소주는 지금과는 달리 알코올 도수가 30도였는데(지금은 보통 20도 안팎이다), 아무래도 독한 술을 마시려면 안주가 필요한 법이고 그래서 술값이 꽤 비싸게 먹힌다. 그런데 막걸리는 술이라기보다는 이를테면 '녹말죽' 같은 것이어서 안주가 별로 필요 없었다.

또 그 당시의 술 가게 아주머니들은 인심이 후해서, 막걸리만 시키고 안주를 안 시켜도 너그럽게 봐주었다. 그래서 공짜로 나오는 김치 한 접시를 놓고 막걸리를 마시면 돈이 별로 많이 들지 않았다. 또 그때는 물이 나쁘지 않아서 그랬는지 막걸리의 질이 요즘에 비해 꽤 고급이었던 것 같다. 아무리 마셔도 골치가 아프지 않았고 속이 쓰리지도 않았다. 이제 막걸리가 더 고급으로 개발된다고 하기에 나는 꽤 기대를 걸고 있다.

내가 명동에서 겪은 일 가운데 여러 가지 추억거리가 많지만, 그중에서도 특히 내가 20대 후반기에 자주 드나들었던 '페드라'라는 술집에 얽힌 일들이 많다. '페드라'는 명동의 '딸라골목'에 있는 작은 생맥줏집이었다.

내 20대 후반기라면 연세대 대학원 박사과정에 다니면서 연세대와 한양대 등 이 대학 저 대학에 시간강사로 나가기도 하고, 또 심심찮게 고등학교 3학년생들의 국어 과외지도도 해주면서 그럭저럭 용돈 정도는 벌 수 있을 때였다. 그래서 나는 막걸리에서 한 급 올려 생맥주에 맛을 들이게 되었다.

'페드라'가 있던 명동의 딸라골목은 지금은 없어져 버린 골목이다. 1979년쯤인가 지금의 롯데쇼핑센터에서 중앙우체국에 이르는 길을 확장하면서, 미도파백화점 건너편 쪽에 있던 집들을 다 허물어 버렸기 때문이다. 그래서 딸라골목은 그대로 대로변(大路邊)의 인도(人道)가 돼버렸고, 좁은 골목 특유의 아기자기한 풍광들이 사라져버렸다.

왜 '딸라골목'이란 명칭이 붙었느냐면 그곳에서 암달러 매매 행위가 이루어졌기 때문이다. 그러나 내 또래의 젊은이들은 주로 외국 잡지나 원서를 구하기 위해 그 골목을 드나들었다. 딸라골목 좌우에는 미국 잡지나 원서들 가운데 헌책만 모아 파는 가게들이 쭈르르 이어져 있기 때문이었다. 그래서 딸라골목에는 젊은 대학생들이 명동의 다른 골목들보다 훨씬 더 많이 물결쳤다.

'페드라'는 나중에 '프린스'로 이름이 바뀌었는데, 도로 확장 때도 헐리지 않은 안쪽 헌책방들 사이의 작은 3층 건물 2층에 외롭게 자리 잡고 있었다. 생맥주를 싼값으로 팔아서 젊은이들에게 인기가 있었고, 주인아저씨의 인심도 아주 후했다. 안주를 안 시켜도 되었고, 팝콘을 공짜로 계속 공급해주어 마음 놓고 술을 마실 수 있었다.

특별히 인상 깊었던 것은, '페드라'에서는 생맥주 잔을 냉장고의 냉동실에 넣어 얼려뒀다가 거기에 술을 채워줬다는 것이다. 하얗게 성에가 낀 맥주 조끼는 보기만 해도 시원한 느낌이 들었고, 특히 무더운 여름철에는 한결 더위를 잊게 해주는 것이었다.

나는 '페드라'에 일주일에 적어도 두세 번쯤은 드나들었다. 갈 때마다 생맥주 서너 잔 팔아주는 게 고작이었지만, 그래도 나를 아주 칙사 대접하듯 대해줬기 때문에 썩 기분이 좋았다.

지금은 물론 그 술집이 없어져 버렸다. 그때 그 주인아저씨는 지금쯤 어디서 무엇을 하고 있는지 궁금해진다. 지나간 시절들과 함께 내 추억의 창고 속에 남아 있는 사람들은 언제나 다 그립다.

명동이 차츰 카페 거리에서 구둣가게와 옷가게의 거리로 변모되면서 손님들의 발길이 뜸해지기 시작하자, 그 술집도 역시 장사가 안 되어 문을 닫고 말았다. 지금은 어디 다른 곳으로 옮겨 계속 술장사를 하고 있는지, 아니면 아예 업종을 바꿨는지 궁금해진다.

나는 친구들을 만날 때나 가끔 여자들과 데이트를 할 때 항상 '페드라'에서 만날 것을 고집했다. 술집이든 친구든 애인이든, 한 번 사귀어놓으면 계속 붙들고 늘어지는 게 내 버릇이기 때문이었다. 그래서 그 술집에 얽힌 추억도 많을 수밖에 없다.

그런데 그 가운데 내가 지금까지 질깃질깃 못 잊고 있는 것은, 그곳에서 갑작스레 이루어진 어느 유부녀와의 짧고 서글픈 연애사건이다.

내가 유부녀와 사랑을 나누어본 것은 지금까지 통틀어 그때 한 번밖에 없다. 워낙 소심하고 겁 많은 성격의 내가 유부녀를 꼬신다는 것은 엄두도 못 낼 일이었다. 그런데 그때 '페드라'에서 그 유부녀는 꽃이 나비를 따르는 식으로 먼저 나를 선제공격해와, 내 머리빡을 홀라당 뒤집어 놓았던 것이다.

회색의 크리스마스

왠지 '유부녀'라고 하면 아주 늙은 여자를 연상하게 된다. 그런데 내가 만났던 여자는 그렇게 나이가 많은 여자가 아니었다. 나보다 다섯 살 위였을 뿐인데 일찍 시집을 가버렸기 때문에, 나한테는 '가까이하기엔 너무 먼 당신'이 돼버렸던 것이다.

내가 그녀를 처음 만난 것은 대학 1학년 2학기 때였다. 그때 그녀는 영문학과 4학년 졸업반이었는데, 나와 함께 연극을 하게 된 것을 인연으로 그럭저럭 알고 지내는 사이가 되었다.

그녀의 이름은 차리아.

어쩐지 멍청해 보이면서도 착한 천사처럼 웃어젖히는 도톰한 입매가 아주 매력적이었다. 그리고 관능적 열정을 뿜어내는 초롱초롱한 눈동자가 사람의 마음을 끄는 데가 있었다.

연세대학교라고 하면 서울대학교보다는 못하지만 그래도 꽤 좋은 학교에 속한다. 내가 서울대학교보다 못하다고 한 것은 오로지 평균 커트라인의 측면에서만 이야기한 것이다. 사실 나로서는 서울대보다 연세대가 더 좋다고 확신하여 연세대에 들어갔기 때문에, 서울대에 대한 열등감 같은 걸 느껴본 적은 전혀 없다. 자유분방하고 개성적인 멋을 가꿔나갈 수 있다는 점에서는 연세대가 서울대보다 훨씬 더 낫다고 본다.

하지만 서울대나 연세대의 여학생들은 다 콧대가 높게 마련이다. 서울대나 연세대가 이른바 명문대학에 속하는 학교라서, 가냘픈 여자의 몸으로 그런 학교에 당당히 합격했다는 사실 하나만으로도 섣부른 자부심과 자존심을 갖게 만들어주기 때문일 것이다.

그런데도 리아에게는 건방진 구석이 전혀 없었고, 마치 유치원 학생처럼 언제나 명랑하고 착한 표정을 하고 있었다. 당시로서는 화장도 꽤 짙게 하고 옷도 아주 화려하게 입는 편이었는데, 공부엔 별로 신경을 쓰고 있지 않은 눈치였다.

그녀한테는 언제나 이런저런 소문이 따라다녔다. 어떤 유부남과 연애 중이라고 하기도 하고, 밤마다 요정에 나가고 있다는 얘기까지 들렸다. 그때만 해도 연세대 문과대학은 과(科)가 여섯 개밖에 없었고, 한 과의 학생 수가 이삼십 명밖에 되지 않았다. 그래서 학생들 서로가 빠삭하게 알고 지낼 수 있었다.

그런데 그런 리아가 내가 1학년 때의 가을, 더 정확히 말하자면 1969년 10월에 내 딸로 둔갑을 한 것이었다.

그때 나는 대학입학 직후에 입회한 '연희 극예술연구회'에서 연극활동을 하고 있었다. 그런데 문과대학 학생회에서 따로 연극반을 조직하게 됐다는 얘기가 돌았다. 그러더니 나에게도 거기에 참여해 보면 어떻겠냐는 제의가 선배들로부터 들어왔다. 내가 '연희 극예술 연구회'의 1학기 공연 때 1학년 학생으로서는 상당히 좋은 연기력을 보여줬기 때문인 것 같았다.

공연 시즌이 좀 지난 건 사실이지만, 그래도 나는 문과대학생으로서의 자부심과 의무감을 갖고 10월 중순부터 그 연극에 참여하게 되었다. 크리스마스 시즌을 전후해서 공연 날짜를 잡았기 때문에, 그때 우리가 고심 끝에 선택한 작품은 하유상의 희곡 「회색의 크리스마스」였다.

나는 1학년인데도 불구하고 남주인공으로 캐스팅되었고, 리아는 그때 졸업반이라 바쁜 몸인데도 불구하고 그 미모 때문에 여주인공인 내 딸 역으로 캐스팅되었다.

고등학교 1학년 때부터 대학원 석사과정 때까지 나는 한 해도 빼놓지 않고 아마추어 연극활동을 했는데, 석사과정 때 연출을 맡은 걸 빼고는 언제나 굵고 낭랑한 목소리 덕분에 주인공 역할을 맡았다. 그런데 유감스러웠던 것은, 언제나 내 말라비틀어진 체격과 꾸부정한 어깨 때문에 '리마이(핸섬한 젊은 남자 주인공 역할을 맡는 사람을 연극판에서는 리마이라고 부른다)'가 돼본 적이 한 번도 없었다는 사실이다. 내게 배당된 것은 언제나 중년 역할 아니면 노역(老役)이었다. 내가 노인의 음성을 가성으로 얼렁뚱땅 잘 만들어냈기 때문에 그랬는지도 몰랐다.

「회색의 크리스마스」에서 나는 자유분방한 성(性) 모럴을 가진 딸 때문에 고민하는 아버지 역할을 맡았다. 그리고 리아는 자기 애인을 내게 소개하며 내 앞에서 그 사내와 거침없이 키스를 하기도 하고, 옆방으로 가 몸을 섞어버리기도 하는 소위 야한 여대생으로 나왔다. 어버이와 자식 간의 세대 차이로 인한 갈등과, 새로운 성 모럴의 유입(流入)이 빚어내는 가족 간의 갈등을 그린 작품이었다.

키스 얘기가 나왔으니까 말인데, 내가 지금까지도 억울해하고 있는 것은 학생 시절에 꽤 많은 연극에 출연했음에도 불구하고 키스 신을 한 번도 못해봤다는 사실이다. 노역이나 중년 역할로만 출연시켰기 때문에, 나는 연극반 친구 녀석들이 실감 나는 연기를 핑계 삼아 상대역의 여자와 기분 좋게 키스하는 모습을, 침을 꼴깍꼴깍 삼켜가며 질투 어린 눈으로 바라볼 수밖에 없었다.

어쨌든 「회색의 크리스마스」를 연습하는 동안 나는 그만 리아에게 반해버렸다. 그때는 물론 치마 두른 여자만 보면 가슴이 왕창왕창 설레던 시절이어서, 리아뿐만 아니라 모든 상급반 여대생들한테 사모의 정을 느낀 적이 한두 번이 아니었다. 1학년 여대생들은 아무래도 고등학생티를 못 벗어났기 때문이었다.

그러나 리아는 보면 볼수록 다른 여대생들과 다른 점이 많았다. 이게 바로 진짜 '백치미'인가 싶었다. 그러나 얘기를 나눠보면 너무나 명쾌하고 너무나 상냥했다. 그래서 나는 마치 프랑수아즈 사강의 소설 『브람스를 좋아하세요…』에 나오는 순진한 젊은이가 연상의 중년 여인을 사모하는 기분으로 리아를 바라보게 되었다.

하지만 애송이 1학년 남학생과 세련된 4학년 여학생 사이엔 너무나 현격한 거리가 있었다. 그래도 요즘 대학생들보다 조건이 괜찮았던 것은, 당시엔 남녀 대학생들 사이에서 아무리 선배라고 해도 '해라' 투로 말을 못했다는 점이었다. 리아는 언제나 내게 '광수 씨'라고 했고 나는 언제나 그녀에게 '리아 씨'로 응수했다. 요즘 학생들 같으면 '광수야'와 '리아 선배'였을 텐데 말이다.

그렇게 '씨'자를 붙여 부르다 보니 어느새 1학년생과 4학년생 사이의 거리감이 차츰 줄어들어 갔고, 또 그녀가 나의 딸 역할로 나오는 바람에 거리감을 더욱 좁힐 수가 있었다.

하지만 리아가 나를 남자로 상대해준 적은 거의 없었다. 대학 1학년 시절의 나는 정말 쑥맥이요 모범생이었다. 매일같이 교복만 입고 다니고(그 당시만 해도 남자 대학생들에게는 교복이 있었다) 머리는 짧은 스포츠형으로 깎아, 말하자면 나는 계속 고등학생 때의 스타일을 고수하고 있었다. 어쩐지 머리 기르고 양복 입기가 쑥스러웠기 때문이었다. 구두 신는 것조차 어색하여 운동화만 끌고 다닌 내가 그녀한테 남자로 보였을 리 만무했다. 지금은 내가 무테안경이나 캐주얼한 복장으로 내 딴엔 꽤 멋을 내고 있지만, 그때는 시커먼 뿔테 안경에다가 교복이 아니면 기껏해야 잠바 차림으로 항상 어벙한 표정을 하고 있었다.

담배도 못 피웠고 술도 고작 막걸리 반 되 정도였다. 담배는 대학원 석사과정을 졸업하고 나서야 비로소 배울 수 있었다. 그러고 보면 나는 뭐든지 뒤늦게 배우는 체질인가 보다. 담배뿐만 아니라 사랑까지도……. 마흔 살 불혹의 나이를 넘은 뒤에서야 '야한 여자' 타령을 애처롭게 울부짖어댔으니 말이다.

짝사랑의 짭조름한 애수와 좋은 연기에 대한 욕심이 뒤범벅되어, 아무튼 그럭저럭 연극 공연이 끝났다. 나는 리아 때문에 연극 준비 때부터 공연 때까지 통 정신이 없었는데, 그래도 매일 연습을 핑계로 만날 수 있었기 때문에 그럭저럭 외로움을 달래나갈 수는 있었다.

그런데 연극 공연을 끝내고 더 이상 그녀를 만날 핑계가 없어져버리자, 나는 심각한 열등감 속에서 상사병(相思病)의 나락으로 빠져들게 되었다. 왜 열등감을 느꼈느냐 하면, 상사병의 일반적인 증상이란 것이 상대방은 한없이 고귀해 보이고 자신은 한없이 비천하고 못나 보이는 것이기 때문이었다.

긴 겨울방학 동안 나는 매일같이 밤낮으로 그녀의 환상을 좇아 헤매고 다닐 수밖에 없었고, 하루에도 몇 번씩 리아에게 보내는 넋두리 조의 편지를 썼다가 찢어버리기를 되풀이하곤 했다.

물론 그때 나에게는 고등학교 때 교외(校外) 동아리에서 만나 대학입학 후부터 고정적으로 만나고 있는 여자친구가 있긴 있었다. 하지만 1학년 2학기가 시작되면서부터 나는 차츰 그녀에게 시들해져가고 있었다. 더구나 리아의 출현 때문에 그 여자에 대한 사랑이 더욱 빛을 잃어가고 있었던 것이다.

'연상의 여인', 아니 '대학 상급반의 여인'이라는 것이 그때는 왜 그리도 매력적인 존재로 보였는지……. 솔직히 말해서 나는 지금 나이 든 여인한테는 전혀 마음이 쏠리지 않는다. 40이 넘은 여자들은 대개 능글능글한 아줌마가 되기 때문이다.

요즘은 그저 '영계'만 보면 침을 질질 흘리고 '인삼(人蔘)보다 더좋은 보약은 고삼(高三)'이라는 우스갯소리에 전적으로 동의하는, 평범한 고독남(孤獨男)으로 전락해버린 나다. 그런데 20대 초반 시절엔 왜 그렇게 연상의 여자들이 우러러 보였는지 모르겠다. 아마도 나하고는 비교가 안 될 정도로 세련돼 보이고 어딘지 모르게 침착하고 안정된 분위기가 엿보이는, 그러면서도 색정(色情)이 무엇인지 알고 있는 것 같은 그네들의 모습이 나로 하여금 사모의 정을 불러일으키게 만들었는지도 모른다.

겨울방학 내내 리아를 생각하며 고민·번뇌·우울에 빠져 있다가, 나는 드디어 용기를 내어 딱 한 번 밑져야 본전으로 그녀에게 데이트 신청을 해보기로 했다. 그냥 만나자고 하는 게 아무래도 쑥스러워서, 연극 표 두 장이 생겼는데, 같이 가보면 어떻겠냐고 덜덜덜 떨리는 목소리로 말을 붙여보았다.

전화를 통해 들려오는 그녀의 목소리는 아주 담담하고 안정된 음색이었다. 내 쪽에서는 염통이 벌렁벌렁 뛰어 목소리가 갈라져 나오고 있었는데도, 그녀는 차분한 음성으로 아무런 단서도 붙이지 않고 내 데이트 신청에 응해주었다.

설마 애송이 1학년 후배 주제에 자기를 꼬시려고 그런 전화를 했다고는 상상도 할 수 없다는 듯한 목소리였다. 그래서 나는 그녀가 나의 데이트 신청에 선선히 응해준 것이 무척이나 기쁘면서도, 다른 한편으로는 어쩐지 씁쓸하고 처량한 패배감 같은 것을 느낄 수밖에 없었다.

그때 내가 구입했던 연극 표는 '카페 떼아뜨르'에서 공연되고 있던 윤대성 극본의 「미친 동물의 역사」였다. 작품이 좋아서가 아니라, 카페 떼아뜨르의 나른하면서도 선정적인 분위기를 이용하여 그녀에게 한 발짝 더 다가가고 싶었기 때문이었다.

우리는 약속한 시간에 만나 「미친 동물의 역사」를 관람했고, 나는 리아의 향수 냄새 때문에 꼭 발정한 '미친 동물'처럼 온몸에 경련이 일어나 말도 별로 붙이지 못했다.

연극이 끝난 뒤 고작 커피 한 잔 마시는 정도였는데, 그때 나는 계속 얼굴이 빨개진 상태로 우물쭈물 꾸물거리고만 있었다. 아마도 리아는 그때 내가 보여준 그런 어색하고 어정쩡한 제스처와 뚱한 표정을 퍽 이상하게 생각했을 게 틀림없다. 착하고 단순한 그녀로서는 복잡다단한 숫총각의 심리를 잘 파악할 수 없었을 것이고, 그저 내가 무슨 다른 일로 걱정이라도 있어 그런 줄 알았을 것 같다.

차를 마시고 나서 나는 그녀에게 술이라도 한잔 같이하자고 청하고 싶었다. 하지만 그 말은 목구멍 언저리를 뱅뱅 맴돌다가 도로 쑥 기어들어가 버리고 말았다. 이런 지경이었으니, 뭐든지 아주 단순명료하게 받아들이는 그녀로서는 꽤나 싱거운 데이트라고 생각했을 것이다. 연극을 같이할 때 리아는 연습이 끝난 뒤에 갖는 술자리에서 꽤나 세련된 매너로 술을 밝히곤 했기 때문이다.

어정쩡한 데이트가 끝난 뒤 나는 어정어정 집으로 기어들어가,

나의 우유부단하고 결단성 없는 성격을 한탄해보기도 하고, 리아와 나 사이를 가로막고 있는 다섯 살이라는 연령 차이를 저주해보기도 하며 밤을 지새울 수밖에 없었다.

모처럼 만의 데이트에 완전히 기가 꺾여버린 나에게, 다시 그녀에게 데이트 신청을 할 용기가 생기지 않는 건 뻔한 일이었다. 그래서 나는 맹맹하고 어벙한 상태로 겨울방학을 보낼 수밖에 없었다. 그러면서도 나는 마음 한구석으로 권토중래(捲土重來)의 기회를 호시탐탐 노리고 있었다. 재도전의 그날을 반드시 마련하고야 말겠다는 치기 어린 다짐이 내 가슴속에서 수없이 되풀이되고 있었다.

하지만 내 꿈은 금세 수포로 돌아가 버리고 말았다. 2월 중순쯤엔가 우연히 문과대학 학생회실에 들렀을 때, 어떤 선배가 무심코 던진 말이 내 희망에 종지부를 찍고 말았던 것이다. 리아가 며칠 전에 결혼했다는 것이었다.

졸업식을 하기 직전에 서둘러 식을 올려야만 했던 이유를 나는 납득하기 어려웠다. 상대가 누구냐고 물어보니까 한 열서너 살쯤 연상의 남자라고 했다. 리아가 대학 2학년 때부터 사귀어왔던, 돈이 아주 많은 사람이라는 것이었다.

나는 그 자리에 풀썩 주저앉아버리고 싶었고, 졸지에 바보가 돼버린 나 자신을 느꼈다. 물론 소문을 통해 어렴풋이 알고는 있었지만, 결혼을 코앞에 둔 리아가 그렇게 열심히 연극에 참가했다는 점이나, 또 나와 데이트를 할 때 너무나 의젓하고 담담하게 나를 대했다는 사실이 나로서는 도무지 납득이 가지 않았다.

하지만 어쩌랴……. 어차피 이루어질 수 없는 사랑이었으니 이쯤에서 홀떡 종결을 짓게 된 게 오히려 다행이라는 생각도 들었다.

그러나 역시 리아는 너무나 아까운 여자였다. 그러다 보니 나는 그녀가 어쩔 수 없는 사정 때문에 소가 도살장에 끌려가듯 할 수 없이 결혼하게 된 것만 같이 생각됐고, 그녀를 빼앗아간 사내가 아무래도 질이 나쁜 사람임에 틀림없다고 결론짓게 되었다. 그게 아니면, 순진한 리아가 그 착한 마음씨 때문에 사탕발림식 구애 작전에 속아 넘어가 마지못해 그 사내의 아내가 돼버린 것 같다는 생각도 들었다.

하지만 이런 생각들은 다 이솝우화에 나오는 「여우와 포도」얘기, 즉 손이 안 닿아 포도를 따 먹을 수가 없었던 여우가 "저 포도는 틀림없이 시고 맛없는 포도일 거야"라고 중얼거렸다는 얘기처럼 다 쓸데없는 자위(自慰)에 불과할 뿐이었다.

그때 그 키스

내가 리아를 우연한 기회에 다시 만나게 된 것은 1978년 5월이었다. 그러니까 그녀가 결혼을 하고 나서 8년쯤 뒤의 일이다. 그때 나는 대학원 박사과정에 다니면서 여기저기 시간강사로 나가고 있었다.

나는 단념이 빠른 편이라서 대학 2학년에 올라가자 서서히 리아를 잊어버릴 수가 있었다. 물론 그러기 위해서는 또 다른 숭배의 대상이 필요했지만 말이다. 하지만 숭배대상이 있든 없든, 일단 유부녀가 된 여자를 어떻게 더 이상 마음속에 붙들어놓을 수 있었겠는가. 요즘은 유부남이나 유부녀가 처녀 총각과 연애하는 일이 흔하다고 하지만 그때로서는 드문 일이었고, 어쨌든 임자 있는 여자는 아무래도 떨떠름하기 때문이었다.

리아와 나는 문과대학 연극반 동문회 모임 자리에서 만났다. 동문회 모임이 따로 있는 게 아니고 후배들이 연극 공연을 할 때마다 선배들이 쫑파티에 참석해 술도 사주고 격려도 해주는 게 관례처럼 돼 있었는데, 여자 동문의 경우에는 미혼인 경우를 제외하고는 대체로 얼굴을 나타내지 않는 게 보통이었다. 그런데 그해 공연 때는 갑자기 리아가 나타났던 것이다.

그녀는 잘생긴 아들까지 하나 데리고 후배들이 하는 연극 공연장에 나타났다. 초등학교 1학년쯤 돼 보이는 리아의 아들은 엄마를 닮아 착하고 잘생긴 얼굴을 하고 있었다. 별로 시끄럽게 보채대지도 않았고, 아이들이 흔히 보여주는 '건방진 오두방정'을 떨지도 않았다.

결혼을 하고 아이를 낳은 여자인데도 불구하고, 그녀는 여전히 해맑은 얼굴과 반짝이는 눈동자를 간직하고 있었다. 나는 리아를 다시 만나게 되자 갑자기 프레시맨 시절의 기억이 떠올라, 그때의 추억이 가슴속에 물결치면서 돌연한 센티멘털리즘에 빠져들었다.

그녀가 차라리 30대 중반의 보통 여자들처럼 약간 조골조골하고 꾀죄죄한 얼굴을 보여줬더라면 오히려 내 마음이 편안해졌을 것이다. 그런데 그녀는 이상하게도 더 세련된 포근함과(아마 아이를 낳아봤기 때문일 것이다) 농염한 원숙미를(섹스의 실전 경험이 많아서일 것이다) 함께 지니고 있었다.

그래서 나는 그녀의 아들에게 질투심을 느낄 수밖에 없었다. 항상 저렇게 아름다운 엄마랑 같이 있을 수 있다는 건 얼마나 행복한 일인가! 엄마라고 해도 역시 여자이긴 마찬가지기 때문이다.

때마침 그때 나는 애인이 없었고, 내 친구의 약혼자가 된 어떤 시건방진 여자를 끊임없이 짝사랑하고 있는 중이었다. 여러 해 전부터 그 여자에게 공들여 프러포즈를 해봤지만 그녀는 끝내 나의 애소(哀訴)를 받아주지 않았고, 다른 남자 곁으로 떠난 뒤에도 내가 보내는 편지에는 귀찮다는 반응을 보일 뿐이었다.

그래서 결국 그 여자는 나한테 '가까이하기엔 너무 먼 당신'이 돼버리고 말았는데, 아이까지 데리고 나타난 리아를 보니 더욱더 '가까이하기엔 너무너무 먼 당신'인 것 같은 생각이 들어, 서글픈 짝사랑의 슬픔이 배가(倍加)될 수밖에 없었다.

그런데 뜻밖에도 리아는 나를 무척이나 반갑게 대해주었다. 그리고 이런저런 얘기 끝에 그냥 가정에 묻혀 지내는 자기로서는 계속 모교에 남아 공부를 하고 있는 내가 몹시 부럽다고 말했다. 내가 보기에 그녀도 이젠 별수 없이 권태기에 접어든 모양이었다. 어딘지 모르게 쓸쓸해 보이는 그녀의 얼굴에서는 외로운 처녀가 보여주는 색기(色氣)와는 또 다른, 훨씬 더 노골적인 색정(色情)이 배어 나오고 있었다.

쫑파티가 끝난 뒤 우리 두 사람은 자연스레 일행에서 분리되어, 어느 카페에 가서 자리를 잡고 앉았다. 나는 건성으로 리아의 아들이 아주 똑똑하게 잘생겼다는 얘기를 해주었다. 그녀는 비록 남편과는 권태기라 할지라도(물론 희망적인 추측일 뿐이지만), 아들에게만은 미칠듯한 애정을 쏟아붓고 있는 게 역력해 보였다.

리아는 내가 아들을 칭찬하거나 머리를 쓰다듬어줄 때마다, 거의 오르가슴에 도달했을 때의 얼굴과 흡사한 표정을 지어가며 흐뭇한 기분을 표시하는 것이었다. 나는 아기 엄마가 돼버린 그녀가 왠지 안타깝고 서글프게 생각되면서도, 그녀가 보여주는 따뜻하면서도 진솔한 모성애가 무척이나 마음에 들었다. 여자라면 누구나 당연히 모성애를 갖고 있는 것처럼 말하지만, 사실은 그렇지가 못하다는 것을 알게 됐기 때문이었다. 아이가 귀찮아 이리저리 공 굴리듯 굴려가며 허투루 다루는 여자들이 얼마나 많은가.

아이가 곁에서 은근한 감시의 눈길을 보냈기 때문에 술을 마실 수는 없었다. 그래서 우리는 그냥 싱겁게 일어설 수밖에 없었는데, 카페를 나올 때 나를 바라보는 그녀의 커다란 눈동자에서 풍겨 나오는 야릇한 눈빛이, 새삼 나를 달짝지근한 기대와 흥분 속에 빠져들게 만들었다. 대학 시절 함께 연극을 할 때 내게 보여준 눈빛과는 전혀 다른 눈빛이었다.

하긴 그때 나는 스물일곱 살의 나이였으므로, 그녀한테는 신선하고 먹음직스러운 '영계'로 보였을 게 분명하다. 여자는 10대 후반이 '영계'지만 남자는 20대 후반이 '영계'다. 확실히 남자는 나이를 좀 먹어야만 관능적 매력이 풍겨 나온다.

사실 스물일곱 살도 너무 적다. 영화배우들만 봐도 남자배우는 늙을수록 멋이 난다. 게리 쿠퍼나 클라크 게이블의 전성기는 다 사십이 넘어서부터였다. 그러나 여자배우는 그렇지가 못하다. 「바람과 함께 사라지다」에서 클라크 게이블의 상대역으로 나왔던 비비안 리는 40이 넘자마자 팍 사그라들었다.

아무래도 리아가 평탄한 부부관계를 유지하지 못하고 있는 것 같은 생각이 들었다. 그녀가 입고 있는 옷을 보니 남편이 돈을 많이 벌어다 주는 모양인데, 아무래도 나이 차이 때문인지 성적(性的)으로 남자가 딸리는 것 같다는 생각도 들었다. 여자는 뒤늦게야 성에 대해 눈을 뜨게 되고, 그때 가면 남자는 슬슬 시들기 시작해 섹스를 모르는 영계들을 찾아 헤매게 되는 게 정석(定石)이기 때문이었다. 그래서 리아가 그냥 심심풀이 군것질로 나를 만났을지도 모른다는 생각을 했다.

그러나 어쨌든 그때의 내 심정으로는, 그녀가 남편과 금슬이 좋지 못한 사이이기를 은근히 바라고 있었다. 이런 심보는 유부녀를 바라보는 모든 남자들의 공통된 심리일 것이다. 어쨌든 남이 잘되는 것보다 못 되는 걸 좋아하는 게 우리네 인간들의 보편적 심성이니까 말이다. 그리고 먹고 먹히는 약육강식의 장(場)에서 살아가는 우리로서는, 그걸 딱 꼬집어 나무랄 수도 없는 일이다.

그날 나는 리아와 전화번호를 교환하며 언젠가 다시 만날 것을 막연히 약속하고서 헤어졌다.

그런데 며칠 안 있어 정말 리아한테서 전화가 왔다. 나는 그럴 걸 예감하곤 있었지만 그렇게 빨리 전화가 올 줄은 몰랐기 때문에 오히려 당황했다. 어쩐지 안타깝고 찝찝한 사련(邪戀)에 빠져들게 될지도 모른다는 예감을 느꼈는지도 몰랐다.

하지만 나는 어쨌든 그녀의 전화가 반가웠다. 나는 대뜸 약속장소로 '페드라'를 지정했고, 농담조로 "아이는 데리고 나오지 말았으면 좋겠다"고 꼬리를 달았다. 리아는 웃으면서 그렇게 해 보겠다고 대답했다.

내가 대학 1학년 겨울방학 때 리아에게 데이트 신청을 했을 때와는 국면(局面)이 180도로 달라져 있었다. 하지만 나로서는 사실 그녀에게 적극적으로 대들 생각은 별로 없었다. 아무래도 유부녀 신분의 여자는 껄끄러운 존재니까 말이다. 또 나는 그때 친구의 약혼자가 된 여자한테 몽상적인 열정과 낭만적인 순정을 죄다 바치고 있던 중이라서, 리아를 만나고 있는 것이 되레 죄스럽다는 느낌이 들 정도였다(아아, 순진하기도 했지!).

'페드라'에서의 리아와의 만남은 꽤나 싱거운 것이었다. 우리는 테이블을 가운데 두고 마주앉아, 마치 남북한 휴전회담이라도 하듯 짐짓 심드렁한 어조로 이런저런 공식적인 얘기들을 주고받았다. 리아는 내게 대학원에서 공부하는 재미가 어떠냐, 교수가 될 비전은 보이느냐, 지금 애인은 있느냐 따위를 물었고, 나는 그녀에게 남편은 어떤 사람이냐, 그래 결혼생활은 재미가 있느냐, 아이가 귀찮지는 않느냐 따위를 물었다.

아무래도 오랜만의 만남은, 게다가 유부녀와 총각의 만남은 어색할 수밖에 없었다. 8년 전 그녀한테 느꼈던 관능적 흥분이 쉽사리 되살아나지 않았다. 하긴 그래서 '세월이 약이다'라는 말이 있는지도 모르겠다. 모든 것은 다 망각 속에 묻힌다. 버림받아 헤어지는 마당에, 상대방이 수년 전에 한 사랑의 맹세를 가지고 굳은 약속을 저버렸느니 배신자니 해가며 따지고 드는 것은 참으로 어리석은 짓이다.

그런데도 나를 지극히 아껴주던 '페드라'의 주인아저씨는 평소에 외로워 보였던 내가 모처럼 만에 세련된 외모를 가진 근사한 아가씨(그녀는 유부녀티가 전혀 나지 않았다)와 데이트하는 것을 지켜보며, 계속 눈을 찡긋거려가면서 격려의 신호를 보내주는 것이었다.

서로 눈만 멀뚱멀뚱 쳐다보며 의례적인 대화를 이끌어나가는 게너무나 어색해서, 나는 리아 옆으로 가 탁 포개 앉고도 싶었다. 그렇지만 그럴 용기가 나지 않았다. 오히려 내 마음속에서는 '저 여자는 유부녀다. 유부녀'라는 제동(制動)의 소리가 솟아 나오고 있었다. 유부녀라서 밥맛이 없다기보다도, 우리 사이에 리아의 남편이 개입되기라도 하면 골치가 아파질 것 같았기 때문이었다. 언제나 변함없이 소심한 준법성과 모범생 기질을 유지하는 나의 어정쩡한 바람기가, 나를 계속 엉거주춤한 대학 후배 상태로만 머물게 해주고 있었다.

생맥주를 500cc 잔으로 두 잔씩쯤 마시고 우리는 일어섰다. 단골로 다니는 술집에서 유부녀와 은밀한 밀회를 갖는다는 게 아무래도 어색하고 거북하게 생각됐기 때문이었다. 이대로 헤어지기는 섭섭하고, 그녀도 나와 좀 더 시간을 같이하고 싶어하는 눈치여서(그날 저녁은 아마 남편이 늦게 들어오기로 돼 있었나 보다. 아이는 친정집에라도 맡겨두었겠지), 어디든 딴 곳으로 장소를 옮기고 싶어졌다. 그래서 나는 술값을 치르고 나서 그녀와 함께 '페드라'를 나왔다.

'페드라'는 이층에 있는 술집이라 나무로 만들어진 계단을 내려오고 있는데, 계단이 꺾여지는 중턱쯤에 와서 갑자기 리아가 내 어깨를 잡았다. 그러더니 다짜고짜 입맞춤을 해오는 것이었다. 그것도 얕은 입맞춤이 아니라 꽤 깊고 진한 입맞춤이었다. 겁 많은 나는 키스의 맛을 즐기기보다 좌우를 두리번거리기 바빴는데, 다행히 우리 주위에는 아무도 없었다.

하지만 그런 와중에서도 그녀가 해준 딥키스(deep kiss)의 감미로운 느낌을 놓칠 수가 없었다. 키스라는 게 원래 남자가 여자한테 먼저 해주는 걸로 돼 있는 줄 알았는데, 리아로부터 얼떨결에 기습적인 키스 세례를 받고 보니 그 맛이 기막히게 좋았다. 여자에게 해주던 키스와는 달리, 여자로부터 받는 키스는 한결 포근하고 아늑한 모성애를 느끼게 했다.

나는 문득 정신이 아득해지면서 황홀한 오르가슴 비슷한 쾌감을 느꼈다. 그래서 나는 리아에게 내 입술을 맡겨버리고, 리아 역시 더욱 대담하게 내 입술을 빨았다. 오랫동안 키스를 나누는 도중에도 나는 행여 누가 볼세라 눈동자를 좌우로 굴려가며 눈치를 살필 수밖에 없었다. 다행히도 마침 그때 '페드라'에는 손님이 별로 없었기 때문에, 십분 넘게 키스를 하고 있는 동안 계단을 오르내리는 사람이 눈에 띠지 않았다.

무섭게 요동치는 혓바닥과는 별도로 내가 계속 어색한 표정을 하고 있자, 리아는 나의 왼손을 그녀의 젖가슴 쪽으로 끌어당겼다. 그러고는 내 손으로 그녀의 풍만한 젖무덤을 주물럭거리게 하면서 긴 입맞춤을 유지해 나가는 것이었다. 그래서 다시 또 십분 남짓한 시간이 흘러갔다. 유부녀라 경험이 많아서 그런지, 그녀는 혓바닥을 잘도 굴려대어 내 예민한 감성체계를 온통 뒤죽박죽으로 만들어놓았다. 그녀의 젖꼭지 역시 '분노의 포도'처럼 뽈딱 솟아올라 있었다.

문득 정신을 차려보니 내가 너무 수동적으로 리아의 애송이 후배 노릇만 하고 있다는 생각이 들었다. 그래서 나는 뒤늦은 공격을 시도하여 그녀의 젖가슴을 왼손으로 거칠게 더듬어가면서 그녀의 입술뿐만 아니라 코와 뺨, 그리고 귀 언저리를 철퍼덕철퍼덕 핥아댔다. 속이 시원해지면서 온몸에 짜릿하니 전기가 흐르는 듯한 느낌이 느껴졌다. 리아의 포근한 가슴속에서 허우적거리던 나의 왼손은 어느새 그녀의 불두덩 언저리를 조몰락조몰락 쓰다듬어대고 있었다.

그것으로 일단 만사 오케이였다. 우리 두 사람 사이의 벽은 완전히 허물어져 버렸다. 대학 1학년 겨울방학 이후로 흘려보낸 8년이라는 세월은 아무 의미가 없는 것이 돼버렸고, 오직 이 순간, 이 찰나만을 위해 우리가 존재하는 것처럼 느껴졌다. 어느새 그녀와 나는 두 몸에서 한 몸으로 되어 있었다.

여자가 남자에게 먼저 키스를 해왔다는 사실 하나가, 이토록 졸지에 사랑의 불을 붙여 친화력(親和力)이라는 엘리베이터를 타게 만들고, 이토록 감미로운 전율감을 선사해주는지 나는 미처 몰랐다. 만약에 그때 리아가 기습적인 키스를 감행하지 않고 그저 데면데면한 데이트로 끝나버렸다면, 나는 그녀와의 관계를 그저 선후배 사이의 공식적인 관계로 일단락 짓고 말았을 것이다. 그런데 리아가 무슨 이유에서였는지—갑자기 성욕이 일어나서 그랬는지 아니면 진작부터 나를 사랑해왔기 때문에 그랬는지—먼저 키스를 해준 것이 내 빈약하고 수줍은 오관(五官)을 송두리째 뒤흔들어놓고 말았던 것이다(애인이 없어 목놓아 울고 있던 노처녀들은 필히 참고할 일이다).

나는 그녀가 유부녀건 무부녀건 상관없다고 생각했고, 다른 남자한테로 가 있는 H가 이미 한물간 꿈속의 애인처럼 생각되기도 했다. 오직 이 순간 그녀와 내가 좀 더 안정감 있는 장소에서 한결 느긋한 마음으로 애무를 나누고 싶다는 생각뿐이었다.

리아와 나는 입맞춤이 끝난 뒤 그 맛을 음미하듯 천천히 계단을 내려왔다. 어느새 리아는 팔짱을 끼고 있었다. 우리는 곧바로 이심전심의 합의하에 충무로 대연각 호텔 쪽으로 향했다.

대연각 호텔은 1971년의 대화재로 타버렸지만 뼈대만은 그대로 남아, 다시 내부 수리를 하고 이젠 호텔로서가 아니라 여러 기업체의 사무실로 사용되고 있었다. 그때 대연각 빌딩 지하에는 '해피 타운'이라는 이름의 나이트클럽이 있었는데, 당시만 해도 명동에서 가장 세련된 디스코텍으로 소문나 있었다.

가끔씩 유명가수도 출연하여 손님들의 흥을 돋우어주기도 했는데, 특히 기억나는 것은 가수 조용필이 「돌아와요 부산항에」로 빅히트를 치고 난 다음에 '해피 타운'에 고정적으로 출연했다는 사실이다. 그때 나는 조용필의 「너무 짧아요」, 「단발머리」, 「정」 따위에 심취해 있던 중이었다.

'해피 타운'에 도착해보니 조용필은 이제 출연하고 있지 않았다. 대마초 파문 이후 그는 가요계의 쓸쓸한 소외자가 되어 외로이 한을 씹고 있었던 것이다.

하지만 그래도 '해피 타운'은 좋았다. 그때까지만 해도 명동은 지금과는 달리 장안의 멋쟁이들이 출입하던 곳이라서, 세련되게 야한 여자들이 진을 치고 앉아 폼 나게 담배 연기를 흩날리고 있었다. 거기서 리아와 나는 한참 동안 몸을 신 나게 흔들어대고, 또 가끔씩 블루스 타임이 올 때마다 아주 자연스럽게 서로의 몸을 비벼대곤 했다.

결혼을 하고 아이를 낳아서 그런지 리아는 젊은 미혼여성들에 비해 '건방진 수줍음'이 전혀 없었다. 그녀는 나를 편안하게 보듬어가면서 이런저런 어리광을 다 받아주는 것이었다.

내가 그녀의 목에 아무리 질척하게 침질을 해대도 그녀는 싫다는 내색을 하지 않았고, 내가 가끔씩 그녀의 보지에 손가락을 찔러대도 그녀는 그저 웃기만 했다. 그녀는 시종일관 푸근하고 여유 있는 미소로써 내 마음을 평화스럽게 만들어주는 것이었다.

회색 장미의 겨울

그날 이후로 나는 리아와의 안쓰러운 만남을 지속했다. 아무래도 감질나는 데이트요 죄스러운 밀회였다. 다행히 내가 하루 종일 근무해야 하는 직장인이 아니라 대학강사였기 때문에, 낮 시간을 짬짬이 활용할 수 있어 좋기는 했다. 하지만 그래도 나는 그녀와 짧은 만남 끝에 헤어질 때마다, 작별의 아쉬움과 함께 밀려오는 신경질과 울화통을 억제할 수 없었다. 리아는 직장생활을 하고 있지 않았기 때문에 저녁때 무슨 핑계거리를 대고 집에서 빠져나오는 것이 아주 힘들었고, 저녁에 만난다고 해봤자 한두 시간이 고작이었다.

그러다 보니 우리들의 만남은 점점 더 진한 쪽으로 흘러갈 수밖에 없었다. 짧고 아쉬운 데이트 시간에 이런저런 잡담을 한가하게 나눌 수도 없었고, 마음 편히 음식을 먹을 수도 없었다.

우리가 주로 찾아간 곳은 어두컴컴한 룸 카페나 칸막이가 처진 카페였는데, '페드라'는 아주 가끔씩만 이용했고 주로 명동 외곽으로 나갈 수밖에 없었다. 공연한 불안감과 죄의식 같은 게 작용했기 때문이었다

우리가 가장 많이 애용했던 장소는 혜화동 로터리에 있는 '귀빈(貴賓)'이라는 이름의 카페였다. 그 카페는 정말 대낮에도 라이터를 켜 들고서야 좌석을 찾을 수 있을 만큼 어둡게 조명돼 있었다. 칸막이가 얕게 설치돼 있어 조금 불안하긴 했지만, 그래도 우리는 어두운 조명 때문에 안심하고 애무를 나눌 수 있었다.

너무 짧은 시간 동안의 만남이었기 때문에 여관이나 호텔까지 갈 생각은 하지 못했다. 우리는 카페 의자에 나란히 붙어 앉아 열심히 뽀뽀하고, 서로의 성기를 열심히 어루만지고, 이곳저곳 열심히 핥아주는 일을 되풀이했을 뿐이었다.

한번은 이런 일도 있었다. 남편이 주말에 지방 출장을 가게 됐다고 하면서, 리아가 내게 환호작약하는 음성으로 전화를 걸어왔다. 그런데 운수 사납게도 나는 토요일과 일요일 1박 2일로 대학원 후배들과 캠핑 약속에 되어 있었다. 그래서 우리는 한참 동안 전화로 언쟁을 벌였다.

리아는 토요일 저녁부터 일요일 오후까지 나와 함께 엉켜 있고 싶다고 강력하게 주장했고, 나는 약속은 약속이니 캠핑을 가야겠다고 우겼다. 그러면서도 나는 마음 한편으로, 하필 이럴 때 캠핑 약속이 있다는 것이 너무나 재수 없고 억울한 경우라고 생각하며 통분해하고 있었다.

그럭저럭 내가 일요일 오후에 될 수 있는 대로 빨리 돌아와 리아와 만나기로 해놓고 나서야 리아는 조금 안정된 음색으로 돌아왔는데, 그녀로서는 내가 캠핑 약속을 아예 취소하지 않은 게 못내 섭섭했을 것이다.

일요일 낮에 나는 북한산 송추계곡 근처에서 야영을 하다가 후배들의 눈총을 받으며 먼저 헐레벌떡 서울로 돌아왔다. 리아와 약속한 장소인 동부이촌동 '야원(夜苑)'에 도착했을 때는 벌써 약속시간보다 한 시간 반이 늦어 있었다. 그때 우리는 '귀빈'에 싫증이 나서 새로운 밀회 장소로 '야원'을 정해놓고 있었다. 당시의 동부이촌동은 명동, 무교동에 이어 새롭게 등장한 세련된 유흥가였다. 지금으로 치면 강남의 압구정동쯤 되는 곳이었다.

'야원'에는 룸이 많이 있었기 때문에 우리는 그곳에서 마음껏 스킨십을 나눌 수 있었다. 또 동부이촌동은 그때만 하더라도 꽤 변두리에 속하는 곳이어서, 아는 사람들의 눈에 뜨일 염려가 별로 없어서 좋았다.

리아는 내가 도착했을 때 혼자서 홀쩍홀쩍 울고 있었다. 왜 그러느냐고 물으니까 자기의 신세가 너무나 한탄스러워서 그렇다고 했다. 그런 다음 그녀는 처량한 목소리로,

"후배들하고 캠핑 간다고 했지만 내가 그걸 어떻게 믿어? 어느 예쁜 영계년하고 놀러갔다 온 거 아냐?"

하고 말한다. 담배를 피워 무는 리아의 얼굴에서는 약간 한물간 여자들이 보여주는 서글프면서도 꾀죄죄한 질투심이 역력히 배어나오고 있었다(아주 한물간 여자들은 질투심이고 나발이고 없다). 나는 그녀를 이런저런 말로 구슬리고 달래 보았다. 리아는 계속 눈

물을 질금거리다가, 갑자기 내 어깨를 으스러져라 감싸 안으며 끈적끈적한 키스를 보내오는 것이었다.

"당신, 날 버리지 않는 거지, 응, 그렇지?"

말을 마치고 나서 리아는 자기의 치마를 걷어 올리고서 내 손을 잡아끌어 그녀의 팬티 속 보지 위에 올려놓는다. 그 모습이 너무나 애처롭고 착해 보여서, 나는 괜스레 숙연한 마음마저 들었다. 하지만 나는 그녀가 엄연히 유부녀라는 사실과, 게다가 아이까지 하나 딸려 있다는 사실 때문에 그녀의 물음에 섣불리 대답해줄 수가 없었다.

날 버리지 말아달라니……. 그럼 자기가 남편하고 이혼이라도 하겠단 말인가. 그럼 아이는 어떻게 하고? 아이가 없다면 문제 없지만 아이까지 데리고 나한테 오겠다면 아무래도 문제가 복잡해지는데…….

내가 계속 대답을 않고 술만 마시고 있자, 리아는 그녀의 보지 위에 놓여 있는 내 손을 잡고 그녀의 복부와 젖가슴을 살살 쓰다듬게 하면서, 구슬픈 목소리로 이렇게 말하는 것이었다.

"나도 내 마음을 잘 모르겠어. 하지만 내가 광수 씨를 사랑한다는 건 분명한 사실이야. 그런데 남편 생각을 하면 그 사람한테 미안한 마음이 들기도 하고, 또 아이까지 생각하다 보면 더 골치가 아파져. 난 어떡하면 좋지?"

나라고 뭐 뾰족한 묘방이 있을 리 없었다. 선뜻 그녀에게 당장이라도 이혼을 하고 내게 달려오라고 말할 용기는 없었다. 그러나 그녀의 얼굴을 찬찬히 바라볼수록, 이 여자를 도저히 이대로 버려둘 수는 없다는 생각이 들어 나는 계속 마음이 침울해졌다. 이토록 얄 궂은 운명으로 만나게 된 우리의 관계가 한탄스러울 뿐이었다.

그날의 애무는 자연히 더 짙을 수밖에 없었다. 리아는 시간이 얼마 없는데도 불구하고 나를 용산역 근처의 작은 호텔로 데려갔다. 그리고 그녀의 간이라도 빼줄 듯이 비굴하고 마조히스틱한 섹스 봉사를 베풀어주었다.

이럭저럭 시간은 자꾸 흘러갔고 우리의 정은 깊어만 갔다. 약속 시간을 정하는 것은 언제나 리아 쪽이었는데, 크리스마스가 가까워 지자 그녀는 비상한 용기를 내어 크리스마스이브를 나와 함께 있어 주겠다고 했다. 12월 중순부터 내가 계속 짜증을 내며 투덜거렸기 때문이다. '이젠 너의 세컨드 서방 노릇 하는 것도 신물이 난다. 다른 애인들은 당당하게 데이트를 즐기는데 우리는 왜 숨어서 만나야 하는 거냐. 크리스마스이브에도 같이 마음 놓고 밤을 지새울 수 없다는 건 정말 짜증 나는 일이다'라는 투로 계속 바가지를 긁어댔던 것이다.

어쨌든 그래서 우리는 크리스마스이브를 같이 보내게 되었고, 그날 밤새도록 몸을 가열차게 뒤섞을 수 있었다. 그녀가 남편한테 어떤 거짓말을 했는지는 내가 알 바 없지만, 그래도 나는 걱정이 되어 리아에게 물어보았다.

"정말 오늘 밤 완전히 프리인 거야? 나중에 무슨 일이 벌어지더라도 난 몰라. 네가 다 알아서 처리해야 해."

참으로 이기적인 얘기였지만 리아는 무턱대고 즐거운 표정이었다. 우리는 아는 사람한테 들키면 어쩌나 하는 공포심에서, 좀 멀리 떨어진 곳에서 크리스마스를 보내기로 했다. 남이섬이었다. 생각 같아서는 시내의 시끌벅적한 나이트클럽에라도 가서 남보라는 듯 몸을 비벼대고 싶었지만 아무래도 자신이 없었다. 그래서 궁리 끝에 생각해낸 곳이 바로 남이섬 관광호텔이었다.

가평까지는 택시로 가고 거기서 다시 배를 타고 남이섬으로 들어가 우리는 호텔에서 여장을 풀었다.

때마침 호텔 옆엔 엉성하긴 했지만 그래도 디스코텍 비슷한 곳이 있어서, 우리는 거기서 두 몸을 신 나게 밀어붙이며 비벼댈 수 있었다. 나는 마치 내가 어느 영화에 나오는 남주인공처럼, 사랑하는 여자를 야수 같은 남편의 손아귀에서 구출해내 아무도 모르는 장소로 탈출시킨 늠름한 대장부 같다는 착각에도 빠져보았다.

춤을 추고 난 뒤 우리는 곧바로 호텔 방에 들어가 악에 받친 변태 성욕으로 서로의 몸을 포식했고, 그날 밤이 오래오래 가기만을 빌었다. 나는 마음속으로, 아, 이래서 유부녀와의 사랑은 짜릿한 스릴과 서스펜스를 안겨주는 것이로구나, 하고 생각했다. 나의 허약한 정력이 마치 아편 중독자가 오랜만에 아편을 공급받았을 때처럼, 길길이 날뛰며 초능력을 발휘했기 때문이다.

새벽까지 우리는 떨어질 줄을 몰랐다. 한 시간 남짓 눈을 붙이고 나서, 우리는 곧바로 아침노을에 물든 강물을 구경하기 위해 호텔 밖으로 나왔다.

리아와 나는 보트를 빌려 타고 남이섬 주변을 천천히 돌았다. 수면이 잔잔했기 때문에 노 젓는 데 별로 힘이 들지 않았다. 밤새도록 거친 노동에 지쳐 있었는데도 리아의 얼굴에서는 생기찬 관능미가 번득이고 있었다.

보트에서 내려 우리는 호텔로 돌아와 식당에서 간단히 아침을 때우고 다시 방으로 올라갔다. 2층에 자리 잡고 있는 우리의 방은 강이 마주 보이는 위치에 있어 감상적인 기분을 한층 더 고조시켜주었다.

또다시 안타깝게 얼싸안고 살을 섞기를 서너 차례……. 다시 서울로 돌아가고 싶지 않은 기분이었다. 오후 서너 시가 될 때까지 그녀와 나는 호텔 방에서 뭉그적거리며 질척질척한 섹스를 계속했다. 점심식사 따위는 생각도 나지 않았다.

저녁이 되자 할 수 없이 호텔을 빠져나와 다시 배를 타고 가평으로 왔다. 서울로 가는 택시 안에서 그제서야 리아가 어두운 눈빛으로 이렇게 말했다.

"왠지 은근히 걱정돼요. 나는 사실 절친한 동창생 하나가 다 죽어가게 되어 가봐야겠다는 핑계를 대고서 집을 빠져나왔거든요. 그런데 당신한테 정신 팔려 있다 보니 남편한테 중간중간 전화하는 걸 잊어버리고 말았어요. 보나 마나 그이가 되게 의심할 텐데……. 이거 어쩌면 좋죠?"

딴은 그녀의 말에도 일리가 있었고 또 동정이 가는 바가 없지 않았다. 하지만 나는 그녀의 말 때문에 졸지에 김이 빠져버렸고, 애드

벌룬처럼 한껏 기분 좋게 부풀어 있던 마음이 졸지에 사그라드는 것을 느꼈다.

그때 그 이별

얼렁뚱땅 새해가 되었다. 신기하게도 리아는 1월 1일 오전에도 나를 불러냈다. 사실 나는 정월 초하루가 1년 중 가장 바쁜 날이었는데, 리아가 하도 보채대는 바람에 안 나갈 수가 없었다.

정월 초하루가 왜 가장 바쁜 날인고 하면, 이집 저집으로 세배를 다녀야 했기 때문이다. 고등학교 은사에서 대학 은사에 이르기까지, 해마다 거르지 않고 세배를 드려온 분들이 열 분이 넘었다.

학생 시절부터 지금에 이르기까지, 나는 동료들보다는 스승님들한테 훨씬 더 많은 사랑을 받은 것 같다. 그래서 지금까지 고등학교 시절의 스승 몇 분과도 계속 사제의 정을 나눠오고 있다. 주변머리 없는 내가 그럭저럭 먹고살 수 있게 된 것도 다 스승님들 덕분이다. 특별히 아부를 잘해서 그런 것 같지는 않다. 웬일인지 스승님들은 나를 귀여워해 주었고, 설사 내가 당돌하고 건방지게 굴더라도 너그럽게 이해해주셨다.

열 분에게 세배를 드리려면 정월 초하루부터 초이틀까지 헐레벌떡 돌아다녀야 했는데, 리아가 나를 불러냈으니 난감할 수밖에 없었다. 그래서 나는 한두 시간 정도만 리아와 만나기로 작정하고 약속 장소로 나갔다. 리아가 먼저 와 기다리고 있었다.

"웬일이야? 정초부터 부산을 떠니 말이야."

리아의 얼굴을 보자 반가운 마음이 앞서면서도, 내 입에서는 약간 신경질적인 말투가 새나오고 있었다. 남자한테는 역시 여자보다 사업이 중요한가 보다. 세배 다니는 것을 사업에 견주는 것은 조금 어폐가 있지만, 당시의 나로서는 한시바삐 대학 전임교수로 취직을 해야 했기 때문에, 웃어른들께 세배 다니는 것이 은근슬쩍 사업의 일부가 되어가고 있었다. 평소에 자잘한 아부를 못 하는 나로서는 정초에 세배 다니는 것이 꽤나 큰 교제의 의미를 띠고 있었던 것이다.

"당신이 보고 싶어서 그랬어. 왜 화났어? 하지만 난 정말 기를 쓰고 당신 만날 핑계를 만들어냈단 말야."

"무슨 핑곈데?"

"단골 역술가한테 올해 신수점을 보러 간다고 했지. 왠지 올 한 해가 불안해질 것 같은 예감이 든다고 하면서 말야. 남편은 점이라면 사족을 못 쓰는 사람이라서 좀 의아해하면서도 결국 허락해주더군."

리아의 말을 듣고 보니 그녀가 몹시 고맙게도 생각되고 한편으로는 약간 부담스럽게도 생각되었다. 하지만 어쨌든 정월 초하루의 데이트는 그런대로 별스러운 맛이 있었다. 그녀와 나는 두 시간 동안 한결 드라마틱한 섹스를 나눌 수 있었다.

그런 식으로 리아의 시간에 맞춰 안쓰러운 데이트를 계속해가면서 우리는 1월을 보냈다. 2월 초가 되자 나는 조금씩 앞날이 두려워지기 시작했다. 그녀의 남편한테 들통이 날까 봐 겁이 나기도 했고, 또 우리 두 사람의 관계가 소문이라도 나면 내 '사업'에 지장을 초래할까 봐 걱정이 되기도 했다. 그때 나는 몇몇 대학에 전임자리를 알아보고 있는 중이었기 때문에 더욱 그랬다. 확실히 나는 비겁한 놈이었다.

2월 10일쯤 되자 나는 기적적으로 홍익대학교에 취직 결정이 났다. 시간강사로 나가지도 않았고 아는 사람도 전혀 없는 학교였음에도 불구하고 허허실실(虛虛實實)로 공채 모집에 서류를 넣어본 것이 그만 덜커덕 걸리고 만 것이었다. 정말 꿈만 같았다.

그때만 해도 대학 숫자나 대학 입학정원이 지금의 3분의 1도 못 되던 때라서 전임교수 자리는 그야말로 하늘의 별 따기였다. 더구나 내가 은근히 기대했던 어느 지방 대학은 오히려 취직에 실패하고, 전혀 기대하지도 않고 취직 운동도 하지 않았던 서울의 종합대학인 홍익대학교에 취직됐다는 것이 참으로 신기하게 느껴졌다. 나는 '역설적 의도'라는 말을 입버릇처럼 되뇌어왔는데, 그 말이 거짓말처럼 맞아떨어진 것이었다.

전임 취직이 결정되자 나는 졸지에 의기양양해져 버렸다. 리아도 나의 취직을 기뻐해 줬는데, 그러면서도 약간 불안해하는 표정이 슬쩍 스치고 지나갔다. 어쩐지 우리 둘 사이의 이별을 예감하고 있기라도 한 것 같은 표정이었다.

홍익대학교에 제출할 서류준비 관계로 나는 점점 바빠졌고, 또

이 사람 저 사람에게 인사 다니는 데도 꽤 시간이 소요되었다. 그러다 보니 리아가 내게 전화를 해와도 만나지 못할 때가 많았는데, 말하자면 전과는 형편이 달라진 셈이었다. 내가 시간이 날 때는 리아가 시간이 없고, 리아가 모처럼 짬을 낼 때면 내가 시간이 없고…….
또 한편으로는 앞길이 구만리 같은 내 교수생활에 그녀와 나 사이의 스캔들이 지장을 초래할까 봐 겁이 날 때도 많아졌다.

그래도 2월 말까지는 어정쩡하고 떨떠름한 데이트를 서너 차례 할 수 있었다. 그렇지만 3월 초 새 학기가 시작되자 나는 아무래도 결단을 내려야겠다는 강박관념에 휩싸이게 되었다.

리아와 만날 때마다 나는 침울해질 수밖에 없었다. 사랑에 지쳐하는 그녀의 얼굴 표정이 나를 피곤하게 만들었고, 나를 영원히 소유하고 싶어 안달복달하는 표정이 그녀의 얼굴을 늙어 보이게도 했다. 그러면서 내 마음 한구석에서는 이젠 나보다 훨씬 어리고 순진하면서도 야한 여자와 연애를 해보고 싶은 생각이 무럭무럭 피어오르는 것이었다. 역시 남자는 구제불능성 '영계밝힘증' 환자라는 생각이 들었다.

그러고 보니 우리 사이에서 오가는 섹스나 애무는 점점 시들해져 갈 수밖에 없었다. 그러던 어느 날, 그녀가 청승맞게 눈물을 펑펑 흘려대자 나는 그만 정나미가 뚝 떨어져 버렸다. 여자가 우는 모습을 보면 대부분의 남자들은 마음이 약해진다는데, 나는 정반대였던 것이다. 그러고 보면 나는 확실히 야비한 녀석임에 틀림없다.

나는 드디어 그녀에게 이제 그만 만나자고 말했고, 그렇게 말하는 나의 말투는 비감(悲感) 어린 센티멘털리즘이 섞인 하소연 조(調)가 아니라 지극히 신경질적이고 짜증 나는 어조가 될 수밖에 없었다.

언제나 사랑의 시작은 멋지고 아름답다. 하지만 사랑의 종말에는 그저 짜증만 날 뿐이다. 나는 그녀가 불쌍해 보이기는커녕 창피스럽기만 했다. 그녀의 울음소리가 남의 귀에 들어가고 우리 두 사람의 궁상스러운 만남의 풍경이 남의 눈에 뜨일까 봐 전전긍긍할 뿐이었다.

그래서 나는 그냥 자리를 박차고 일어나버렸다. 리아는 나를 붙잡을 생각조차 못했다. 그저 멍하니 허공을 쳐다보며 소리 없이 눈물을 떨구고 있을 뿐이었다.

이렇게 해서 나와 연상의 여인 겸 유부녀와의 짧은 사랑의 게임은 허무하게 끝났다. 생각해보니 리아는 내가 야멸차게 차 버린 유일한 여자였다. 다른 연애의 경우엔 서로 시들해서 끝이 나거나 내가 버림받는 쪽이기 때문이었다.

하지만 이별 뒤에 찾아오는 뒷맛은, 버림받는 쪽보다 버리는 쪽이 확실히 더 떨떠름하고 꺼림칙했다. '맞은 놈은 다리 뻗고 자고, 때린 놈은 다리 오그리고 잔다'는 속담이 있는데, 확실히 옳은 말이었다. 나는 공연한 죄의식과 미안한 마음에 사로잡혀, 리아가 혹시 자살이라도 하면 어쩌나 하고 걱정이 되기까지 했다.

그러면서도 나는 한편으로 그녀가 다시 전화를 걸어오기를 은근히 기다리고 있었다. 그러면 나는 정말 그녀에게 정식으로 사과하고 싶었다. 하지만 그녀는 영영 전화를 걸어오지 않았다. 그리고 아직까지 자살했다는 소식을 들어본 적도 없다. 그렇다면 나는 결국 유부녀의 바람기로 인한 짧은 혼외정사(婚外情事)의 대상에 불과했단 말인가. 이런 생각을 하면 은근히 부아가 치밀어 오르기도 한다.

　여자를 버릴 때는 헌신짝 팽개치듯 야멸차게 버려놓고 나서, 그녀가 죽지 않고 멀쩡하게 살아 있으며, 사랑을 애걸복걸 구걸해오지 않는 데 대해 분개하고 있는 이 도둑놈 같은 심보……! 그래서 이래저래 사랑은 얄궂은 것이고, 불가사의한 것이며, 언제나 '눈물의 씨앗'이 되게 마련인가 보다.

길디긴 손톱의 유혹

그 남자는 어느 날 우연히 어떤 패션쇼에 갔다가, 관능적 경탄에
못 이겨 어느 여자 모델을 숨죽이며 바라보게 되었다. 그 여자는 그
의 취향에 맞는 완벽한 외모와 페티시(fetish)를 갖추고 있었다. 더
구나 그녀가 갖추고 있는 페티시들은 평범한 것들이 아니라 펑키하
게 퇴폐적이면서도 별나게 꼬인, 말하자면 킹키(kinky)한 것들이
었다.

그래서 그녀는 그가 상상 속에서나 꿈꾸었던, 아니면 사진집이나 보면서 유추했던 '가장 완벽한 상품'이었다. 그러니 그가 그 여자에게 기가 질려 하고 주눅 들어 했을 건 뻔한 이치다.

타고난 외모는 잠깐 차치하더라도(그건 사실 중요하지 않다. 현대적인 성애에서는 인공적 페티시가 더 중요하다), 그녀의 화장이나 헤어스타일, 또는 장신구 등의 치장술은 대단하였다.

'하지만 그것이 그녀 자신의 의도에 의한 것이 아니라 패션쇼 연출자나 디자이너의 아이디어에 의한 것이었다면, 패션쇼가 아닌 일상(日常) 속에서 여자와의 데이트가 이루어졌을 경우 금세 실망으로 이어질 게 뻔하다'며 그 남자는 서글픈 자위 비슷한 생각을 하였다. 손이 닿지 않는 곳에 매달려 있는 먹음직스럽게 생긴 포도를 보고 "아마 저 포도는 틀림없이 신 포도일 거야"라고 중얼거렸다는, 이솝 우화에 나오는 여우처럼 말이다.

물론 아무런 치장을 가하지 않은 민얼굴과 몸매만으로도 그녀는 그에게 진실된 욕정을 충분히 느끼게 했다. 하지만 그 정도만 가지고 여자에게 집요하게 접근해 가기엔 그는 자신이 너무 나이 들고 지쳐 있다고 생각했다. 아니, 그는 여자나 섹스뿐만 아니라 인생 자체에 대해 만성적으로 피곤해하고 있었는지도 모른다.

남자가 패션쇼에 가서 그 여자를 처음 본 것은 아마도 늦가을이었던 것 같다. 가을이 가면 겨울이 오고, 겨울이 지나가면 봄이 온다. 그래서 이제 막 봄기운이 기지개를 켜고 있다.

겨울에는 누구나 그래도 웬만큼 안간힘 쓰면 이성(異性)이나 섹스를 잊을 수가 있다. 인간 역시 동물의 일종이라 아무래도 겨울은 욕망의 동면기(冬眠期)일 확률이 높기 때문이다. 하지만 봄은 다르다. 봄이 되면 남성이든 여성이든 문득문득 미칠 듯한 그리움에 사로잡히게 되고 멍한 상태로도 된다. 그래서 그 남자 역시 그 여자를 다시 한 번 바라보기만이라도 하고 싶어졌다.

그 남자는 갑자기 열에 들뜬 사람처럼 된다. 지나간 사춘기 때의 치기 어린 열정이 자기도 모르게 뜬금없이 되살아나고 있는 것이 느껴진다. 그리고 그런 열정이 일종의 불가항력이라고 생각한다.

그래서 그가 다시 그 여자가 출연하는 뷰티쇼를 보러 갔을 때, 그녀의 열렬한 팬인 그 남자는 여자를 바라보며 도저히 참을 수 없으리만치 강렬한 감성의 폭풍 속에 휩싸인다.

중국인 디자이너와 일본인 디자이너, 그리고 두 나라의 메이크업 아티스트들이 공동으로 창조해낸 오리엔탈 풍의 패션쇼 형식을 띤 뷰티쇼, 아니 '퍼포먼스'가 그의 까다로운 심미안과 관능을 지긋지긋 자극시켰기 때문이다.

이 퍼포먼스에서도 그녀는 헤로인 역할을 하고 있다. 우선 그녀가 갖고 있는 최상의 육체적 장점이라고 할 수 있는 '희디흰 피부'가 극단적으로 강조되고 있다.

변형된 중국풍의 옷을 입은 그녀는 일본의 게이샤들같이 얼굴을 과장적인 순백색으로 만들어놓고 있다. 그러나 다른 모델들이 바른 흰색 파운데이션에 비해 두께가 반의반도 되지 않는다. 원래의 피부가 희기 때문에 화장품으로 짙게 도배할 필요가 없었을 것이다.

그래서 그녀는 다른 모델들에 비해 한결 더 도드라지게 눈에 띈다.

얼굴을 순백색으로 만드는 화장 기법은 원래 중국에서 시작된 것이라는 것을 남자는 알고 있다.

중세시대 때 유럽을 여행한 중국인들은 고국에 돌아와 눈처럼 흰 피부를 지닌 서구의 여성들에 대해 얘기했고, 상당수의 중국인들이 거기에 매혹당했다. 그래서 나무 수액과 수은을 합성하여 액체로 된 분을 만들기 시작했고, 여성들은 이 합성품으로 화장을 하기 시작했다. 그 액체는 너무 빡빡해서 얼굴 근육조차 움직일 수 없었다. 일종의 마스크와 같았고, 여성들은 그 위에 입술과 뺨을 붉게 그렸다. 3세기쯤 지나 이 화장 기술은 일본으로 전파되었다.

얼굴 근육조차 움직일 수 없을 만큼 **뻑뻑한** 화장은 중국 여성들이 갖고 있는 인형이나 노리개 같은 아름다움, 다시 말해서 무생물 같은 아름다움에 사도마조히스틱(sado-masochistic)한 맛을 한결 더 강화시켜주었다. 움직일 권리가 없었고, 움직일 수 없다는 사실로 인해 오히려 사회적 위치를 상징적으로 보장받았던 중국 여성들. 그 첫 번째 표징이 전족이라면 두 번째 표징은 긴 손톱이었다.

육체적인 일은 절대로 하지 않는다는 사실을 상징적으로 표현하기 위해 그네들은 길고 긴 손톱을 가졌다. 길게 기른 손톱만 가지고는 안 돼서 손톱 위에 덧끼우는 엄청나게 긴 인조 손톱도 사용했는데, 그것은 진짜 사람의 손톱으로 만들어졌다. 그리고 손톱이 부러지는 것을 방지하기 위해 고안된 손톱 씌우개는 황금으로 만들어져 갖은 보석으로 장식되었다.

긴 손톱은 전족 때문에 마음대로 움직일 수 없었던 중국 여성들을 더욱더 고형(固形)된 무생물의 이미지로 이끌어갔다.

여성 자체를 무생물로 보거나 머리카락이나 발, 그리고 손톱 같은 무생물적 신체 부위나 금속제 장식구 등으로부터 강렬한 성적 감동을 느끼는 페티시즘(fetishism)의 취향을 중국인들은 일찍부터 터득했던 셈이다. 페티시즘의 관능미는, 생식적 성에는 무관심하고 보다 달관되고 고차원적인 관능미를 추구하는 정치(精緻)한 감성의 소유자들만이 그 참맛을 알 수 있다.

남자는 이 퍼포먼스를 주관한 디자이너의 아이디어에 감탄하면서 여자를 자세히 들여다본다.

그녀는 머리를 올백으로 넘겨 땋은 머리를 하고 있다. 한 가닥으로 굵게 땋아진 숱 많은 머리채가 그녀의 잔등 한가운데로 묵직하게 늘어져 사디스틱한 맛을 낸다. 마치 에로틱한 디자인으로 된 채찍 다발을 보는 것 같다. 짙은 바다 빛깔로 염색된 여자의 머리가 청동같이 차가운 금속성의 느낌으로 다가온다.

그녀의 얼굴은 입체감을 중시하는 서양의 전통적 메이크업 패턴과, 여유와 절제를 중시하는 동양의 화장술을 합친 형태로 화장되어 있다. 적색과 청색의 대비를 통해 오리엔탈한 분위기를 유도하면서, 과감한 생략과 강조를 통해 판타스틱(fantastic)하면서도 호소력 있는 분위기를 연출하고 있다.

순백색의 얼굴이 갖는 평면성을 감소시키기 위해 양쪽 뺨에는 청색의 섀도를 연하게 발랐고, 아래 눈꺼풀 바로 밑에서부터 눈 바깥쪽을 향해 엷은 장미색 섀도를 길게 펼쳐가며 발라놓았다. 신비감을 주기 위해 피부 톤을 밝게 처리하고, 뺨의 중앙에서 바깥쪽으로 넓고 길게 짙은 꽃분홍색 볼 터치를 했다.

눈썹은 역시 밀어버렸고, 눈 안쪽에서 위로 향해 45도 각도로 아주 짧은 눈썹선을 그려넣어 긴장감을 주고 있다. 엷은 청색 아이섀도를 사선으로 넓고 심플하게 펼쳐 칠해 얼굴을 더욱더 가늘고 길어 보이게 했다. 메이크업 포인트로 윗입술을 진분홍의 산(山) 모양으로 뚜렷하게 그린 다음, 입술 윤곽선을 선명하게 살림으로써 얼굴의 입체감이 한결 부각되고 있다.

남자의 시선은 그녀의 얼굴로부터 급하게 손 쪽으로 내려간다.

종아리까지 늘어져 내려오는 넓고 긴 소매에 가려 처음엔 손도 손톱도 보이지 않는다. 그러나 그녀가 두 팔을 니은(ㄴ)자 모양으로 꺾으며 손을 위로 올리자, 속의 실핏줄들이 다 비쳐 보일 듯한 희디흰 손과 손가락이 드러나고, 드디어 비수처럼 길고 뾰족한 손톱이 나타난다.

과연 중국식 뷰티쇼답게 손톱이 길게 강조되어 있다. 길이가 족히 50센티미터는 될 만큼 기다란 인조 손톱이다. 아니, 더 자세히 들여다보니 인조 손톱이 아니라 손톱 씌우개인데, 황금색으로 빛나는 손톱 씌우개는 태국의 여성 민속무용에 사용되는 끝이 뾰족한 손톱 끼우개를 현대적으로 응용한 디자인으로 되어 있다.

그녀는 몇 발자국 더 걷다가 황금색 손톱 씌우개를 하나씩 벗어 던진다. 그러자 그 안에서 길이 40센티미터 정도의 손톱이 나온다. 손톱은 모두다 은청색(銀青色)으로 칠해져 있다.

한참을 더 걷다가 다시금 손톱을 하나씩 떼어서 던진다. 그러니까 40센티미터 길이의 손톱은 진짜 손톱에 덧끼운 인조 손톱이었던 셈이다. 인조 손톱들은 나풀거리며 날아가 관람석 곳곳에 사뿐히 내려앉는다.

그러자 다시 길이 30센티미터 정도의 손톱이 나오고, 손톱 위엔 전부 은빛 나는 핑크색 매니큐어가 칠해져 있다.

다시 또 손톱을 떼어서 던진다. 역시 인조 손톱이었던 모양이다.

그러자 이번에는 20센티미터 정도 길이의 금빛 손톱이 나오고, 마지막으로 금빛 인조 손톱을 떼어서 던지자 진짜 손톱이 나온다.

진짜 손톱이라는 걸 알리기 위해서인지 15센티미터 정도의 손톱 위엔 아무것도 칠해져 있지 않다. 아무것도 칠해져 있지 않은 그녀의 손톱은 너무나 희고 깨끗해서 한결 더 귀족적인 느낌을 준다.

이 퍼포먼스의 관람객 중 상당수는 아마도 저 손톱조차 인조 손톱이라고 생각했으리라, 하고 남자는 생각한다. 그러나 그는 수차례에 걸쳐 그녀의 손톱을 자세히 관찰해봤기 때문에, 그녀의 진짜 손톱이 15센티미터가 훨씬 넘게 길다는 사실을 알고 있다.

갖가지 길이와 색깔을 한 긴 손톱들의 파노라마를 지켜보면서, 남자는 전신이 뻣뻣이 경직되는 것 같은 관능적 마비감에 휩싸인다.

그녀가 엄청나게 넓고 길어 손끝에서 한참을 내려가 나풀거리는 실크 소재의 왼쪽 소매를 어깨까지 걷어 올리자, 희디흰 팔뚝에 아이스 블루색으로 그려진 용의 문신이 드러난다.

용은 금세라도 날아오를 듯, 손목 부분에서 꼬리를 흔들며 팔꿈치를 지나 어깨를 향해 아가리를 벌리고 있다. 그렇지만 여자의 팔에 그려진 용의 문신은 무섭게 그려져 있지 않고 귀엽고 장난기 넘치게 그려져 있다.

그녀는 왼손을 계속 들어 올린 채 나른하게 흔들며 서서히 퇴장한다. 그러자 팔뚝에 그려진 용이 진짜로 살아서 꿈틀대는 것처럼 보인다. 남자는 관능적 혈떡임의 극치에 이르러 곧 심장이 마비될 것만 같은 공포감에 휩싸인다.

그러면서 동시에 정액이 줄줄 흘러나와 바지를 적신다.

향락주의 만세

김대수(金大壽) 씨가 자신의 건강 문제에 대해 부쩍 관심을 높여 가기 시작한 것은 마흔다섯 살이 되던 해 봄부터였다.

마흔이 넘으면서부터 학교 동창생이나 주변의 직장 동료들 가운데 갑자기 죽어버리는 사람들이 속출했다. 아니 '속출'까지는 아니라 하더라도, 적어도 대여섯 명 정도나 되는 사람들이 이 세상을 허무하게 하직해버리는 것을 목격해야만 했다.

대부분의 사망 원인은 암이나 심장마비였다. 과로와 스트레스,

그리고 무절제한 식사 습관과 과도한 음주와 흡연이 원인인 것 같았다.

맨 처음으로 김대수 씨가 대학 동기생의 돌연한 죽음을 접했을 때, 그는 별로 놀라거나 슬퍼하지 않았다. 한 틈의 여유도 주지 않고 바쁘게 돌아가는 생활인지라, 신문에 난 자동차 사고나 자살 기사를 볼 때처럼 그저 무덤덤한 기분이 들었을 뿐이었다.

오히려 그는 졸지에 부의금을 지출해야 하는 것이 은근히 아깝다는 생각조차 들었고, 빈소에 가서 피곤하게 밤새울 일이 걱정되었다. 죽은 동창생이 아주 가깝게 지내던 사이가 아니었기 때문인지도 모른다.

그런데 지난 겨울, 김대수 씨는 그와 가장 친하게 지내왔던 고등학교 동창생인 D의 죽음을 목도하게 되었다. 평소에 아주 건강한 체질이었던 D는, 감기 기운이 너무 오래가는 것 같아 병원에 들렀다가 그만 간암 선고를 받고 만 것이었다.

D는 간신히 1년을 더 살다가 이 세상을 떠났다. D의 안쓰러운 투병생활을 곁에서 쭉 지켜봐야 했던 김대수 씨는, 이번에는 그야말로 갑자기 찬물을 뒤집어쓴 듯 정신이 번쩍 들면서 난생처음으로 죽음의 공포에 휩싸이게 되었다.

그리고 허구한 날 신문, 잡지의 건강란에 단골 토픽으로 등장하곤 하는, '한국 40대 남성의 사망률은 세계 최고'라는 내용의 기사가 그의 머릿속을 강타하며 지나갔다.

그 다음 날부터 김대수 씨의 생활은 그 이전과는 백팔십도로 다르게 뒤바뀌어 버렸다.

우선 그는 건강에 관한 서적들을 닥치는 대로 사들여 읽어나가기 시작했다. 종류는 여러 가지지만 대개가 비슷비슷한 내용들이었다. 우선 술과 담배를 끊어라, 과로하지 말라, 스트레스를 줄여라, 적당한 운동과 취미생활을 하라…….

다 지극히 옳으신 말씀이긴 한데, 도대체 어디서부터 손을 대야 할지 오리무중이었다. 하지만 대부분의 건강 서적들이 공통으로 권장하고 있는 것은 역시 '규칙적인 생활'과 '자연식 위주의 식생활'이라는 것을 알 수 있었다.

그는 먼저 큰 결단을 내려 술과 담배를 끊어버렸다. 저녁때 술을 안 마시게 되니 자연히 규칙적인 생활이 가능해졌다. 담배까지 안 피우다 보니 모든 관심이 '먹는 데'로만 집중되었다.

그래서 그는 아주 열성적으로 자연식 위주의 식생활을 실천해나갔다.

그러나 정작 고역을 치르는 쪽은 김대수 씨보다 그의 아내였다. 예전에는 육, 해, 공군을 적당히 섞어서 요리해주면 그런대로 대충 먹어주었는데, 이제는 될 수 있는 한 채식 위주로 식사하는 데다가, 그것도 무공해 청정식품이라야만 하니 죽을 지경이었다.

고기는 먹지 않고 생선만 먹는다. 생선도 먹을 수 있는 생선이 있고 먹을 수 없는 생선이 있다. 기름은 무조건 식물성 기름이어야 하고, 인공 감미료를 절대로 첨가해서는 안 된다.

김대수 씨가 자연식을 시작할 때쯤 해서, 미국에서 일시 귀국한 의사인 이승구 박사가 텔레비전 화면을 통해 한창 인기를 끌고 있었다.

그는 이승구 박사의 학설에 크게 감명받아, 이 박사가 쓴 책을 사다 놓고서 샅샅이 훑어보았다. 그 뒤로 그는 그 책을 성경 모시듯 하면서 자연식의 지침서로 삼았다.

이승구 박사의 지시대로 요리를 해서 갖다 바치려니 그의 아내는 더 고생이었다. 김치조차 '썩은 것'이라고 하여 먹지 못하게 하고 맨날 생과일만 먹게 하는 이승구 박사가, 김대수 씨의 아내나 자식들한테는 그저 원수로만 보였다.

김치 없이 밥을 먹으려니 속이 항상 메슥거렸고, 과일을 너무 많이 먹으니까 속이 냉해져서 계속 배탈들이 났다. 그러다 보니 자연 밥상을 두 종류로 차리게 되었는데, 그래서 김대수 씨 부인의 불만은 더욱 커질 수밖에 없었다.

그러나 김대수 씨는 조금도 지치지 않고 자기의 소신을 불도저처럼 밀고 나갔다. 처음엔 자연식만으로 끼니를 때우는 것이 여간 고통스러운 일이 아니었지만, 1년을 넘어서면서부터 서서히 효과가 나타나기 시작했다.

우선 변비증세가 없어졌다. 그리고 항상 머릿속이 개운했다. 또 담배를 안 피우다 보니, 예전처럼 아침에 일어났을 때 목에서 가래가 끓어오르는 일도 없었고, 술을 안 마시다 보니 저녁 시간마다 취미활동을 할 수 있었다.

김대수 씨는 우선 독서에 심취했고, 그 다음에는 서예에 손을 댔다. 주말이면 반드시 친구들과 테니스를 치러 나갔다.

그러나 테니스를 친 뒤에 맥주 한잔 마시는 것조차 극구 사양했기 때문에, 친구들은 그를 별로 좋아하지 않았다. 그래서 그는 벽에다 대고 혼자서 테니스를 쳤다.

일요일엔 등산이었다. 전에는 등산하는 재미보다는 산에서 고기 구워 먹는 재미로 산에 오르곤 했었다. 그런데 이제는 간단한 도시락 하나 달랑 싸들고 꼭대기까지 한가롭게 걸어 올라갔다가 내려오는 등산이었다.

처음엔 아내나 아이들이 그와 함께 등산하는 것을 좋아했다. 하지만 기껏 힘들여 올라가 봤자 생수 한 컵에 검은 빵 한 쪼가리 씹고서 다시 내려오게 되니, 그 다음부터는 같이 가려고 하지를 않았다. 그래서 그는 혼자 갈 수밖에 없었다.

그는 또 스트레스를 없애려고 꽤나 애를 썼다. 그래서 집안 식구들이나 직장 동료들한테 신경질을 안 내려고 노력했다. 그리고 이승구 박사의 가르침대로, 언제나 웃는 얼굴을 함으로써 '사랑의 엔도르핀'을 만들어내려고 총력을 집중했다.

그리고 아내를 더 열심히 사랑해줘야겠다고 마음먹고, 매일 밤 부드럽고 친절하게 잠자리를 이끌어나가려고 애썼다. 그렇지만 그의 아내는 그러는 남편이 징그러워 보일 뿐이었다.

이런 식으로 다시 또 3년이 지나갔다. 어쨌든 김대수 씨의 몸과 마음은 마흔다섯 살 이전보다 열 배는 건강해져 있었다.

그는 자기의 굳은 의지가 최고의 건강 컨디션을 이룩해낸 것이 지극히 자랑스러웠다. 그래서 그는 자기가 장수하리라는 것을 믿어 의심치 않았다.

그러던 어느 날이었다.

김대수 씨는 직장에서 퇴근한 후 회사 앞 횡단보도를 건너가고 있었다.

횡단보도를 건너면서도 그는 어떤 생각에 골똘하게 빠져 있었다. 더 건강해지기 위해서, 의사들이 다들 좋다고 하는 단식요법을 한번 시도해볼까 하는 생각이었다.

그때 과속으로 달려오던 자동차 한 대가 김대수 씨를 들이받았다.

그래서 그는 미처 피할 겨를도 없이 그 자리에서 즉사해버렸다.

성인식(成人式)

공부는 안 되고 괜히 심심하기만 한 어느 일요일 날 저녁이다. 그런데도 나를 찾는 친구가 없다. 그래서 그냥 애꿎은 휴대전화만 바라보며 '누구한테서 문자라도 안 오려나' 하고 생각하고 있었다. 하지만 이상하게도 느낌은 좋았다. 그렇게 멍하니 있는데, 과연 낙관적 예감대로 얼마 후에 휴대전화의 벨 소리가 울린다.

누구인가 했더니 세 달 전부터 지금까지 나에게 수학 과외를 해 주고 있는 대학생 누나였다. 하지만 평소엔 전화를 주고받지 않는 사이인데 느닷없이 무슨 전화일까, 하고 궁금해하며 전화기를 들었다.

"여보세요……."

"나야……. 너에게 수학 과외를 해주고 있는 누나."

"웬일이세요? 이 시간에?"

"너 지금 ○○으로 와라."

"네? 지금 당장이요?"

"응. 누나 지금 혼자 술 마시고 있는데 너 좀 나와라."

"지금이요? 저는 술 먹을 수 있는 나이가 아닌데요……."

전화는 대답 없이 끊어진다. 나는 가야 할지 말아야 할지 얼마간 망설였지만, 호기심에 집을 나섰다.

도착해 보니, 누나는 이미 술을 많이 마신 상태였다. 대충 분위기를 맞춰주다가 집에 가려고 생각했던 나였지만, 어느새 술자리는 무르익어 2차, 3차까지 이어졌다. 그래서 누나와 나는 거나하게 취해서, 집에 들어가야 한다는 사실을 점점 잊어가고 있었다. 계속해서 이어지는 별 의미도 없는 대화들과 오고 가는 술잔. 그러다가 연애 얘기를 하게 되었다. 남자 친구가 없다는 누나와 여자 친구가 없다는 나. 그렇고 그런 뻔한 얘기들이 이어졌다.

"왜요? 누나 정도면 사귀는 남자가 있을 텐데요."

하지만 누나는 아무런 말이 없다. 그런데 표정이 심상치가 않다. 침묵이 계속되었다. 평소에 대학입시 걱정 때문에 연애에는 관심도 둘 수 없는 나였지만, 이번만큼은 뭔가 이상한 느낌이 왔다. 애인이랑 헤어졌구나. 누나가 버림받은 거로구나. 그렇게 추측하는 순간 내 마음속은 알 수 없는 괴이한 감정으로 가득 찼다. 뭐라고 말로는 설명할 수 없는 감정이었다. 그래서 나는 정말 진심 어린 마음으로 입을 열었다.

"애인이랑 헤어진 거예요? 그리고 누나 쪽에서 당한 거예요?"

누나의 진지하고 걱정 어린 표정. 나와 누나는 서로를 빤히 쳐다보았다. 사실 빤히 쳐다본 것도 아니었다. 이미 술기운에 주변 사물이 두 개 세 개로 보이기 시작한 지 오래됐기에, 빤히 쳐다보고 있는 건지 아닌 건지도 몰랐다. 하지만 적어도 느낌은 그랬다.

이미 다른 테이블의 말소리도, 그리고 스테이지의 노랫소리도 들리지 않는다. 우리는 술집에 둘만 있는 것처럼 그렇게 서로를 바라보고 있었다.

시끄러운 잡음 속에서의 얼마간의 정적을 먼저 깬 것은 누나였다. 아니, 나였는지도 모른다. 누가 먼저랄 것도 없이 우리는 서로의 입술을 겹쳐대고 키스의 황홀경 속에 빠져들기 시작했으니까 말이다.

처음에 나는 어리둥절했다. 도대체 왜 이 여자가 나에게 키스를 하고 있는 것인지, 그리고 왜 나 자신이 그것을 아무렇지도 않게 받아들이고 있는 것인지 알 수가 없었다. 하지만 그런 의문은 채 1초도 되지 않아 그저 서로를 탐닉하는 본능 속으로 사라지고 말았다.

입술을 맞대기가 무섭게 누나의 혀는 나의 입안을 탐색하기 시작했다. 해운대로 밀려들어 오는 거대한 쓰나미처럼, 입 안 구석구석을 헤집었다. 나의 혀 또한 지지 않았다. 그동안 굶주렸던 맹수가 간만에 먹이를 발견하고 미친 듯 먹이를 탐하듯이 나는 미쳐가고 있었다.

우리는 그렇게 서로를 각인시켜 나갔다. 그렇다. 수능에 잘 나온다는 한자어 '각인(刻印)'이었다. 끊어질 듯, 끊어질 듯 계속해서 이어지는 우리의 딥 키스. 끝없는 딥 키스. 처음엔 조금 놀란 나였지만 이미 나는 더 적극적으로 누나에게 키스를 퍼붓고 있었다. 아, 키스가 이렇게 좋은 것이었나. 내가 늘 상상해왔던 영화의 한 장면 같은, 사랑하는 여인과 함께하는 달콤한 키스는 아니었다. 담배 맛이 풍겨 나오는 연상의 여자하고 나누는, 어색하기도 하고 성급한 키스였다. 그렇지만 그래도 맛이 좋았다.

'사탕 맛이 아니라 담배 맛이지만, 그리고 사랑하고는 거리가 멀다고 생각했던 사람과의 키스지만, 나쁘지는 않다. 아니, 오히려 더 좋다.'

하고 나는 생각했다.

키스가 이어지는 동안 누나의 손은 쉬지 않고 내 엉덩이와 허벅지를 쓰다듬고 있었다. 폭풍처럼 격렬한 키스만큼이나, 누나의 손길은 거칠었다. 그리고 집요했다. 그녀는 거칠고 집요하게 내 몸 구석구석을 더듬었다. 이미 그 술집 안에 다른 사람은 없었다. 오직 우리 둘만 있을 뿐이었다. 다른 사람들이 우리를 보고 있건 말건 간에 그건 중요한 일이 아니었다.

하지만 어느 순간 누나는 남들의 시선을 깨달은 것 같았다. 누나는 나의 손을 잡아끌고 밖으로 나왔다.

"어디로 가려고요?"

어리둥절한 표정으로 내가 묻자, 누나는 이렇게 대답했다.

"온전히 우리 둘만 있을 장소가 필요해."

장소를 옮겨야겠다고 생각한 순간부터 그녀의 행동은 거침이 없었다. 이미 어디로 갈지 내 마음속 깊은 곳에서는 알고 있었는지 모른다. 나의 물음에 누나는 특유의 웃음을 지으며 짧게 대답했다.

"좋은 곳."

나 또한 웃으면서 다시 물었다.

"거기가 어딘데요?"

"가보면 알아."

누나는 먼저 편의점에 들어가서 분주하게 술을 사고, 나에게 안주를 고르라고 했다. 도대체 아까까지 그렇게 술을 마셔놓고도 또 술을 왜 사는 건지, 나는 영문을 알 수 없었다. 하지만 나는 누나가 시키는 대로 안주를 골랐다. 내가 안주를 고르는 사이에, 누나는 콘돔도 사고 있었다. 그리고 황급히 계산을 하고 부리나케 편의점을 나와 내 손을 꼭 붙잡고 달리다시피 골목길을 걸었다. 곧 내 눈에 익숙한 화려한 빨간 불빛들이 보였다.

ㅇㅇ모텔, ☆☆모텔, ㅁㅁ모텔……. 이름들도 가지각색이었다. 화려한 불빛들은, 어디로 갈지 망설이고 있는 우리에게 저마다 이리로 오라며 유혹하는 손짓처럼 보였다.

망설임은 그리 길지 않았다. 이미 머릿속에 온통 섹스 생각뿐인 것 같은 누나에게는 망설이고 있을 시간이 없었을 것이다. 누나는 적당히 아무 모텔로 들어가서, 어떻게 체크인을 했는지도 모를 정도로 빠르게 체크인을 하고, 야릇한 분위기를 풍기는 복도를 지나, 객실 안으로 들어갔다.

친구들과는 여행이다 뭐다 해서 몇 번 가본 적이 있는 펜션과 비슷하게 익숙한 풍경의 모텔이었지만, 연상의 여자 과외선생과 단둘이서 모텔이라니……. 상상할 수 없었던 일이다. 하지만 그 상상할 수 없었던 일이 현실이 되어 내 눈앞에 펼쳐지고 있다. 신기한 일이었다. 나에게도 이런 일이 생기는구나. 나는 나 자신에게 일어난 일을 신기해하면서도, 막상 눈앞에 펼쳐진 현실에 조금은 두려워졌다. 섹스. 한 번쯤은 남자가 겪어야 할 첫 경험일 텐데, 그건 과연 어떤 모습일까? 누군가의 말처럼 황홀할까? 아니면 또 다른 누군가의 말처럼 찝찝하기만 할까? 이미 각오 아닌 각오를 하고 모텔까지 온 나였지만, 머릿속은 여러 가지 생각들로 복잡해져 있었다. 순간적으로 술이 확 깨는 듯했다.

"저 화장실 좀 갔다 올게요."

내가 잠시 생각을 정리하려고 화장실에 갔다 오자, 누나는 여러 가지 준비를 하고 있었다. 나 또한 용기를 내어 필요 없는 겉옷은 벗어버리고, 잠시 후에 있을 여러 가지 에로틱한 일들을 상상하면서, 아무래도 초조한 마음으로 목욕실에 간 그녀를 기다렸다. 얼마 후에 목욕실을 나온 그녀에게서는 물방울들이 흘러내렸다. 나는 누나의 벗은 몸을 보며 흠칫 놀라는 척했지만, 곧 표정을 가라앉혔다.

내 마음은 복잡했다. 지금의 이런 상황이 싫진 않지만, 한편으론 무섭기도 했다. 누가 뭐라 해도 나에겐 첫 경험이니까. 나는 역시나 초조한 마음으로, 아니 사실은 빨리 그녀를 침대 위로 데려가 금방이라도 몸을 겹치고 싶은 마음으로 긴장돼 있었다. 그렇지만 나는 그런 마음을 애써 숨긴 채 그녀에게 마실 것을 권했다.

객실 안에까지 왜 설치돼 있는지는 모르겠으나, 미니 자판기가 있었다. 누나는 미니 자판기에서 커피를 뽑아주며, 나에게 마시라고 권했다. 나는 복잡한 심경으로 그 커피를 받아 들었다. 그 뒤 몇 마디 대화가 더 오고 갔지만, 누나도 나도 그 몇 마디의 대화 속에서 아무런 의미도 찾지 못했다. 난 그저 다른 생각으로만 가득했다.

이번에도 지지부진한 분위기를 깬 것은 누나였다. 침대 위에 앉아있던 나를 침대 위로 확 밀친 것이다. 내가 들고 있던 커피가 든 종이컵이 쏟아져 바닥에 뒹굴었다. 너무나도 순식간에 일어난 일에 나는 놀랄 수밖에 없었다. 나는 동그랗게 놀란 눈으로 누나를 바라보았다. 누나 또한 나를 지긋이 바라보았다.

"뭐를 하시려고요?"

짐짓 놀란 체하며 내가 물었다. 누나는 대답 대신 나에게 달려들어 키스를 했다.

"하지 마세요!"

나는 조용한 목소리로 저항하는 체했다. 하지만 그건 단지 말이었을 뿐, 강력하게 저항하지는 못했다. 아니, 강력하게 저항하지 않았다. 한편으론 무섭기도 했지만, 어느새 이 여자와 섹스하고 싶다는 생각이 더 간절해졌다.

그리고 침대 위로 올라간 우리 두 사람. 여자는 나의 거추장스러운 바지를 벗기기 시작했다. 나는 소극적으로 저항하면서도 여자의 손길을 거부할 수 없었다. 어느새 내 바지가 벗겨지고, 나의 팬티 또한 벗겨졌다. 여자의 손은 내 허벅지를 지나 엉덩이로 향했다. 끊임없이 성벽을 공략하는 병사들처럼 그녀의 손길은 집요했다.

"너, 털이 되게 많다."

느닷없는 누나의 한 마디에 나는 왠지 부끄러워 토라진 듯 또다시 한마디 했다.

"하지 마시라고요!"

하지만 역시 말뿐이었다. 이번엔 그녀의 손이 위를 향했다. 나의 윗옷을 올리는가 싶더니 러닝셔츠 속으로 손을 집어넣었다. 내 가슴에, 내 작은 젖꼭지에서 그녀의 손길이 느껴졌다.

여자에게 가슴이 만져진다는 느낌이 이런 것이었구나. 나는 금세 새로운 느낌에 빠져버렸다. 그녀의 손은 나의 엉덩이를 만질 때처럼 집요하고 세심하게 나의 자지를 공략했고, 자지는 이내 딱딱하게 서버렸다. 그녀는 어느새 내 위로 올라와 이번에는 혀를 사용해서 내 사타구니를 핥기 시작했다. 처음엔 조심스럽게, 그리고 나서는 달콤하게…….

어느새 누나의 화려한 혀 놀림으로 인해 나는 아무것도 생각할 수 없을 만큼 황홀한 기분에 빠져들기 시작했다. 하지만 그것은 시작일 뿐이었다.

우리는 실오라기 하나 걸치지 않은 알몸이었다. 처음 보는 여자의 발기된 클리토리스와 흘러내리는 애액에 나는 내심 놀랐지만, 최대한 침착하려고 애썼다. 그녀의 손은 계속해서 쉬지 않고 아래로 내려가 내 민감한 곳을 건드린다. 내 입에서는 나도 모르게 신음소리가 흘러나왔고, 점점 더 뭐가 뭔지 알 수 없는 이상한 기분이 되기 시작했다. 내 신음소리가 누나에게는 재미있게 들리는 듯, 누나의 손놀림이 점점 더 빨라졌다.

"다리를 좀 더 벌려 볼래?"

누나의 한 마디에 나는 새삼 부끄러워졌지만, 누나가 하라는 대로 다리를 벌렸다. 방안의 조명등이 희미해져 있어 다행이라고 생각했다. 내 귀두 구멍 안으로 누나의 길고 뾰족한 손톱 하나가 살짝 들어오는 것이 느껴졌다. 내 몸 안으로 내 것이 아닌 다른 게 들어왔다는 이상한 느낌 때문에 나의 몸은 떨리기 시작했다. 그리고 또 하나 더 있었다. 이제껏 여자의 손길이 닿은 적이 없었던 내 항문 안으로도 그녀의 손가락이 들어와, 좁은 구멍이 점차 조금씩 넓혀지기 시작했다.

'난 어떻게 되는 걸까? 정말 이래도 되는 걸까?'

하고 내가 속으로 중얼거렸다.

옷이 하나하나 벗겨져 나체가 된 기분과는 또 다르게, 내 은밀한 부분까지 다 보여지고 또 만져지고 있다는 생각에, 문득 나는 정말 이래도 되는 건지 의문을 품었다. 하지만 이미 쾌락 속에 빠져버린 터라 이제 와서 돌이킬 순 없는 일이다. 내가 잠시 딴생각에 빠져 있다는 것을 아는지 모르는지, 이번엔 누나의 혓바닥이 계속해서 움직였다. 침대의 너무나도 새하얀, 그래서 순결한 느낌을 주는 시트와는 대조적으로, 우리의 음란한 몸짓과 음탕한 소리는 계속되었다.

"자, 이젠 너의 자지를 넣도록 하자."

누나의 이 한 마디에 잠시 다른 생각에 빠져 있던 내 정신이 되돌아왔다. 내 자지를 넣는다니? 왜지? 나는 다시 한 번 누나의 보지를 바라보았다. 저런 곳에 내 몸의 한 부분이 들어간다니. 순간적인 두려움에 내 얼굴이 살짝 일그러졌지만, 어느새 두려움보다는 쾌락의 종착역을 알고 싶다는 생각이 더 강해졌다. 나는 살짝 심호흡을 하고서 누나에게 말했다.

"음……. 그런데요, 나……처음이거든요……."

섹스가 처음이라며 부드럽게 해달라고 말해야 하나, 아니면 살살 해달라고 말해야 하나, 뭔가 말해야 할 게 있을 것 같긴 한데, 다시금 생각해보니 이제 와서 남자가 뭘 그리도 부끄러워하는 건가, 하는 생각이 들어 나는 말끝을 흐렸다.

"알고 있어."

그녀의 알고 있다는 말 한 마디에는 그녀가 말하고 싶었던 모든 것이 다 담겨 있는 듯했다.

"이번엔 진짜 넣는다."

내가 대답을 하려는 찰나, 그녀는 자신의 보지 안으로 내 발기된 자지를 천천히 삽입하기 시작했다. 그와 동시에 도저히 말로 표현하기 힘든 쾌감이 내 아랫도리뿐만 아니라 몸 전체로 퍼져갔다. 삽입의 환희에 저절로 내 얼굴이 일그러졌다. 그렇구나, 정말로 끝내주는 쾌감이로구나, 하고 나는 마음속으로 부르짖었다. 조금 있다가 생각해보니 누나는 아까 산 콘돔도 사용하지 않은 것이었다. 그녀나 나나 둘 다 꼭지가 돌아 있었다.

남자의 첫 섹스 경험이라는 것은, 정말 무지막지하게 달콤했다.

"정말 죽이게 좋아?"

하고 누나가 묻는다. 나는 고개를 끄덕끄덕하면서 대답했다.

"저……. 정말 죽이게 좋아요……. 어서 계속해줘요."

그러면서 나는 본능적으로 피스톤 운동을 해대기 시작했고, 우리 두 사람의 몸은 하나가 되어 함께 흔들렸다.

우리의 숨소리는 점점 거칠어졌다. 마치 한증막에 들어간 것처럼 땀이 온몸을 적시기 시작했고, 몸은 점점 뜨겁게 달아올랐다. 마침내 나에게 절정의 순간이 다가오고 있었다.

"나……. 이제 못 참을 것 같아요."

그런 말과 동시에 나는 나의 정액을 몸 밖으로 배출했고, 그녀의 몸 위로 쓰러졌다.

그렇게 몸을 포갠 채로 우리는 서로의 숨소리만을 들으며 몇 분간의 시간을 흘려보냈다. 뜨겁고 날카로웠던 섹스의 여운 때문에 우리의 숨소리는 여전히 거칠었지만, 소리는 점점 잦아들기 시작했다. 한껏 달아오른 몸 또한 서서히 식어가기 시작했다. 문득 그동안 잊고 있었던 추위와 졸음이 한꺼번에 밀려왔다.

"추워요. 그리고 졸려요."

"그래? 그럼 우리 이제 자자."

시각은 새벽 4시가 훌쩍 넘어 있었다. 조금 있으면 동이 터올 터였다. 누나는 더 이상 아무 말도 없었다. 이미 잠들어 버린 것이다.

그 뒤로 우리는 아무렇지도 않게 일상으로 돌아갔다. 아니, 사실 아무렇지 않은 것은 아니었다. 그 일이 있은 후 한 달 동안은 공부를 하면서도 문득문득 그때 생각이 났다. 그녀의 손길이 닿았던 곳, 그녀의 입술, 그녀의 혀. 그리고 쾌락의 순간까지도……. 잊으려고 해도 잊을 수가 없었다. 이런 상태로 평생 가는 것은 아닌가 하고 불안하기도 했다.

하지만 인간은 망각의 동물이라고 했던가. 나는 어느새 그 일을 잊고 보통 때처럼 누나의 과외수업을 받으며 살아가게 되었다. 나에게 있어 그런 일은 처음이었지만, 나 스스로 그렇게 아무렇지도 않게 행동하며 살아갈 수 있다는 게 놀라웠다. 누나와 나는 그냥 서로가 하룻밤의 쾌락을 즐긴 것뿐이었다.

즐거운 왕따

바닷가 마을에, 손가락이 여덟 개 달린 병신이 살고 있었다. 그 사내는 일도 열심히 하고 마음씨도 착했지만, 사람들은 그를 끈질기게 놀려대었다. 하긴, 합쳐서 열 여섯 개나 되는 손가락은 보기에 흉측하고 징그러웠다.

세월이 갈수록 사람들은 그 사내를 따돌렸다. 결국 그는 마을에서 쫓겨나 바닷가 외딴곳에 살 수밖에 없었다.

그는 외톨이, 친구도 없었다. 그는 너무 외로웠다. 그의 마음속에서는 점점 더 자기의 흉측한 손가락에 대한 미움과 저주가 커졌다. "아아, 내 손이 이렇게 생기지만 않았다면 나도 남들처럼 행복하게 살 수 있었을 것을……." 하며 그는 날마다 슬픔에 잠겼다.

그러던 어느 날, 그는 자기의 처지에 대한 참을 수 없는 분노에 거의 미치다시피 되어, 자기의 불행의 원인인 두 손을 잘라 내었다. 그리고 그는 두 손을 바다에 던져 버렸다. 손을 버리고 난 뒤, 그는 허탈한 마음으로 바닷가에 외롭게 앉아 있었다.

하루가 지나고 이틀이 지났다. 그는 거의 굶어 죽게 되었지만 꼼짝도 하기가 싫었다.

그때 바다에서 그에게로 스멀스멀 기어오는 것이 있었다. 그것은 작은 문어같이 생겼다.

문어는 먹을 것을 들고 있었다. 그러고는 "아저씨, 배고프지요? 어서 이것을 잡수세요" 하며 사내의 입에 먹을 것을 넣어주는 것이었다.

사내는 그것을 맛있게 받아먹었다. 그러고 나서 "그런데 너는 누구냐? 구군데 나한테 먹을 것을 가져다 주지?" 하고 물었다. 그러자 문어는 빙그레 웃으면서 이렇게 대답했다. "저요? 저는 아저씨가 잘라버린 아저씨의 손이에요."

그 뒤에도 문어는 계속해서 먹을 것을 가져다 주었다. 사내는 행복했다. 이젠 외롭지 않았다. 둘은 바닷가에서 오래오래 다정하게 살았다.

서기 2125년

이곳엔 한 남자와, 우글거리는 전라(全裸)의 미녀들이 있다.

그는 스스로 아무 일도 하지 않는다. 관능적인 몸맵시를 자랑하는, 요염하기가 뼈에 사무칠 정도의 여인들이 방안에 가득히 우글거리며, 온몸으로 그를 도와주며 또 서로가 스스로 즐기고 있다.

아침이다. 한 여자가 입안에 치약을 묻히고 섹시한 혀로 그의 이

빨을 열심히 문지르고 있다. 그와 꼭 밀착돼서 꼭 껴안은 채 그의 양치질은 시작된다. 되새김한 물은 다른 여자의 입이 받으며, 마지막 남은 약간의 치약기는 또 다른 여자가 치아 사이사이를 빨아들이면서 강렬하게 탈수시킨다.

그의 상쾌한 양치질이 끝나자 팽팽한 유방에 비누를 묻힌 여자가 세수하는 것을 도와주러 들어온다. 높고 넓은 풍성한 가슴으로 그의 얼굴을 열심히 비벼대며 세수를 시키는데, 눈 주위나 귓가의 세밀한 곳은 젖꼭지가 큰 몫을 해낸다. 눈곱을 떼다가 그의 눈알을 찌른 그 여자의 젖꼭지를 그는 더 이상 사용하기 꺼린다.

얼굴 마사지가 끝난 후, 여인들의 알몸뚱이가 교묘하게 식탁을 만들고, 그 위에 한 여자의 온몸이 접시 역할을 하는 아침 식사가 들어온다. 유방 가득히 초콜릿이 묻어 있고 군데군데 박혀 있는 건포도가 그의 혀를 헛갈리게 한다. 그가 초콜릿을 빨아 먹다가 얼굴에 묻힌 초콜릿은 다른 여자가 핥아 먹는다. 배꼽에 고인 딸기 잼에 비스킷을 찍어 먹으며, 양 허벅지 사이에 찰싹 죄게 끼고 있는 주스도 빨아 먹는다. 그녀의 입속에는 앵두가 가득 담겨 있기에 하나하나씩 빼먹었고, 발가락 사이에 낀 사탕 중에 하나를 골라 빨아 먹었다.

그는 더 이상은 먹지 않는다. 어젯밤에 여러 여자들을 먹었기에 기분 좋게 배가 부르기 때문이다.

이제 슬슬 그의 장난이 시작된다. 드디어 그는 자신의 손을 쓰기 시작한다. 그는 여자의 겨드랑이 털과 음모들을 한 오라기씩 뜯어내기 시작한다. 하지만 그것으로 만족하지 못한다. 그는 다시 두 여자의 음모를 서로 엮어 따서 서로 마주 보게 한다. 아니, 서로 밀착돼서 하는 행동들을 보면서 무척 즐거워한다. 간격이 조금이라도 떨어지면 아프기 때문에 꽉 껴안고 뒹구는 그네들의 모습이 그를 흡족하게 만든다. 그러자 참을 수 없다는 듯 예외 없이 여러 명의 여자들이 한꺼번에 덤벼들어 혀로 그의 온몸 구석구석까지 샅샅이 뒤지기 시작한다. 그의 자지를 사정없이 빨아들이는 혀와 불알을 터뜨리려는 혀도 자극적이지만 콧구멍을 후비는 혀 또한 무시할 수 없다.

그가 도저히 참을 수 없게끔 되었을 때 한 명이 올라탔고 순서를 기다리는 여자들은 계속 강렬한 애무를 하고 있다. 이젠 그는 여자들의 가랑이들을 다 벌려 놓고 가지각색 음수(淫水)들의 간을 보기 시작한다. 이쪽저쪽에선 여인들이 자위행위를 스스럼없이 해 보이고 있고, 서로 엉키고 설켜 애무하며 미치도록 헉헉거리고 있다. 그 소리들은 즉시 확성되어 스피커로 울려 나오고 있다. 그들은 최첨단의 효과 음악, 최고의 오페라를 만들고 있음을 만족해한다. 그들은 연주자로 충실하고 있다. 한쪽에선 여자 한 명을 벽에 딱 붙여 묶어놓고 여럿이서 갖가지 방법으로 자극하기 시작한다. 얼음 마사지에서부터 뜨거운 촛농으로 지지기 등 여러 가지 실험 무대가 마련된다.

그들의 한바탕 놀이가 끝나자 그는 목욕과 전신 마사지를 했다. 그러고 나선 점점 심심해지기 시작했다.

그는 모처럼 아니 처음으로 여자들에게 옷을 만들어 주기로 한다. 여자들은 모두 흥분했고 그의 새로운 계획에 무척 기대하고 있다. 그는 재단사에게 디자인을 제공했고 옷은 즉시 가지각색의 모양으로 만들어져 왔다. 젖꼭지만 덮인 브래지어, 젖꼭지만 뚫린 브래지어, 한 여자는 초록색 기저귀만 차고 있으며, 어떤 여자의 팬티는 음모가 군데군데 삐져나오게 구멍이 뿡뿡 뚫려 있다. 맨몸에 빨간 장갑. 맨몸에 긴 빨간 스타킹만 신고 있는 여자. 갈가리 찢겨나간 은색 스타킹. 알몸에 여우 털을 두르고 있는 여자. 몸에 딱 붙는, 배꼽이 들어가고 젖꼭지가 나온 것까지 보일 정도로 육체의 볼륨을 느낄 수 있는 검정 가죽옷. 속이 훤히 들여다보이게 황금빛 그물을 몸에 걸치고 있는 여자 등등.

완성된 옷들을 보고 그들은 서로 웃었다. 너무나도 즐거운 웃음이었다. 그의 옷은 자지만 가려져 있었는데 발기할 때를 대비해서 특수 장치가 되어 있었다. 그의 자지가 발기할 때는 옷에 부착된 꽃이 활짝 피어나도록 되어 있었다. 여자들은 그 꽃을 보기 위해 그를 간질였다. 그들은 그런 옷들을 입고 저녁 파티를 마련했다.

공작의 혓바닥 요리, 곰의 발바닥 요리, 용의 눈곱 볶음, 가지각색의 향기로운 술 등등, 마음껏 마시고 즐기면서 서로가 서로를 무자비하게 성적(性的)으로 탐닉한다. 그 또한 취해 영계(靈界)를 왔다 갔다 하듯 기세 좋게 해롱거리고 있다.

그는 색색 가지 페인트를 가져오게 해서 벽을 천장에서 바닥까지 검정 페인트로 새까맣게 칠하도록 명령했다. 음식을 차린 식탁과 방안에 보이는 모든 물건들은 노란색으로 범벅을 했고, 여인들도 하나하나씩 흰색, 핑크색, 파란색, 빨간색, 초록색 등으로 머리끝에서 발끝까지 칠해버렸다.

그리고 그는 자기 자신만이 로봇이 아닌 살색 인간이라는 것을 만족해했다.

해프닝

외로움을 거듭거듭 되씹으며 걷다 보니 어느새 강의실 강단 앞에 서게 되었다. 〈문학과 상상〉 과목이었다.

강의 도중 나는 문득 맨 앞에서 초롱초롱 빛나는 눈을 밝히며 나에게 온 정신을 집중시키고 있는 야한 여학생을 발견하게 되었다. 그 초롱초롱한 눈빛으로 나를 강렬히 바라보는 그녀의 시선이 나에게 그녀의 존재를 알려주었다. 순간 나는 나도 모르게 긴장하게 되었다.

수업이 끝나자마자 그 여학생은 나에게 다가왔다. 가까이서 보니 그녀는 타고난 몸매를 지닌 S라인의 소유자였다. 나는 본능적으로 그녀를 한눈에 스캔해 보기 시작했다. 15센티미터의 킬힐을 신고 빨간색 초미니스커트 사이로 보이는 그녀의 허벅지는 한껏 물이 올랐다 싶게 탱탱해 보였다. 그리고 그 위로 깊숙이 파인 가슴골을 통해 봉긋이 솟아오른 그녀의 수밀도 복숭아 같은 젖가슴이 탐스럽고 먹음직스러워 보였다. 브래지어를 안 했는지 얇은 옷감의 블라우스를 통해 그녀의 젖가슴 위에 있는 앙증맞은 '건포도'가 볼록 튀어나와 보였다.

그녀는 먼저 자기소개를 했다. 스페인어과 2학년 김햇살이라고 했다. 나는 그녀의 화려한 모습이 그녀의 전공어(語)를 쓰는 스페인의 섹시한 플라맹고 춤과 잘 어울린다고 생각했다.

그녀는 수업시간에 내가 설명했던 것에 대해 질문을 했다. 나는 그녀의 질문에 성심껏 답변해주었다. 그러나 그녀는 너무나 쉬운 문제에도 계속 이해가 안 가는 듯한 표정을 지었고, 계속 시답지 않은 질문을 해댔다. 하지만 나는 계속 그녀의 물음에 대해 차근차근 대답해주었다. 그러다가 문득 그녀가 정말 몰라서 계속 나에게 질문을 하는 것이 아니라, 무언가 다른 할 말이 있는데 그 말을 꺼내지 못해 계속 말을 뱅뱅 돌리고 있다는 것을 순간적으로 알아챘다. 하지만 나는 별 내색하지 않고 계속 그녀가 본론을 말할 때까지 기다려 보기로 했다.

어느덧 이십여 분이 지났다. 다음 시간엔 수업이 없어서, 강의실에는 그녀와 나 그렇게 단 둘만 남게 되었다. 그때 갑자기 그녀가 내 바지 자크를 내리고 내 자지를 잡았다. 나는 소스라치게 놀랐다. 그래서 순간적으로 뒤로 물러나면서,

"이게 무슨 짓이냐!"

하고 소리쳤다. 하지만 내가 뒤로 물러나자 그녀는 손으로 강하게 나의 자지를 잡아당겼다. 그녀의 손아귀 힘이 얼마나 셌던지 나의 자지는 여전히 그녀의 손 안에 잡혀 있었다. 그리고 그녀가 내 자지를 잡아당기자 나는 아픔을 느끼면서 그녀 앞으로 바짝 끌려가게 되었다. 그래서 우리는 두 몸이 닿을락 말락 한 거리에 위치하게 되었다.

그녀는 내 귀 쪽으로 다가오면서 나지막하게,

"가만히 있어. 움직이면 소리 지를 거야. 네가 날 성추행했다고."

나는 너무나 황당했다. 너무나도 갑작스럽게 당한 일이라서 나는 반항도 못 하고 움직이지도 못 했다. 말 그대로 두 발이 땅에 얼어붙어 있는 듯했다. 그러다가 그녀는 무릎을 굽히고 펠라티오를 해주기 시작했다. 정말 순간적으로 일어난 일이라서, 나는 어떻게 해볼 도리도 없이 꼼짝 못 하고 당하게 되었다.

한동안 그렇게 있다가 그녀가 갑자기 내 뒷무릎을 두 손으로 탁 쳤다. 순간적으로 나는 무릎이 접혀 무릎을 꿇게 되었다. 그녀는 갑자기 일어서더니 뒤돌아섰다. 그러고는 그녀의 엉덩이를 내 얼굴에 파묻기 시작했다. 나는 너무나 놀랐다. 그녀가 다리 사이에 아무것도 걸치고 있지 않기 때문이었다.

"제대로 안 빨면 교수 평가에 '실력 없다'고 적는다."

라는 그녀의 말에 나는 최선을 다해 쿤닐링구스를 해주었다. 그녀가 절정에 다다른 순간 그녀는 나를 바닥에 뉘이고서 내 위에 올라탔다. 그러더니 내 자지를 그녀의 보지에 꽂으며 격렬한 움직임을 보였다. 내 머리통을 쥐어짜면서 그녀는 마지막 말 한마디를 남겼다.

"오늘 일을 발설하는 순간에 넌 그걸로 끝인 줄 알아!"

나는 그녀의 대담성에 놀라지 않을 수 없었다. 그러나 나는 애써 태연한 척하며 언성을 높여서 말했다.

"너 지금 무슨 짓을 한 건지 알아?"

그러자 그녀는 정말 생각지도 못했던 대답을 했다.

"강간했잖아, 내가 너를! 너도 은근히 좋았을걸."

그렇게 말하고 나서 그녀는 까르르 웃기 시작했다. 그러고서 그녀는 강의실을 나서며 유유히 사라졌다……

한여름의 권태

한 남자와 한 여자가 거리 한가운데 있는 노천카페에 나란히 붙어 앉아 있다. 둘 다 조금 시무룩한 얼굴이다. 노천카페 앞으로 큰 차도가 지나가고, 카페 뒤에는 몇 그루의 큰 나무들이 보인다. 주변에 작은 화단들이 만들어져 있고 드문드문 벤치가 설치돼 있는 걸로 보아, 도심의 작은 공원 안에 마련된 노천카페인 것 같다.

하늘 높이 뜬 태양이 이글이글 작열하고 있다. 하늘도 땅도 건물도 사람도 모두 다 권태롭게 축 늘어져 있다. 한여름의 이른 오후.

대지가 타들어 가며 흐물흐물 녹아들어 가는 소리만이 자유롭게 울린다.

절정을 맞은 여름날의 뜨겁고 후텁지근한 열기가 두 사람 주위를 짜증 나게 에워싸고 있다.

이글거리는 태양의 열기 때문에 한껏 뜨겁게 달아오른 땅에서 아른아른 아지랑이가 피어오른다.

남자와 여자 앞으로 지나가는 사람들 모두 느릿느릿 힘겹게 걸어가고 있다. 길 건너편으로는 습기에 찌든 회색빛 빌딩 숲이 단조롭고 짜증 나는 분위기를 연출하고 있다.

남자는 더위에 지친 게슴츠레한 눈으로 노천카페 주위를 둘러본다. 아이스바를 빨아 먹으면서 지나가는 어린 여고생이 보이고, 벤치에 앉아 사이다를 병째로 들이켜고 있는 후줄근한 차림의 사내도 보인다. 그 사내 옆에는 아이스크림을 들고 혀끝으로 음미하듯 살살 핥아 먹고 있는 중년 나이의 여자가 앉아 있다.

공원 한구석에는 눈먼 걸인이 쭈그리고 앉아, 더위에 지친 표정으로 하모니카를 불며 지나가는 사람들에게 동정을 구하고 있다. 서툰 솜씨로 부는 하모니카의 선율은 귀에 익은 찬송가 곡조다.

남자와 여자 앞에는 캔맥주 하나와 콜라 한 병이 놓여 있다.

남자가 캔맥주를 집어 들고 한 모금 천천히 들이마신다.

여자도 콜라병을 집어 들고 한 모금 천천히 들이마신다.

여자의 긴 손톱에는 여름 분위기에 걸맞은 경쾌한 색조의 다섯 색깔 매니큐어가 양손에 짝 맞춰 칠해져 있다. 옅은 연두색, 옅은 녹두색, 옅은 파란색, 옅은 보라색, 옅은 노란색의 다섯 가지 색깔로 칠해진 긴 손톱들이 뜨거운 햇살을 받아 반짝거린다.

오랫동안 목욕을 안 시킨 것 같은 더러운 잡종 개 한 마리가 혀를 길게 빼고 헉헉거리며 느릿느릿 기어간다.

배가 불룩 튀어나온 뚱뚱한 아줌마 하나가 햄버거를 손에 쥐고 누런 이빨로 게걸스레 베어먹으며 지나간다.

배꼽이 드러난 티셔츠를 걸치고 미니스커트를 입은 쭉 뻗은 다리의 젊은 여자 한 명이 멀리서 남자 쪽을 향해 걸어온다. 남자는 긴장된 표정으로 그 여자를 주시한다.

가까이 다가온 여자를 보니 몸매는 괜찮은데 코가 너무 낮고 펑퍼짐하다. 여자의 손을 보니 가느다란 다리와는 달리 둔탁하게 짧으면서 뭉툭하게 굵다. 손톱을 살짝 기르긴 했는데, 손톱 모양이 넓적하게 가로 퍼진 형인 데다가 매니큐어마저 군데군데 벗겨져 있어 보기 흉하다.

남자는 젊은 여자를 실망스러운 눈길로 바라본다. 남자의 눈초리가 자기를 집요하게 뜯어보고 있는 걸 알아차렸는지, 여자는 불쾌한 표정으로 남자를 힐끗 곁눈질하며 지나간다.

남자가 바지 주머니에서 손수건을 꺼내 이마의 땀을 닦는다. 한여름의 무더위에 지쳐 있어 그런지, 모든 것이 귀찮고 피곤하고 권태롭다는 표정이다.

앞에 나 있는 차도로 버스 한 대가 와 정류장에 선다. 버스조차 더위에 지쳤는지 느릿느릿 기듯 굴러와 한참을 정지된 상태로 서 있다.

남자는 버스를 물끄러미 바라본다. 버스의 창문 아래엔 꽤 큰 장방형의 광고판이 부착돼 있다. 광고판에 인쇄돼 있는 여자의 사진이 약간 현란하다. 립스틱 광고인 듯, 광고판 속의 여자가 붉은빛 입술을 벌리고 더 붉은빛 립스틱을 입 쪽으로 가져가고 있다. 무더운 날씨에 붉은색 립스틱 광고사진을 보며 남자는 더 더위를 느낀다.

열린 버스의 창문을 통해 승객들의 모습이 보인다. 손잡이를 붙잡고 서 있는 사람들의 얼굴은 천편일률적으로 무표정이다.

작달막한 키에 파란색 가방을 둘러멘 여자. 답답한 정장 차림의 회사원. 땀이 많은 체질인데도 화장을 짙게 해 분가루와 땀방울이 뒤범벅되어 추한 빛으로 번들거리는 중년 나이의 여자.

남자는 그의 시야에 들어오는 버스 안 승객들의 모습이 짜증스러운 듯, 버스에서 눈을 떼고 옆에 앉은 여자를 바라본다. 그러면서 맥주를 한 모금 들이마신다.

공원 주위를 걸어가는 사람들의 일상적이고 촌스러운 옷차림이 여자의 비일상적(非日常的)인 화려한 옷차림과 잔인한 대조를 이룬다. 그 사실을 다시 한 번 확인한 순간, 남자는 한여름의 후텁지근한 열기가 가져다주는 짜증스러운 나른함으로부터 조금 벗어난다.

여자의 머리는 아주 엷은 하늘색이다. 여자는 허리까지 내려오는 하늘색 머리카락들을 잔물결처럼 웨이브 지게 파마하여 안개꽃 다발처럼 부풀려놓았다. 안개 낀 새벽 숲의 몽롱한 풍경을 연상시키는, 솜사탕 같기도 하고 새털구름 같기도 한 풍성한 머리카락 더미가 여자의 작은 얼굴을 휘감듯 에워싸고 있다. 불에 슬쩍 그슬리 듯 파마된 머리카락들을 다시 **촘촘한** 브러쉬로 이리저리 어지럽게 헝클어 놓아, 머리카락 더미의 부피가 여자 얼굴의 다섯 배는 넘어 보인다.

머리카락 색깔이 아주 엷은 하늘색이라서 여자의 창백한 얼굴빛과 스산한 조화를 이루고 있다. 한 가지 색깔로 된 헤어스타일의 단조로움에 악센트를 주려고 그랬는지, 머리카락 더미 사이엔 빨간색, 파란색, 노란색 등 여러 가지 무지개 빛깔의 파스텔 색조로 된 동그란 막대기들이 금빛 리본에 묶여 꽂혀 있다.

여자의 눈두덩에 칠해진 아이섀도도 머리카락 색깔과 똑같은 엷은 하늘색이고, 엄청나게 길고 두텁게 붙여진 인조 속눈썹도 엷은 하늘색이다. 입술에 칠해진 립스틱도 엷은 하늘색이고, 두 눈에도 엷은 하늘색 콘택트렌즈가 끼워져 있다. 여자의 **뺨**에는 머리카락 색깔보다 약간 짙은 하늘색 볼연지가 칠해져 있어, 여자의 얼굴을 얼음처럼 차갑게 보이게 한다.

여자가 걸치고 있는 옷은 흡사 맨몸뚱이 위에 비닐 코팅을 해놓은 것처럼 보인다. 그래서 여자의 가늘고 날씬한 몸매가 햇빛에 반짝거리며 눈부신 섬광(閃光)을 만들어내고 있다.

속이 비치도록 얇은 셀로판지 같은 느낌의 비닐로 된 여자의 옷은, 어깨끈 없이 젖가슴에서부터 종아리 언저리까지 몸에 착 달라붙어 내려오는 민소매 원피스 스타일로 되어 있다.

타이트하게 꽉 끼는 원피스는 속살이 다 비치도록 투명한 가운데 얼룩말 무늬의 다양한 색채를 은은하게 뿜어내고 있다. 각기 다른 색깔로 된 띠 모양의 가로줄 무늬가 위에서 아래로 아홉 개 이어진 형태로 디자인되어 있는데, 그래서 마치 삼색기(三色旗)를 세 개 위아래로 잇대놓은 것처럼 보인다.

아홉 가지 색깔은 위에서부터 다섯 단까지는 손톱에 칠해진 매니큐어 색깔과 같다. 즉 옅은 연두색, 옅은 녹두색, 옅은 파란색, 옅은 보라색, 옅은 노란색의 다섯 색깔이다. 그리고 그 아랫부분은 옅은 분홍색, 옅은 황금색, 옅은 회색, 옅은 갈색으로 되어 있다.

머리카락 더미에 감춰진 여자의 양쪽 귀에서 기다란 귀걸이가 빠져나와 젖가슴까지 늘어져 내려오고 있다. 여러 가지 색깔의 작은 보석들을 이어 붙인 수십 가닥의 줄이 폭포수처럼 흘러내려 시원한 느낌을 준다.

여자의 왼쪽 팔과 손목에는 반투명의 플라스틱으로 만들어진 단순한 디자인의 두텁고 커다란 암릿과 팔찌가 둘러져 있다. 암릿은 파란색이고 팔찌는 노란색이다. 또 오른쪽 팔목에는 갖가지 색깔의 가느다란 플라스틱 링이 수십 개 걸려 있다.

왼손엔 다섯 개, 오른손엔 여덟 개의 반지가 끼워져 있는데, 변화를 주려고 그랬는지 플라스틱이 아니라 금속성 재료에 복잡하고 정교한 문양이 세공된, 길쭉하면서도 두텁게 솟아오른 모양의 반지들이다.

여자의 왼쪽 발목에는 삼각형, 사각형, 오각형, 원, 타원 모양의 가느다란 황금 발찌들이 수십 개 둘러져 있다. 수십 개의 발찌는 여자가 발을 움직거릴 때마다 철그럭 철그럭 경쾌하고 유량한 소리를 낸다.

여자의 두 발엔 반짝이는 비닐로 된 좁다란 띠 하나가 발등을 가로지나가는, 송곳같이 가늘고 높은 굽의 뾰족 샌들이 아슬아슬하게 매달려 있다. 왼발에 신은 샌들에는 살구색 띠가, 오른발에 신은 샌들에는 연두색 띠가 짝짝이로 둘러져 있어 이채로운 느낌을 준다.

앞으로 뻗어 나와 고개를 숙이고 있는 긴 발톱들에는 모두 다 펄 섞인 황금색 매니큐어가 칠해져 있다. 열 개의 발톱은 작열하는 태양 빛을 받아 눈부신 금빛 반사광(反射光)을 만들어낸다.

여자가 핸드백을 열기 시작한다. 손톱이 길게 뻗어 나와 있는 오른손 엄지손가락과 집게손가락 끝 마디를 사용하여 불편하고 위태롭게, 그러나 교묘하게 핸드백 잠금쇠를 푸는 여자의 모습은 언제 봐도 신기(神技)에 가깝다. 남자는 여자가 핸드백을 여는 모습을 지켜보면서, 나른한 권태감으로부터 다시 한 번 잠시 벗어나는 자신을 느낀다.

여자는 핸드백 안에서 선글라스를 꺼내 쓴다. 알이 하나밖에 없는 새빨간 색깔의 외알 선글라스다. 무테로 된 동그란 렌즈 한쪽은 가느다란 금 철사로 귀에 연결돼 있고, 다른 쪽은 콧등 위의 받침대에 연결돼 있다. 받침대는 작은 호랑나비 모양으로 되어 있는데, 그것 자체만으로도 유니크한 액세서리 효과를 낸다.

흔히 볼 수 있는 까만색이나 파란색 선글라스가 아니고 또 독특한 디자인의 외알 선글라스라서, 남자는 다시금 희미한 관능의 떨림을 느낀다. 그러나 관능의 떨림보다는 더위에 따른 불유쾌한 나태감이 남자를 훨씬 더 세게 덮쳐와, 남자는 금세 시들한 표정으로 돌아간다.

두 사람은 계속 정지된 자세로 앉아 있다. 빨간색 외알 선글라스를 쓴 여자는 땀 한 방울 흘리지 않고, 허리를 꼿꼿하게 편 자세로 정면을 물끄러미 응시하고 있다.

남자가 맥주를 한 모금 마신다.
여자도 콜라를 한 모금 마신다.
여자는 말없이 한참 동안 남자의 얼굴을 바라본다.
여자가 자기 머리에 꽂혀 있는 여러 개의 동그란 막대 모양의 장식 가운데서 하나를 뽑아낸다. 그러고 나서 핸드백 안에서 길쭉한 은제(銀製) 담뱃대를 꺼낸다. 담뱃대를 죽죽 늘여 길게 빼내자 아주 긴 장죽 모양의 담뱃대가 된다. 여자는 담뱃대 구멍에 막대 모양의 장식을 끼운다.
남자가 조금 흥미로운 눈길로 여자의 입에 물린 담뱃대와 거기에 끼워져 있는 막대 모양의 장식을 들여다본다. 그러고는 막대 모양의 장식이 전에 여자네 집 방에서 본 적이 있는 여러 가지 색 종이로 말아진 '레인보우' 상표의 외제 담배라는 것을 알아차린다. 아까 머리카락 수풀 속에 꽂혀 있을 때는 황금색 리본으로 묶여 있어 담배인 줄 몰랐었다.

남자는 잠시 재미있어하는 표정을 짓다가 이내 시큰둥해하면서 거리 쪽을 바라본다.

여자가 이번에는 핸드백에서 남자 성기 모양의 라이터를 꺼낸다. 그리고 나서 역시 힘겨우면서도 교묘한 손놀림으로 라이터를 켠다. 그리고 입에 문 담뱃대 끝에 꽂힌 담배에 불을 붙이려 한다. 그러나 담뱃대가 너무 길어 손이 닿지 않는다.

여자는 잠시 생각에 잠겼다가 남자에게 눈짓으로 조력을 구한다. 남자가 여자한테서 라이터를 받아 담뱃불을 붙여준다.

여자는 연기를 몇 모금 빨아들이고 나서 담뱃대를 남자에게 건네준다. 남자는 고개를 가로저으며 그냥 계속해서 피우라는 눈짓을 보낸다.

조금 있다가 남자가 여자의 머리카락 더미에서 노란색 담배 한 개비를 뽑아 입에 문다.

여자가 성기 모양의 라이터로 남자의 담배에 불을 붙여준다.

두 사람은 정면을 바라보며 아주 천천히 담배 연기를 빨아들였다가 더 천천히 내보낸다.

여자가 담배를 피우고 있는 모습은 무척이나 선정적이다. 담뱃대를 쥐고 있는 손가락의 좁고 긴 손톱들이 가늘고 긴 담뱃대와 썩 잘 어울린다.

여자는 담배를 다 피우고 나서 꽁초를 뽑아 땅바닥 위에 버린다. 그리고는 뾰족구두의 송곳 같은 굽으로 꽁초 한가운데를 짓누른다. 담배는 구멍만 뚫렸을 뿐 채 꺼지지 않고 그대로 계속해서 한참 동안 타들어 간다.

남자가 담배를 다 피우고 나서 꽁초를 여자의 뾰족구두 근처에 버린다. 여자가 송곳 같은 굽으로 꽁초 한가운데를 꿰뚫은 후 한참 동안 누른다. 그러나 담배는 채 꺼지지 않고 그대로 계속해서 타들어 간다.

한참 동안의 정적.

남자가 여자의 머리에서 이번엔 파란색 담배 한 개비를 뽑아 입에 문다. 여자가 아까와 똑같이 라이터로 불을 붙여준다.

남자가 담배를 다 피우고 나서 여자의 뾰족구두에서 멀리 떨어진 바닥 위에 버린다.

여자가 자리에서 일어나 꽁초가 있는 곳으로 간다. 그리고 송곳 같은 구두 굽으로 꽁초 한가운데를 세게 두세 번 뚫는다. 그런데도 담배는 채 꺼지지 않고 계속해서 타들어 간다.

남자는 다시 또 긴 간격을 두고 여자의 머리에 꽂혀 있는 담배 두 개비를 더 피운다. 그리고 나서 남자는 이젠 재미없다는 표정을 하며 시무룩한 얼굴로 되돌아간다.

한참 있다가 여자가 남자의 어깨에 머리를 기댄다. 남자는 미동도 하지 않고 계속 정면만 바라보고 있다.

다시 또 한참 동안의 정적.

여자가 남자의 손을 쥔다. 그리고 자기가 입고 있는 옷 맨 아래쪽 옅은 갈색 줄무늬 부분으로 가져간다.

여자는 남자의 손으로 원피스 맨 아랫단 가로줄 무늬 부분의 비닐을 뜯어내게 한다.

마치 붕대가 풀어지듯 아랫단이 쉽게 뜯어져 나온다. 가로 두른 띠와 띠 사이를 접착제로 살짝 연결해 놓았기 때문에 뜯어내기 쉬운 것 같다.

남자가 조금은 재미있다는 표정을 하며 빙그레 웃는다. 하지만 어쩐지 억지스러워 보이는 웃음이다.

잠시 후 남자가 아까 뜯어낸 부분 바로 위에 있는 옅은 회색 비닐 띠를 뜯어낸다.

잠시 후 여자가 그 위의 옅은 황금색 띠를 뜯어낸다.

그래서 여자의 아랫도리는 아주 짧은 미니스커트 모양으로 된다.

남자는 여자의 드러난 허벅지를 한참 동안 응시한다. 오른쪽 허벅지엔 푸른색 장미 한 송이가 정교하게 수놓아져 있다. 아마도 일회용 문신 스티커를 붙여놓은 것 같다.

여자가 남자에게 옷을 더 뜯어내라는 눈짓을 보낸다.

남자는 잠시 주저하다가 여자의 사타구니 바로 아래에 둘려진 옅은 분홍색 비닐 띠를 하나 더 뜯어낸다.

여자의 아랫도리는 지독하게 짧은 노란색 미니스커트가 되고, 팬티를 입지 않은 여자의 사타구니가 거의 다 드러나 보일 정도가 된다.

여자의 얼굴에 재미있다는 표정이 스치고 지나가고, 남자의 얼굴에도 약간 흥분된 표정이 스치고 지나간다.

여자가 한쪽 다리를 들어 다른 쪽 허벅지 위에 걸쳐놓아 드러난 사타구니를 아슬아슬하게 감춘다. 남자의 얼굴에 조금 실망스러운 표정이 스치고 지나간다.

남자가 기계적인 동작으로 한쪽 팔을 들어 여자의 어깨를 건성으로 감싼다. 그런 자세로 두 사람은 말없이 한참 동안 정면을 주시하고 있다.

시간이 꽤 흐른 후, 여자가 이번에는 윗도리 맨 위쪽에 있는, 젖가슴을 반쯤 가리며 가로 지나가는 옅은 연두색 비닐 띠를 뜯어낸다.

조금 있다가 남자가 심상한 표정으로 그 아래쪽 옅은 녹두색 비닐 띠를 뜯어낸다.

그래서 여자의 옷은 젖가슴이 온통 다 드러나는 톱리스(topless) 형태의 의상이 된다.

복부를 두르고 있는 띠가 살에 찰싹 달라붙어 아래로 흘러내리지 않는 걸 보니, 굉장히 수축력이 강한 비닐로 만들어진 것 같다.

남자가 여자의 어깨에 느릿느릿 게으르게 키스한다.

여자도 남자의 목을 혀끝으로 느릿느릿 게으르게 핥는다.

키스가 끝난 후 두 사람은 다시 또 오랫동안 정적 속에 잠긴다.

한참 뒤, 여자가 포옹을 풀고 남자에게서 떨어진다. 그러고는 머리 위의 담배를 뽑아 입에 물고 불을 붙인다. 여자는 아주 천천히 담배 연기를 내뿜는다.

담배를 다 피우고 난 후, 여자는 남자의 손을 잡아끌어 자기의 보지로 가져간다. 남자는 손바닥을 펼쳐 여자의 보지를 천천히 쓰다듬어준다. 하지만 어쩐지 어색하고 성의 없는 손놀림이다.

여자가 남자의 손을 끌어 배꼽을 덮고 지나가는 옅은 보라색 줄무늬의 비닐 띠를 뜯어내게 한다. 남자는 느린 동작으로 여자의 복부를 가로 지나가는 옅은 보라색 비닐 띠를 뜯어낸다.

여자의 배꼽과 복부의 하얀 맨살이 교태스러운 모습을 드러낸다. 배꼽에 피어싱 된 하트 모양의 청록색 보석이 햇살을 받아 반짝 빛난다.

띠 모양의 가로줄 무늬 비닐들을 뜯어낼 대로 뜯어낸 여자의 옷은, 이제 벌거벗은 알몸뚱이에 부착된 액세서리 정도로 된다. 위쪽엔 젖가슴 아래로 옅은 파란색 비닐 띠가 착 달라붙어 둘러져 있고, 아래쪽엔 옅은 노란색 비닐 띠가 치부를 살짝 가리며 역시 착 달라붙어 둘러져 있다.

지쳐 있던 남자의 눈동자가 한결 기운을 되찾으면서, 남자는 한쪽 팔을 뻗어 거의 나체 상태가 된 여자의 몸뚱어리를 껴안는다.

그러고 나서 바지를 벗고서 자지를 꺼내어 여자의 보지에 박는다.

한참 동안 자지를 쑤셔 넣고 있으려니 보지의 뜨거운 체온이 불유쾌한 열기로 자지에 전달되어 온다. 남자는 여자의 보지에 박았던 자지를 거둬들이고 다시금 시무룩한 표정이 된다. 아마 정액을 배설하지도 못한 것 같다.

여자도 이젠 완연히 시무룩한 표정이 된다. 다시 또 한참 동안의 정적.

남자가 남아 있던 맥주를 마저 마신다.

여자도 남아 있던 콜라를 마저 마신다.

남자가 여자의 머리카락 더미에서 담배 한 개비를 뽑아 입에 문다. 이번엔 여자가 불을 붙여주지 않는다.

포즈(pause), 포즈(pause), 포즈(pause).

여자가 남자의 어깨에 다시 머리를 기댄다.

그러고는 나직한 목소리로 중얼거리듯 말한다.

"너무 답답해요. 당신 친구들을 불러내어 함께 그룹 섹스라도 해요."

남자가 나직이 웅얼거리듯 말한다.

"내가 너라면 고드름으로 자위행위를 해볼 테야."

여자가 다시 나직한 목소리로 중얼거리듯 말한다.

"너무 답답해요, 나를 채찍으로 실컷 때려줘요."

남자가 나직이 웅얼거리듯 말한다.

"너의 손톱은 고드름처럼 길어."

여자가 다시 나직한 목소리로 말한다.

"너무 답답해요. 우리 강도 높은 변태 섹스라도 해봐요. 내가 당신의 개가 될게요. 그리고 당신이 먹고 토해낸 것을 개처럼 맛있게 먹어 드릴게요."

어떤 남자의 백일몽

　남자는 잠 속으로 빠져 들어가지 않고 눈을 뜬 채 어수선한 생각들에 휩싸인다. 여러 가지 회한(悔恨)이 함께 녹아 들어간 불규칙한 기억의 파편들이, 그의 머릿속 빛바랜 스크린 위로 지나간다.

　우선 최초로 어머니한테 매를 맞았던 기억. 다섯 살 땐가 여섯 살 땐가, 어린 마음에도 그때는 정말 화가 나 어머니를 죽일 생각까지 해보았었다. 그러다가 결국 무력감에 빠져 그 계획을 단념하고, 자살해 버리겠다는 쪽으로 생각을 바꿨다. 자기가 죽어버리면 어머니가 분명 자기를 야단친 것을 후회하며 죽고 싶도록 괴로워할 것이라고 확신했다. 그의 어머니는 착한 사람이었는데도 불구하고, 이상하게도 그 기억만 또렷하게 남아 계속 그를 괴롭혔다.

그 다음엔 미션스쿨이었던 중학교에 다닐 때 〈성경〉 과목을 가르치던 교목(校牧)에 대한 기억. 그가 보기에 하느님같이 인자하고 천사처럼 착해 보였던 목사였다. 그는 자기가 그 목사의 아들로 입양될 수 있다면 얼마나 좋을까 하고 늘 공상하곤 했었다. 아버지는 분명 착하고 순한 사람이었는데도 불구하고, 그는 늘 자기가 속해 있는 가정이 어색하고 부자연스럽고 억울하기만 했다.

어려서 시골에 살았을 때 옆집에서 돼지를 잡는 것을 목격했을 때의 기억. 네다섯 살 때의 일인데, 옆집 남자가 식칼로 돼지의 목을 계속 찔러대고 있었다. 돼지는 처절한 소리로 꿀꿀꿀 비명을 질러대며 금세 죽어주지를 않았다. 돼지 잡는 남자의 솜씨가 아무래도 서툰 것 같았다. 남자는 땀을 뻘뻘 흘려가며 식칼을 돼지의 목에다 찔렀다 빼내고 찔렀다 빼내고를 되풀이했다.

돼지의 몸뚱어리는 솟아나오는 붉은 피로 흥건히 젖어 있었다. 너무나 무서웠다. 그는 돼지가 불쌍하다는 생각보다 그저 무섭다는 생각만 들었고, 어린 마음에도 왠지 살아가기가 두렵다는 생각이 들었다. 나중에 한참 자란 뒤에 가서 그는 '돼지 멱따는 소리'라는 말이 구체적으로 무엇을 뜻하는지 알게 되었다.

돼지나 닭, 또는 소나 개의 도살과 관련된 얘기를 듣게 될 때마다 그는 어린 시절의 기억이 떠올라 '악' 하고 소리를 질렀다.

그 이후로 그는 어떤 기억이든 불유쾌한 기억이 그의 뇌리를 덮칠 때마다 불쑥 '악' 하는 소리를 내는 버릇이 생겼다. 혼자 있을 때는 별 상관이 없지만, 버스나 택시를 타고 갈 때나 누군가와 만나고 있을 때 그런 소리를 내면, 다들 놀라면서 이상해했다.

남자는 죽어가던 돼지의 기억이 생각을 덮치자 이번에도 역시 '악' 하고 소리를 지른다. 그러나 이번에 터져 나온 소리는 크지가 않고 아주 작다. 기억이 부지불식간에 불쑥 또렷이 튀어나온 게 아니라, 여러 가지 다른 기억들에 이어지고 겹쳐진 뒤에 튀어나왔기 때문에 작은 소리를 낸 게 아닌가 하고 남자는 생각해 본다.

그 다음엔 학교에 다닐 때 선생한테 야단맞거나 매를 맞으며 분노와 공포 그리고 살의(殺意)에 떨던 기억. 그리고 대학생이 된 뒤 지성의 냄새라고는 도무지 눈곱만치도 풍기지 않는, 그러면서 교활한 권위로만 가득 찼던 무지한 교수들에 대한 분노와 살의, 그리고 가학 충동에 시달리던 기억. 대학을 졸업한 후에도 그런 인간들을 사회 곳곳에서 만날 수밖에 없었다. 그들 중에는 그를 구체적으로 괴롭힌 자들도 있었고, 끊임없이 감시하며 가학의 기회를 엿보던 자들도 있었다.

그런 교활한 속물 지식인들에 대해 진저리나게 계속됐던 참을 수 없는 분노의 기억. 그리고 그들에게 구체적으로 폭력을 가할 수 없을 때 느꼈던 무력감과 좌절감, 그리고 패배감에 관련된 기억들. 아니, 오히려 그들에게 가졌던 공포 의식 등등.

육체적으로 너무나 고통스러웠을 때의 기억. 그때 자기 위안과 보상심리를 얻어내려고 읽어봤던, 인생의 정체와 타개책에 대해 잘 났다는 사람들이 쓴 책들에 대한 기억. 하지만 정신적 고통에 대해서만 사치스럽게 떠들어대고 있을 뿐, 육체적 고통에 대해서는 전혀 언급하고 있지 않았다.

시나 소설을 읽어봐도, 정신적 고통에 대한 묘사엔 많은 분량을 할당하지만 육체적 고통에 대한 묘사는 슬쩍 얼버무리고 지나갔다. 그건 육체적 쾌락에 대한 묘사의 경우도 마찬가지였다. 육체적 쾌락에 대한 묘사는 정신적 쾌락에 대한 묘사의 십 분의 일에도 못 미쳤다. 그런 작가들이 가지고 있는, 그들 자신도 미처 자각하지 못하고 있을 게 뻔한 '당연한 위선과 거짓말'에 대한 격심한 분노와 짜증, 그리고 적개심에 관련된 기억들.

다음은 사랑하기의 어려움과 고통을 되씹게 해주는 여러 가지 어수선한 추억들. 파노라마처럼 스쳐 가는, 사랑에 멋모르고 빠져들었던 청춘 시절의 몇몇 장면들. 사랑이란 결국 피·가학적 파괴 충동과 그칠 줄 모르는 소유욕의 연속일 수밖에 없다는 걸 뻔히 알면서도, 그리고 정신과 육체가 의기투합하는 사랑이란 결국 이룰 수 없는 허망한 꿈이요 신기루 같은 간교한 허상이란 것을 확실히 알게 됐으면서도, 그는 계속 사랑을 했고 심지어 결혼까지 했다.

사랑의 헛된 갈구는 번번이 그에게 고통을 줬지만 그는 사랑을 멈출 수가 없었다. 오히려 그는 고통의 보상을 얻어내기 위해 '도착적(倒錯的)인 행복감'이라도 맛보려고 아득바득 애를 썼다.

그래서 그는 일부러 '고통'을 야기시키는 짓도 서슴지 않았다. 이를테면 '이루어질 수 없는 짝사랑'의 상황을 의도적으로 마련해놓고서, 상대방에 대한 작위적인 외경(畏敬)과 스스로에 대한 작위적인 비하의식(卑下意識)에 달콤하게 빠져드는 식이었다.

그는 훨씬 나이가 먹은 뒤에서야, 사람들이 비단 사랑에서뿐만 아니라 삶의 여러 양태에 걸쳐, '긴 고통 끝에 오는 순간적이고 도착적인 행복감'이나마 맛보려고 아득바득 애를 쓴다는 사실을 알게 되었다. 그래서 일부러 스스로 '고통'을 야기시키는 짓도 서슴지 않는데, 그것이 바로 마조히즘의 심리라는 것도 알게 되었다.

죽은 뒤 천당에 가기 위해서, 아니 죽는 순간의 환각 속에서 천당을 구경하는 행복감을 성취하기 위해서, 기독교인들은 살아 있는 긴 세월 동안 가난이나 핍박 등의 고통을 기쁨으로 받아들인다.

외부로부터 가해지는 핍박이 없을 경우 일부러 핍박을 만들어내기도 하는데, 그 좋은 예가 바로 수도원 제도의 고안이다. 로마 정부가 기독교를 국교화하자 기독교인들에 대한 박해가 갑자기 없어져버렸다. 그래서 그들은 오히려 불안해져서 일부러 박해받는 상황을 만들어낼 수밖에 없었다. 그것이 바로 무시무시한 중세 수도원 제도와 성 억압의 시작이었다.

그러므로 마조히즘의 심리는 고통을 통해 무조건 기쁨을 느끼는 심리는 아니다, 하고 남자는 생각한다. 마조히즘이란 말을 만들어낸 장본인인 오스트리아의 작가 자허마조흐가 쓴 소설 『모피코트를 입은 비너스』에 나오는 남주인공은 여주인공 '반다'가 자기를 채찍질하며 괴롭힐 때 기쁨을 느끼지는 않는다. 그는 그저 참고 기다릴 뿐이다. 무엇을 기다리는가? 그녀가 긴 가학(加虐) 행위 끝에 결국 자기를 불쌍히 여겨 베풀어 주게 되는 한순간의 키스와 애무다. 긴 피학(被虐) 끝에 따라오는 애무는 순간적으로 느끼는 행복감을 두 제곱 세 제곱으로 늘려주기 때문이다.

대다수의 민중들도 그렇다. 그들은 막연한 형태로나마 진짜 행복해지는 상태를 기다린다. 자살은 비겁한 짓이라고 간주되므로, 죽지 못해 살아가는 상태로 무작정 '그날'을 기다린다. 그동안의 고통이 아까워서라도, 지배체제의 붕괴 등 특별한 상황이 도래하여 그들을 난폭한 복수자로 돌변시키지 않는 한, 양같이 순한 마음으로 그저 기다리고 기다린다. 기독교인들은 예수 재림의 순간을 2천 년이나 기다려왔다. 2천 년에 비하면 사람의 한평생쯤은 아무것도 아니다.

마조히즘을 없애버리는 방법은 '순간적 행복감'을 없애버리는 길밖에 없다, 하고 남자는 생각한다. 말하자면 순간적 오르가슴에 대한 미련을 버리고 순간적 오르가슴을 '지속적인 행복감'으로 대체시키는 것이다. 그가 페티시즘의 유미주의에 빠져들게 된 것도, 사랑이란 게 있다면 그것은 오직 관능적 경탄으로서의 '바라보기'일 뿐이라고 일단 결론 내리게 된 것도, 다 그 때문이었다.

이를테면 결혼제도를 없애버리면 긴 연애 기간 동안 참고 기다리는 고통이 주는 쾌감 역시 없어져 버릴 것이다. 삽입 성교를 없애버리면 한순간의 오르가슴을 위해 조루증·지루증·발기부전·불감증 따위로 고민하며 은근히 마조히스틱한 쾌감을 맛보는 심리가 없어질 것이다.

남자는 그런데도 자기가 조금 아까 어떤 여자와 성희를 벌일 때 삽입을 했다는 사실을 부끄럽게 반추해본다. 그가 기껏 시도한 것은 보지 밖으로의 사출(射出)일 뿐이었고, 그 사출을 통해 그는 어쨌든 절정감을 맛보았었다. 그리고 여자는 이미 성희 도중에 절정감을 맛보고 있는 것 같아 보였다.

절정감이란 사실 단순한 자위행위만으로도 얼마든지 맛볼 수 있는 것이다. 그러므로 보지 밖으로 사출하고 보지 밖에서 느꼈다고 해서 삽입 성교, 아니 순간적인 행복감을 겨냥한 마조히스틱한 사랑으로부터 완전히 벗어났다고는 볼 수 없다. 그래 봤자 결국 최고의 한순간을 기다린다는 것은 마찬가지기 때문이다.

남자는 이런 생각들 때문에 점점 더 우울한 기분에 빠져든다. 그가 여자를 그저 바라보는 것으로 그치지 못하고, 종국에 가서는 입술을 맞대고, 살을 비비고, 손톱을 빨고 해가며 어떤 형태로든 육체적인 합일감을 맛보려고 했던 데 대한 끊임없는 부끄러움이 그를 짓누른다.

생각하기가 귀찮아져서 멍청한 무념의 상태를 유지해 보려고 애쓰는 남자. 그러는 남자의 눈에 유유히 스며들어오는 장밋빛 스탠드의 선정적인 불빛. 그리고 여자의 방 스탠드 옆 화장대 위에 놓인 '환타지아' 담뱃갑의 화려한 뚜껑.

거기에 덧붙어 따라오는, 빨간색 담배를 빨간색 매니큐어를 칠한 손톱 두 개 사이에 끼워 피우고 있던, 여자의 몸서리쳐지도록 고혹적인 이미지에 대한 기억. 자기의 허벅지 위에 놓여 있는 여자의 다리로부터 밀려오는 슬근슬근한 촉감. 여자의 긴 손톱에 자기의 온몸을 긁히고 싶은 어지러운 욕망. 남자의 코끝으로 스며들어 오는 여자의 비릿한 체취와 아련한 향수 냄새 등등.

왕(王)

(1)

왕의 하렘을 위하여 살아 있는 악기가 만들어질 준비가 다 되었다. 왕은 요즘 심심해서 짜증이 난다. 벌거벗은 무희들이 교태를 부리며 추는 춤도, 넓은 침대 위에서 십여 명의 후궁(後宮)들과 어우러져 벌이는 난교(亂交)도, 이젠 왕의 권태와 피곤을 더해줄 뿐이다. 그래서 왕에게 충성하는 신하는 왕의 진정한 쾌락을 위하여 묘안을 짜내었다.

침대 위에 결박된 여인은 공포에 질려 있다. 그녀의 몸은 흑진주처럼 윤기가 흐르고 탄력이 있다. 왕실(王室) 전속 의사는 얼굴에 약간의 흥분을 담고서 약병과 도구들을 점검한다. 여인의 모든 감각을 —목소리는 제외하고— 제거하기 위한 준비이다. 눈에 독즙(毒汁)을 흘려 넣고 귀에 수은을 붓고 치아를 몽땅 뽑는다. 여인은 처절한 고통에 날카로운 소리를 지르며 요동을 치지만 결박당해 있어 어쩔 수가 없다.

드디어 소중한 악기가 완성되었다. 여인의 몸매는 큰 변화가 일어났다. 들을 수도 볼 수도 냄새도 맡을 수도 없게 되자 그녀의 모든 감각과 신경은 촉각으로 집중되었다.

왕은 만족했다. 빛도 소리도 냄새도 못 느끼는 여인에게 유일하게 남은 피부의 감각과 혀의 움직임이 서서히 긴장하며 반응하고 있다. 왕의 손길에 따라 보통의 여자보다 몇 배 더 예민하게 반응하는 것이다. 치아가 뽑힌 말랑말랑한 잇몸이 왕의 자지를 감싸 물고 왕을 즐겁게 한다.

왕은 심심할 때마다 살아 있는 악기를 채찍으로 연주해 본다. 여인은 느껴지는 촉감으로 인한 고통과 쾌락을 소리로 바꾸어 묘하게 내어 뱉는다. 또 가끔씩 왕은 부드러운 깃털로 여인의 온몸을 쓰다듬기도 한다. 여인의 피부에 소름이 돋으며 흥얼대는 듯한 천상(天

上)의 소리를 낸다. 왕은 여인의 신음소리, 숨 가쁜 호흡 소리, 비명소리 같은 데서 진정 왕으로서만 맛볼 수 있는 오르가슴을 느낀다. 그 비명소리들은 백성놈들의 비명소리 같다. 이제서야 왕은 조금 즐겁다.

(2)

왕의 손톱은 굉장히 길다. 기를 수 있는 데까지 길러 거의 30센티미터씩이나 된다. 왜 왕의 손톱은 그토록 긴가? 천한 일을 안 하려고 해서다. 아니, 일을 전혀 못하도록 하기 위해서다. 손톱이 길면 불편해서라도 조금도 손을 놀릴 수가 없다. 그래서 수많은 시녀들이 필요하다. 밥은 일일이 시녀의 입안에 머금어서 먹여 준다. 손 씻는 일, 목욕하는 일, 옷 갈아입는 일, 모두가 시녀들이 할 일이다. 밤에 잘 때는 왕의 손톱이 잠결에 부러질까 봐 담당 시녀가 밤을 새워 손톱을 지킨다. 황금빛 물감을 손톱에 바르는 일을 전담하는 시녀도 있다. 조금 불편하긴 하지만 그래도 왕은 기분이 좋다. 마치 어린아이라도 된 기분이다. 가만히 있어도 누군가 먹여 주고 입혀주고······ 마치 태중(胎中)의 아이와도 같다.

(3)

왕의 주변에서 쓰이는 도구들은 모두 사람으로 만들어져 있다. 왕이 궁정을 산책하다가 어딘가 앉고 싶어지면 잘 훈련된 시녀들은 곧바로 자기들의 몸뚱어리로 의자를 만들어준다. 한 시녀는 엎드려 왕의 엉덩이를 받쳐주고 한 시녀는 반쯤 선 자세로 그 뒤에서 등받이가 된다. 푹신푹신한 젖가슴의 감촉이 좋아 왕은 기분 좋게 기댄다.

다리가 아프다 싶으면 또 다른 시녀가 다리 받침이 되어 요염한 자세로 엎드린다. 가끔씩 심심해지면 왕은 여인들의 목에 고삐를 매어 말타기를 즐긴다. 왕의 침대도, 방석도, 팔걸이도 모두 시녀들이 만든다. 왕이 옥좌에 오르는 계단도 시녀들이 만든다. 왕은 여인들의 등을 기분 좋게 밟고 올라가 인간 쿠션으로 안락해진 옥좌 위에서 불쌍한 백성들을 위해 가끔은 정치를 한다.

왕이 쓰는 요강, 타구도 다 사람으로 만들어져 있다. 오줌이 마려우면 왕은 긴 손톱으로 손짓을 한다. 그러면 담당 시녀는 교태부리며 무릎으로 기어와 향기로운 입으로 왕의 오줌을 받아 마신다. 가래를 뱉을 때도 마찬가지. 칵 소리가 나기 무섭게 미녀의 입이 왕의 가래침을 기다리고 있다. 왕이 대변을 보고 난 뒤에는 왕이 개처럼 끌고 다니는 시녀가 왕의 뒤를 핥아준다. 이래서 왕의 생활은 즐겁다.

못생긴 여자의 슬픔

　그 여자가 우리 하숙생활에 합류한 것은 석 달 전이었다. 내가 있는 신촌 근처에 있는 하숙집은 남대생과 여대생이 합쳐서 스무 명이나 되는 비교적 큰 규모의 하숙집이었는데, 그 여자가 나와 함께 방을 쓰게 된 것이다.

　처음 보름 동안은 아무 일 없이 조용히 지나갔다. 다만 그녀는 '얼굴 콤플렉스'가 유난히도 심해 거울을 자주 들여다보는 것이 눈에 띄었고, 밥을 먹을 때 유난히 격식과 정숙을 가장하는 것이 약간 비위에 상했다. 또 아무리 추운 날이라도 하루에 한 번씩 목욕을 했는데, 얼굴은 못생겼지만 그런대로 풍만한 자신의 가슴을 확인하기 위해서 그러는 것 같았다.

그녀는 대학을 졸업하고 나서 직장에 잠시 다니다가 그만두고, 모교 도서관에 나가며 대학원 입시를 준비하고 있다고 했다. 그녀는 도서관에서 한 남자를 만났는데, 서로 말을 건넨 적은 없지만 자기는 그 남자가 자기를 원하고 있다고 확신한다고 말했다. 그러다가 갑자기 이상한 얘기를 꺼냈는데, 그때부터 나는 그녀를 의심의 눈길로 쳐다보게 되었다. 즉 그녀는 그 남자의 친구들이 자기를 끊임없이 감시하고 있어 아주 괴롭다고 말했던 것이다.

그리고 얼마쯤 있다가 그녀는 묘한 버릇을 드러냈다. 거울 앞에 한참 서서 같은 동작을 되풀이하는 것이다. 거울 앞에 서서 그녀는 먼저 얼굴을 가까이 대고 입을 벌려 이빨을 점검한다. 그래서 곁에서 지켜보는 나에게 그녀의 얼굴은 더욱더 괴이한 모습으로 비쳤다. 새파랗게 질린 듯 검푸른 색깔의 피부에 무언가를 호소하는 듯한 퀭한 눈, 거기다 이빨까지 드러내고 한참을 있으니 영락없는 여자 드라큘라였다.

그녀는 한참을 그러고 있다가 자기 딴엔 요염하게(곁에서 보기엔 음산하게) 웃으며 자기의 눈빛을 확인한다. 그리고 나서 얇게 걸친 티셔츠를 벗는다. 배꼽 아래부터 벗기 시작해서 목을 빼고 두 손을 빼는 순서다. 그러는 동안 그녀의 시선은 계속 거울 속에 들어박혀 있다. 그 다음은 속옷 차례다. 한쪽 팔씩 천천히 잡아 빼낸다. 그러고는 반바지를 입은 채로 아주 한참 동안 거울을 바라본다. 상체는 물론 알몸인 채다. 그리고 거울로 바짝 다가가 다시 크게 오랫동안 웃는 것이다.

며칠 후 그녀는 또 내게 이상한 얘기를 꺼냈다. 옆방에 재수를 하는 남자애가 있는데, 그 애가 성도착증 환자처럼 굴었다는 것이다. 성도착증 환자? 그걸 어떻게 알 수 있느냐고 되물었더니, 그녀는 나보고 비겁한 방관자라면서 푸르르 얼굴을 떨었다. 그러고는 언젠가 자기가 이상한 생각이 들어 문을 열고 내다봤더니, 그 애가 방문 앞에서 기웃거리고 있었다고 말하며 진저리를 치는 것이었다.

다음 날 내가 옆방 남자애한테 진상을 물어봤더니 기가 막혀 했다. 그러고는 단지 마음에 걸리는 일이 하나 있긴 하다고 했다.

"누나, 오늘도 자고 들어올 거예요? 왜 요즘 그렇게 자고 들어오는 날이 많아요?"

하고 농담을 걸었더니, 그녀는 못 볼 꼴을 봤다는 듯 입술을 깨물면서 한참을 노려보고 가버렸다는 것이다. 아마도 그녀는 망상을 사실로 받아들이는 것 같았다. 남자 후배의 농담을 동침하자는 뜻으로 받아들이고 있었다.

그런 일이 있은 다음 날, 그녀는 갑자기 하숙집에서 지켜야 할 최소한의 기본예절로 '남녀 혼숙금지'를 강하게 주장하고 나왔다. 아니, 누가 혼숙이라도 했단 말인가?

그 뒤로 그녀는 사사건건 남자들에게 시비를 걸고넘어졌다. 원래부터 성격이 까다로운 편이지만 남자들한테는 더욱 심했다. 하숙집 오빠 중의 한 명이 애인을 자주 데려오곤 했는데, 특히 그 모습을 눈꼴셔하며 분노에 가득 찬 입술을 벌렁거리면서, '더럽고 불결하다'는 말을 수없이 내뱉는 것이었다.

하숙생들 사이에서는, 그녀가 어렸을 때 무슨 이상한 성적(性的) 경험을 해 그것 때문에 충격을 받은 게 아닌가 하는 말이 오갔다. 하지만 여성학을 관심 있게 공부하고 있는 나로서는, 한국의 여성문제와 결부시켜 그녀에게 동정심을 가지는 '척'이라도 할 수밖에 없었다.

그 후로도 괴상한 일들이 많이 벌어졌다. 그녀는 남자들의 발에서 발 냄새가 너무 난다고 아우성치며 공기(空氣)를 손으로 휘저으며 다녔다. 그러고는 새벽 3시에 일어나 2층에서 무슨 일이 벌어지고 있는지 가서 알아보라고 나를 재촉하기도 했다. 아무래도 자기를 내쫓으려고 음모를 꾸미고 있는 게 확실하다는 것이었다.

그러고는 또 "왜 남자들이 다들 한결같이 나만 원하는지 모르겠다"고 하면서 빨리 자기 애인을 데려와서 보여줘야겠다고 말했다. 나는 점점 그 여자가 역겨워지기 시작했다.

어느 날 한 오빠가 우리 하숙집에 몽유병 환자가 있는 것 같다고 하면서, 나보고 어젯밤에 나간 적이 있느냐고 물었다. 자기가 새벽 3시에 라디오를 끄고 잠을 자려고 하는데, 속이 비치는 검은색 옷을 입은 여자가 머리를 산발한 채 밖으로 나가는 모습을 벌어진 문틈으로 보았다는 것이다.

2층 남자들을 한 명씩 불러내 얘기해보니, 그녀가 3시에 올라와서는 남자들을 깨우고 나서 '제발 조용히 해달라'고 말해, 잠결에 대충 미안하다고 해서 보냈다는 것이었다.

그 이후로도 그녀가 새벽 3시쯤 2층에 올라가서 남자들한테 시끄럽다고 따지는 일이 몇 번 더 일어났다. 심지어는 씨부렁씨부렁 혼잣말을 해 가며 남자 방에 들어가 스탠드를 켜는 일까지 생겼다. 더욱 이상한 것은, 여자 하숙생들은 아무리 늦도록 시끄럽게 떠들어대도 전혀 간섭을 하지 않는다는 사실이었다.

남자 후배 아이들은, 핏발 선 눈으로 똑같은 말을 되풀이하며 팔짱을 끼고 왔다 갔다 하는 다부진 그녀를 두려워하였다. 어떤 애는 꿈에 나타나기까지 했다고 하면서, 긴장된 표정으로 하소연을 하기까지 했다. 그러던 어느 날 아침이었다. 밖이 수선스러웠다. 나가봤더니 구두를 잃어버렸다고 오빠들이 야단이었다. 그녀가 잠옷 차림으로 젖가슴을 손으로 가리면서 방에서 나와, 밖에 무슨 일이 있느냐고 내게 물어왔다. 그래서 나는,

"구두가 없어졌대요."

하고 대답했다. 그랬더니 그녀는,

"어머, 그러니?"

하고 말하며 배시시 웃으면서 하염없이 만족스러운 표정을 짓는

것이었다. 우리 여학생들은 그래도 설마설마 하며, 그녀가 그런 짓까지 했을 거라고는 생각하지 않았다.

그 다음 날, 또 다른 오빠가 자기의 새 내의가 없어졌다고 하며, 어젯밤 마루에서 사각사각하는 소리가 나는 것을 들었다고 말했다. 남자들은 하루빨리 그 기분 나쁜 여자를 내쫓아야 한다고 핏대를 세웠고, 하숙집 전체엔 살벌한 기운이 감돌았다.

그런데도 그녀는 사람들이 자기를 어떻게 생각하는지에 대해 별로 신경을 쓰지 않았다. 그래도 나는 명문대학 영문과까지 나온 그녀에게 일말의 동정심과 애정을 가지고 있었다. 그래서 내가 중재하여 더 이상 그 문제를 꺼내지 않기로 합의를 보았다.

합의가 이루어진 날 밤, 나는 그녀에게서 그녀의 첫 번째 타깃이었던 남자 얘기를 듣고 있었다. 그런데 그녀는 자꾸 같은 얘기를 되풀이해가면서 웃다가 울다가 하더니, 갑자기 무서운 얼굴이 되어,

"이것 봐, 너 때문에 내 얼굴이 이렇게 되었어!"

라고 말하면서 으르렁거리며 달려드는 것이었다.

나는 무서움을 느끼며 거울에 비친 내 얼굴을 무의식적으로 훔쳐보았다. 나도 그녀처럼 못생긴 것 같아 왠지 암담한 생각이 들었다. 그러고는 세상이 한없이 무서워지기 시작했다.

돈, 돈, 돈

내가 마흔두 살 때의 일이다. 그때 나는 내가 쓴 소설 『즐거운 사라』가 외설이라는 죄목으로 전격 구속되어, 서울구치소에서 감옥살이를 하고 나온 뒤였다. 직장(대학)에서도 잘려 하릴없이 한(恨)만 삭이며 시간을 죽여나가고 있었다. 그런데 내가 알고 지내던 '미술계' 잡지사의 박하일 사장과 피카소 화랑의 김명미 대표가 그런 내가 딱해 보였는지 미술전시회를 한번 열어보라고 권했다. 그동안 내가 낸 책이나 연재소설의 표지 그림이나 삽화를 직접 그려왔기 때문에, 어느 정도 내 미술 실력을 인정한 모양이었다. 그래서 나는 큰 맘 먹고 50여 점의 그림을 준비하여 전시회를 열게 되었다. 전시장은 김 대표가 제공해주고, 매스컴 홍보 등은 박 사장이 맡아주었다.

미술 전시회 준비를 하면서 나는 '미술계'사에 자주 드나들게 되었다. 우선 작품을 사진으로 찍고 그것으로 팸플릿을 만드는 작업부터 시작했다.

'미술계'사에서는 전시회 팸플릿 제작을 대행(代行)해주는 것을 큰 수입원으로 삼고 있었다. 그래서 잡지를 만드는 편집사원이나 디자이너 말고도 전시회 팸플릿이나 포스터, 홍보자료 등을 전담하는 사원이 몇 명이나 있었다. 그들에게도 모두 '기자'라는 호칭이 붙었는데, 내 전시회를 맡은 사원은 처음엔 이미숙 기자였다.

그런데 작업을 막 시작할 무렵에 이미숙 기자가 다른 데로 일자리를 옮기게 되었다. 그래서 '미술계'사의 박 사장은 새로 사원을 한 명 뽑았는데, 전문대학에서 디자인을 전공하고 갓 졸업한 여자로 이름은 진미라였다.

'미술계'사에서는 인건비를 줄이기 위해 4년제 대학 졸업생은 쓰지 않았고 남자도 쓰지 않았다. 모두 전문대 졸업 수준의 학력을 가진 젊은 여자들뿐이었다. 잡지사 안에서 박 사장은 그녀들에게 보통 반말로 말했다. 그리고 다들 하나씩 별명을 붙여놓고 있었다. 이를테면 '멍이', '깡이', '꿀이', '뽕이' 같은 것들이었다.

진미라가 새로 들어오자 박 사장은 그녀에게 이례적으로 '올리브'라는 별명을 붙여주었다. 먹는 올리브 열매를 뜻하는 게 아니라, 옛날에 유명했던 TV 만화영화 「뽀빠이」에 나오는 여자주인공 '올리브'를 뜻하는 말이었다.

진미라는 정말 만화에 나오는 올리브만큼이나 몸이 바싹 말라 있었다. 꽤 큰 키에 목도 가늘고 얼굴도 가늘었다. 피부가 눈처럼 흰 것이 인상적이었는데 얼굴도 꽤 예쁜 편이었다. 화장을 하나도 안 해도 흰 피부와 큰 눈 때문에 강한 인상을 주었다. 그 '올리브'가 내 전시회 준비를 맡게 된 것이었다.

진미라와 자주 만나며 같이 일을 하게 되자 나는 허물없이 그녀에게 반말을 쓰게 되었다.

그리고 올리브라는 별명을 이름보다 많이 쓰게 되었다.

그녀는 꽤 성실했고 인간관계에서도 붙임성이 있었다. 다만 눈가에 보일 듯 말 듯 늘 우울한 기색이 어려 있는 게 눈에 띄었다. 그녀가 입고 다니는 옷이 늘 깨끗하지만 초라하고, 몇 가지 없는 것으로 봐서 미라가 가난한 집안의 딸이라는 것을 알 수 있었다.

나는 미라와 점점 친숙해지면서 그녀의 '소박함'과 '가난함'에 친밀감을 느꼈다. 내가 전시회를 하게 될 피카소 화랑의 젊고 매력적인 여자 경영자인 김명미나 그녀의 여동생 명희(대학생이었다), 또 젊은 여류화가 이주리 같이 돈에 별 구애를 받지 않고 사는 여자들에 대한 은근한 반발심이 작용해서였는지도 몰랐다.

팸플릿의 레이아웃을 마치고 나서 초벌로 인쇄돼 나온 그림들의
색(色)과 명암 등을 교정 보는 날이었다. 시간이 오래 걸려 나와 미
라는 다른 직원들이 다 퇴근하고 난 후까지 잡지사 사무실에 남아
작업을 하고 있었다. 일을 반쯤 마무리 짓자 나는 미라에게 저녁을
사겠다고 말했다. 그랬더니 그녀는 별 토를 달지 않고 내 제의를 수
락해 주었다.

내 전시회를 열기로 한, 그리고 전부터 잘 알고 지내던 김명미가
운영하는 피카소 화랑 옆에 있는 일종의 '예술가와 딜레탕트를 위한
살롱'인 피카소 클럽(거기서는 경양식도 제공되었다)으로 가면 여
러 사람들이 모여 있어 얘기를 잘 못 할 것 같아, 나는 그녀를 하얏
트 호텔 건너편에 있는 한 조그마한 경양식집으로 데려갔다. 천천히
나를 쫓아오는 그녀의 걸음걸이가 퍽 얌전해 보였다.

굉장히 호화로운 최고급 양식집이 아닌데도 불구하고, 미라는
이런 곳이 낯선 모양이었다. 그녀가 쭈뼛쭈뼛해 하며 어색해하는 것
을 나는 금방 눈치챌 수 있었다.

"왜 그렇게 어색하고 겸연쩍어하지?"

하고 나는 웨이터가 정해준 테이블에 앉으며 미라에게 말했다.

"이런 고급 양식집은 처음이라서요. 전 사실 양식 먹는 법도 잘
몰라요."

"양식 먹는 법이 뭐 따로 있나? 난 왼손에 포크를 쥐고 오른손에
나이프를 들고 양식을 먹는 사람들을 늘 경멸해 왔지. 왼손으로 어
떻게 먹을 걸 집어넣을 수 있느냐 말야. 미리 나이프를 가지고 고기

든 생선이든 썬 다음 오른손에 포크를 쥐고 먹으면 돼. 또 여러 종류가 나오는 나이프와 포크도 아무거나 마음 내키는 대로 집어가지고 마음 편하게 사용하면 되는 거고."

나는 미라에게 이렇게 말하면서 미라의 소탈하고 순진한 태도가 거듭 내 마음을 끌어당기고 있는 것을 느꼈다. 그녀는 정말 가난한 집안의 딸인 것 같았다.

나는 우선 웨이터를 불러 주문을 했다. 차림표를 보니 영어로 복잡하게 쓰여 있는 게 내가 보기에도 어지러웠다. 미라도 그런 표정이었다. 나는 미라에게 뭘 먹고 싶으냐고 물었다. 그러자 미라는,

"저도 잘 모르겠어요. 선생님 드시고 싶은 것으로 주문하셔요."

하고 대답했다.

그래서 나는 내가 좋아하는 햄버그스테이크를 시켰다. 비프스테이크는 비싸기도 하지만, 좋은 고기로 만들지 않으면 맛이 없기 때문이었다.

음식이 나올 때까지 나는 미라를 지그시 관찰했다. 꼭 19세기의 멜로드라마틱한 소설에 나오는 순정파 여인을 보고 있는 것 같은 느낌이 들었다.

음식이 나오자 미라는 어색한 동작으로 천천히 식사를 했다. 음식을 먹는 모습이 몹시도 얌전해 보였다. 나는 식사를 하면서 미라에게 얘기했다.

"미라, 아니 올리브, 이젠 올리브라고 불러도 괜찮겠지? 그 별

명이 어쩐지 더 정겹게 느껴져서 말야. 난 올리브한테 궁금한 점이 많아. 그래서 이것저것 묻고 싶은 게 많아졌어. 나는 우선 올리브의 집안 사정이 궁금해. 부끄러워하지 말고 솔직하게 대답해 주면 고맙겠어."

내 말을 듣고 나서 미라는 한참을 망설이고 있다가 이렇게 대답했다.

"전 선생님의 솔직하고 허물없는 성품이 좋았어요. 그러니까 솔직하게 제 환경을 털어놓아도 좋겠지요. 전 지금 아버님과 남동생과 함께 셋이서 아주 어렵게 살고 있어요."

"어머님은 그럼 일찍 돌아가셨나?"

"아녜요. 아버지가 긴 병으로 눕게 되자 집을 뛰쳐나가 버렸어요."

"그게 언젠데?"

"한 4, 5년 돼요."

"그럼 그동안 어떻게 지냈지?"

"우선은 아버지가 받은 퇴직금으로 근근이 버텼지요. 그러다가 결국 제가 이런저런 아르바이트를 해가면서 간신히 살아가게 되었죠."

"그런데도 전문대학을 나온 게 용하군."

"대학을 다니는 게 꼭 지옥 같았어요. 너무 힘들었으니까요"

"동생은 그럼 지금 고등학생쯤 되나?"

"고등학교 2학년이에요. 걔도 지금 신문 배달을 하고 있죠. 그리고 세차장 일도 하구요."

"아버님은 정말 꼼짝도 못 하시나?"

"그리 큰 병도 아닌데 맨날 누워만 계셔요."

"그럼 자식들 보기가 정말 미안하시겠군."

"그렇지가 않아요. 아버지는 저와 동생이 정신없이 일하며 아버지를 부양하는 것이 당연한 도리라고 굳게 믿고 계시죠. 제가 보기에도 얄미울 정도로 아버지는 효(孝)를 너무 강조하셔요. 그리고 너무나 권위주의적이시구요. 엄마도 그래서 집을 뛰쳐나간 것 같아요."

나는 미라의 말을 듣고 그녀가 늘 우울한 얼굴을 하고 있는 까닭을 짐작해 알 수 있을 것 같았다.

"그럼 지금 올리브의 소원을 결국 '돈'이겠군."

하고 내가 미라에게 다시 말했다.

"솔직히 말해서 그래요. 늘 돈에 전전긍긍하며 살아왔으니까요. ……마음 같아선 아버지고 동생이고 생각할 것 없이 집을 뛰쳐나와 버리고 싶을 때가 많았죠. 특히 아버지가 너무 뻔뻔스럽게 구시는 게 미웠어요. 중병(重病)도 아닌데 집에서 그냥 빈둥빈둥 노시니까요. 하지만 동생 생각 때문에 그런 생각을 접게 되곤 했지요."

"그러고 보면 올리브는 아주 착한 성품을 갖고 있군. 그래, 만약 집을 뛰쳐나오면 뭘 하려고 했는데?"

"그냥 혼자서 살면 적어도 아버지는 안 보고 살 수 있지 않겠어요?"

"대학에 다닐 때 아르바이트로 혹시 술집 같은 데 나가본 적은 없나?"

"그런 생각도 많이 해봤었죠. 하지만 차마 그런 데까지 나갈 용기는 나지 않더군요. 그래서 주로 웨이트리스 일만 했지요."

"그러고도 전문대를 졸업한 게 참 용하군."

"졸업하고 나서 취직이 된 게 다행이에요. 그냥 놀고 있는 애들이 더 많거든요. 월급은 적어도 '미술계'사 일은 제 적성에 맞는 것 같아요."

"아까 '돈'이 제일 소원이라고 했지? 그럼 어떻게 해서 돈을 벌 거야?"

"쥐꼬리만 한 월급을 한 푼 안 쓰고 다 모은다 쳐도 언제 돈을 벌 겠어요. 그러니까 전 평범한 여자들이 갖고 있는 소원을 가질 수밖에 없지요. 다시 말해서 돈 많은 남자한테 시집가는 게 제 소망이라고 할 수 있어요."

"전형적인 신데렐라 콤플렉스로군."

"그러는 제가 속물로 보이시죠?"

"아니 아니, 절대로 속물로 보이지 않아. 오히려 솔직하게 얘기해 줘서 올리브가 더 마음에 들었어. ……그럼 올리브는 나를 어떻게 보지? 물론 나이 차이가 너무 크지만 만약 그런 요소를 제거한다 해도 나는 올리브한텐 연애 상대감이 못되겠네. 난 직장도 잘리고 돈이 없으니까."

"선생님한테서는 나이 차이가 별로 느껴지지 않아요. 워낙 마음이 젊으시고 솔직하시니까요. 선생님 나이 또래의 남자들은 대개들 다 무슨 폼이든 폼을 잡으려고 들고 권위를 부리거든요. ……하지만 솔직히 말씀드려서 선생님은 제가 소망하는 연애 상대나 결혼 상대 감은 못 되세요. 전 나이 차이가 아무리 많이 나더라도 돈이 아주 많은 남자한테 시집가고 싶어요. 제 말을 듣고 화나지 않으셨죠?"

"아니 절대로 화나지 않았어. 오히려 올리브의 솔직함이 더 나를 감동시켰지. ……차차 구해 보면 돈 많은 신랑감이 나타날 거야. 올리브는 키가 날씬하고 얼굴도 예쁜 편이니까. 하지만 젊고 돈 많은 남자만 구하면 구하기가 어려울지도 몰라. 그런 집안에서는 대개 학벌이나 가문을 따지지. 올리브한테는 나이 차이가 많이 나는 신랑 감이 더 좋겠다는 생각이 드는군. 그런 사람들은 여자의 젊은 나이와 외모 하나만 보고 데려가는 수가 많으니까. ……하지만 그렇게 늙은 총각이 있을까? 돈 많고 나이 많은 사람이라면 대부분 재취 자리일 텐데……."

"재취 자리면 어때요? 돈만 많이 준다면 전 얼마든지 살아갈 수 있을 것 같아요. 그래야 우선 동생을 훌륭하게 키울 수 있을 테니까요."

미라가 남동생을 끔찍이 위하는 것 같아 나는 적지 않은 감동을 느꼈다.

이런 저런 얘기를 하다 보니 식사가 끝났다. 나는 술을 마시고 싶어 미라를 하얏트 호텔에 있는 '파리' 바(bar)로 데리고 갔다. 나이트클럽으로 가서 춤을 추면 어떻겠냐고 물었더니 미라가 자기는 춤을 잘 못 춘다며 사양했기 때문이었다.

바(bar)에 가서도 미라는 술을 조금밖에 마시지 않았다. 그리고 담배도 피우지 않았다. 그래서 내가 그녀에게 이렇게 물어보았다.

"왜 그렇게 술을 못 마시지? 그리고 담배도 피우지 않고……. 요즘 젊은 여자애들은 술·담배를 대개들 잘하는데……."

그러자 미라는 이렇게 대답했다.

"아버지가 맨날 술과 담배에 절어 지내는 게 전 너무 싫었어요. 그리고 술 마시고 담배 피울 돈도 전 없었구요. 그래서 술과 담배를 못 배운 거예요."

미라는 맥주 반 컵을 겨우 비웠을 뿐이었다. 그런데도 그녀는 어지럽다고 하며 내 어깨에 몸을 기대왔다. 나는 그러는 그녀에게 묘한 연민의 정(情)과 사랑이 싹터 오는 것을 느꼈다. 여느 여자들한테서는 도저히 볼 수 없었던 '순진하고 가련한' 감상미(感傷美)를 그녀가 뿜어냈기 때문이었다.

잠시 후 미라는 술이 깼다며 다시 몸을 꼿꼿이 펴고 앉았다. 허리를 구부리지 않고 반듯이 앉아 있는 그녀의 자세가 다시 또 나를 감동시켰다.

나는 미라에게는 아예 술을 권하지 않기로 하고 나 혼자서만 맥주를 마셨다. 술과 담배를 안 하고 있는데도 전혀 지루해하지 않고 내 얘기를 경청해주는 그녀가 참으로 착해 보였다.

"올리브는 내 그림들을 어떻게 생각해? 좋은 평을 받을 수 있을 것 같아?"

할 말이 별로 생각나지 않아 내가 미라에게 내 그림 얘길 꺼냈다.

"글쎄요……. 제가 뭘 알겠어요. 하지만 천편일률적으로 똑같은 소재만 되풀이해서 그리는 화가의 그림들보다는 한결 신선하다는 느낌을 받았어요."

"괜히 날 기분 좋게 해주려고 하는 얘기 아냐?"

"아녜요, 정말이에요. 아무튼 선(線)이 강하고 각기 다른 소재가 특별한 인상을 풍겼어요. 그래서 저도 팸플릿 작업하는 데 신이 났구요."

나는 기분이 좋아 미라의 어깨에 손을 얹었다.

내가 어깨에 팔과 손을 얹었는데도 미라는 조금의 저항도 없이 가만히 있었다. 그래서 나는 그녀가 더욱 따뜻한 여자로 느껴졌다. 나는 다시 그녀의 뺨에 내 입술을 살짝 갖다 대 보았다. 화장을 하나도 안 하고 향수도 안 뿌린 그녀의 얼굴에서는 배릿한 우유 냄새 비슷한 것이 풍겨 나왔다. 이번에도 미라는 아무런 저항도 보여주지 않았다.

"올리브는 고등학교에 다닐 때나 전문대학에 다닐 때 연애는 해봤어?"

하고 내가 다시 그녀에게 물었다.

"연애를 생각할 겨를이 없었어요. 집안이 너무 어수선하고 돈도 없었으니까요. 돈이 없으면 연애도 잘 안돼요."

하고 미라가 대답했다.

"그래도 쫓아다니는 남자들이 많았을 것 같은데……."

"꽤 있긴 있었지요. 하지만 전 그들이 그저 무섭고 두렵기만 했어요."

"왜 그랬지?"

"제 집안 얘기나 형편을 알면 저를 깔볼 것 같은 생각이 들어서요."

"그런데 왜 아까 나한테는 집안 얘기를 그토록 자세히 했지?"

"저도 잘 모르겠어요. 선생님께는 이상하게도 왠지 믿음이 가서 그랬다고나 할까요. 선생님은 저한테 푸근한 마음을 일으켜 주셨어요."

"그런데도 날 사랑하고 싶은 생각은 안 일어난단 말이지?"

이상했다. 평소에 '사랑'이라는 말을 쓰기를 극도로 싫어하는 내가, 미라 앞에서는 사랑이라는 말을 거침없이 쓰고 있었다.

"죄송해요. 선생님. 전 사랑이란 것이 돈 있고 걱정 없는 사람들의 사치스러운 유희라는 생각이 들 때가 많아요."

"돈이 있든 없든, 그리고 걱정이 있든 없든, 사랑 자체는 본능이 아닐까?"

"사랑을 '성욕'이라고 본다면 그 말도 맞는 말이겠지요. 전 아직 성(性)에 대해서는 잘 모르고 있는 상태지만요."

"어려울 때일수록 서로 사랑으로 위로하고 격려해주면 고통스러운 삶이 한결 덜해진다는 생각을 해본 적은 없어? 물론 이럴 때 말하는 사랑은 '정신적 사랑'의 경우겠지."

"그럴 수도 있겠지요. 하지만 '가난이 싸움'이라는 속담이 우리가 살아가고 있는 이 고달픈 현실에는 더 맞는 말이라는 생각이 들어요."

나는 미라의 말을 듣고 그녀의 생각이 대충 맞는다고 느꼈다. 자본주의든 이른바 신(新)자유주의든, 우리가 살아가고 있는 이 땅을 지배하고 있는 이데올로기 속에서는, 정신적 사랑을 통한 서로 간의 심적(心的) 위안이 차츰 무의미해져 가고 있는 것이 사실이기 때문이었다. 그녀의 말을 들으니 괜히 더 우울한 생각이 나서, 나는 맥주를 두 잔 연거푸 들이켰다. 그러고 나서 나는 담배를 피워 물었다.

한동안 우리는 서로 말이 없었다. 그러고 있다가 다시 내가 말문을 열었다.

"어머니는 올리브나 동생에게 연락을 해 오지 않으시나?"

"전혀 연락을 해오지 않아요. 풍문으로 듣기엔 새 남자를 만나 살고 있다고 해요."

"올리브는 자식을 버리고 집을 뛰쳐나간 어머니가 밉지 않아?"

"왜 밉고 서운한 생각이 안 들겠어요. 하지만 엄마 없이 이렇게 고달프게 살게 된 것도 다 제 팔자소관이라고 생각하려고 애쓰고 있죠."

미라가 말을 하는 태도에는 뿌리 깊은 체념과 허무가 깃들여 있었다. 지적(知的) 허영심이나 사치스러운 권태감에서 나온 체념이나 허무가 아니라 진짜로 착한, 그리고 솔직한 체념과 허무였다.

나는 미라의 손을 꼭 잡아 주었다. 보들보들한 살결과 긴 손가락에는 힘이 전혀 들어가 있지 않았다.

조금 더 앉아 있자 미라는 피곤하다며 그만 일어서자고 말했다. 하긴 매일 일찍 출근을 해야 하는 그녀로서는 지금쯤 피로가 몰려올 것이 당연했다.

나는 계산을 하고 나서 미라와 같이 바(bar)를 빠져나와 호텔 문 앞까지 갔다. 택시가 와서 내가 같이 타고 집까지 바래다주겠다고 했더니 미라는 극구 사양했다. 그래서 나는 그녀의 손에 택시비를 억지로 쥐여 주었다.

미라와 헤어져 집으로 돌아가는 길이 왠지 쓸쓸하게 느껴졌다. 당시 내가 사랑하고 있던 명희에 대해 품어왔던 그리움이 어쩐지 조금씩 희석돼 가는 것을 느꼈고, 일종의 귀족이라고 할 수 있는 명희에 대한 동경심도 왠지 쓸데없는 것으로 느껴졌다.

집에 돌아와서도 나는 늦게까지 잠을 이루지 못했다. 창 앞에 서서 관악산을 한참 동안 멍하니 응시하기도 하고 맥주를 몇 잔 마시기도 했다.

그래도 잠이 안 와 나는 침대에 비스듬히 드러누워 책을 읽었다.

미라 생각이 나서 그녀와 비슷한 처지에 있는 여자를 주인공으로 삼은, 20세기 초반의 미국 작가 시어도어 드라이저의 『제니 게르하르트』를 꺼내 읽었다.

찢어지게 가난한 집안에서 큰딸로 태어나 병든 부모와 여러 동생들을 부양하기 위해, 할 수 없이 부잣집 아들의 첩(妾)살이를 하게 되는 '제니'라는 여자의 불행한 일생을 그린 순정파 멜로드라마였다.

예전에 읽을 때는 그저 그런 최루성(催淚性) 소설인 줄로만 알았는데 다시 읽어보니 가슴이 뭉클해지는 데가 있었다.

제니를 진심으로 사랑하는 부잣집 아들은(제니는 재벌 귀족에 속하는 한 부잣집에 하녀로 들어갔다가 그의 사랑을 받게 된다) 그녀와 정식으로 결혼하려고 한다.

그러나 가문을 따지고 또 다른 재벌의 딸과 정략결혼을 시키려고 하는 그의 부친은 아들의 간청을 끝끝내 묵살한다. 아들은 결국 제니와 몰래 동거생활을 하다가 아버지가 재산을 한 푼도 안 물려주겠다고 선언하는 바람에 제니를 버리고 재벌의 딸과 결혼해 버린다.

대강 이런 줄거리인데 나는 제니의 외롭고 슬픈 말년을 기록한 대목을 대여섯 번이나 되풀이해서 읽었다. '인생은 결국 허무하다'라는 주제가 되풀이되어 강조되고 있었다.

또 나는 제니의 꿈 많은 사춘기 시절을 기록한 대목도 여러 번 읽었다. 가난하지만 미래의 무지갯빛 꿈을 간직하고 있는 착하고 예쁜 소녀 제니……. 그러자 제니의 얼굴이 내 머릿속에 뚜렷이 나타나고 미라의 얼굴과 겹쳐지는 것이었다.

나는 술을 더 마셨다. 술기운에 녹아떨어져 나는 잠을 잤고, 꿈 속에서 나는 제니, 아니 올리브의 얼굴을 보았다.

다음 날 나는 느지막이 일어나 '미술계'사로 갔다. 미라가 일찍 부터 나와 열심히 작업을 하고 있었다. 둘이서 색(色) 교정 작업을 대충 마무리 짓자 이번엔 신문사와 잡지사에 돌릴 보도자료를 손 보았다. 그러고 나니 벌써 점심 먹을 시간이었다. 그래서 나는 미라 와 다른 사원 몇 명과 함께 중국음식점으로 가서 간단히 점심을 먹 었다.

점심을 먹고 나서 나는 미라와 함께 액자 만드는 집으로 갔다. 내 그림들이 어떻게 표구되고 있는지 알아보기 위해서였다.

다시 '미술계'사로 돌아온 나와 미라는 이번엔 포스터를 교정보 았고, 초대장을 레이아웃하고 거기 써넣을 문구를 손봤다. 그리고 전시회에 초대할 사람 명부를 작성하자 저녁 늦은 시간이 되어버렸 다. 나는 미라에게 어제처럼 저녁을 사겠다고 제의했다. 미라는 처 음엔 사양하더니 결국 나를 따라 나섰다.

나는 매일 명동에서 죽치고 놀던 대학 시절이 생각나 명동으로 갔다. 옛날 기분을 내고 싶었는데, 마침 부대찌개집이 있었다. 나는 밥은 거의 안 먹고 찌개를 안주 삼아 소주를 마셨다. 미라는 맛있게 식사를 하고 있었다.

내가 술을 마시고 있는 동안 미라는 별로 말이 없었다. 원래 말 수가 적은 여자 같았다.

나도 더 이상 할 말이 생각나지 않았고, 그렇다고 미라의 옆 좌석으로 가 어깨를 쓰다듬거나 허벅지를 매만지고 싶은 생각도 들지 않았다.

좌우를 둘러보니 연인 사이로 보이는 젊은 남녀 쌍쌍들이 옆으로 탁 포개 앉아 서로의 몸을 노골적으로 애무하며 술을 마시고 있었다. 내가 대학에 다닐 때는 엄두도 못 냈던 풍경이었다. 나는 세월의 흐름과 변화를 새삼 의식하며, 여느 젊은이들과는 전혀 다른 모습과 매너를 갖고 있는 미라를 새삼 신기한 눈빛으로 바라보았다.

생각 같아서는 명동의 고급 옷집에라도 가서 미라에게 최신 유행의 명품 옷이라도 한 벌 선물해주고 싶었다. 그렇지만 내겐 그런 큰돈이 없었다. '미라는 부자 애인을 원하고 있는데 나는 그렇지가 못하구나' 하고 나는 속으로 생각하며 왠지 서글픈 비애감을 느꼈다.

아무런 얘기도 안 하고 술만 마시려니까 어쩐지 쑥스러운 기분이 들었다. 그래서 나는 미라에게 다시 말을 붙여 보았다.

"술도 잘 못 하는데 이런 데 앉아 있게 해서 미안해. 여기서 나가 다른 커피집에라도 갈까?"

그랬더니 미라는 빙그레 웃으면서 이렇게 대답했다.

"전 술은 잘 못 마셔도 술자리에 앉아 있는 데는 익숙한 편이에요. '미술계'사에서도 박 사장님이 술을 워낙 좋아하시는지라 직원들끼리 술자리를 자주 갖는 모양이에요. 그러니까 이런 데서 참는 연습을 많이 해둬야겠지요."

말하는 품이 너무도 얌전하고 착해 보여서 나는 다시 한 번 미라에게 진한 친밀감을 느꼈다.

"여기 모인 젊은이들을 보니 머리색깔도 제각각이고 화장도 다들 진하게 한 편이군. 미라는 학창시절에 머리 염색이나 화장을 해본 적은 없나?"

하고 내가 다시 미라에게 말했다.

"저도 젊은데 해보고 싶은 생각이 왜 안 났겠어요. 하지만 다 돈이 드는 일이라 단념하고 말았죠."

하고 미라가 내게 말했다.

"그럼 지금이라도 돈이 많이 생긴다면 화려하게 꾸며볼 생각이 있어?"

"그런 생각이 들지도 모르지요. 하지만 제 얼굴에는 진하고 화려한 화장이나 머리 염색이 잘 안 어울린다고 생각해요. 다만 비싸고 고급스러운 옷을 사 입고 싶은 소망은 있죠."

"비싸고 고급스러운 옷이라면 야하지 않은 옷을 말하는 건가?"

"맞아요. 전 야하고 관능적인 디자인으로 된 옷보다는 고전적인 디자인으로 된 옷이 더 좋아요. 또 그런 옷이 제게 더 잘 어울릴 것 같은 생각이 들구요."

"그럼 정말 나는 올리브의 애인이 될 자격이 없군. 야한 디자인으로 된 옷보다는 고전적이고 품위 있는 디자인으로 된 옷이 훨씬 더 비싸니까 말야."

"죄송해요, 선생님. 저를 너무 돈만 밝히는 속물 같은 여자로 보실까 봐 겁이 나네요."

"아냐, 그렇지 않아. 뭐든지 솔직하게 말하는 게 좋으니까. 정직은 최상의 미덕이야."

몇 마디 대화를 더 나누다가 우리는 부대찌개집을 나왔다. 그리고 근처에 있는 카페로 가서 커피를 한 잔 마신 후 헤어졌다.

다음 날 오후에도 나는 '미술계'사로 나가 미라와 함께 전시회 준비 마무리 작업을 했다. 마무리 작업에는 박 사장도 많이 도와주었다.

그리고 나서 열흘쯤 있다가 전시회 팸플릿과 포스터, 그리고 초대장이 인쇄돼 나왔다. 포스터 붙이는 것과 초대장 발송하는 것, 그리고 홍보자료 돌리는 것은 '미술계'사에서 전적으로 도맡아 해주었고, 주로 미라가 큰 역할을 했다.

이제 보름 정도 지나면 전시회가 열리게 되는 것이었다. 전시회 기간은 피카소 화랑에서 특별 배려를 하여 3주일간으로 잡아주었다.

초대장 발송이 끝난 후 나는 약간 긴장된 마음으로 전시회 오프닝 날짜를 기다리고 있었다.

그러던 어느 날 나는 적적함을 달래기 위해 피카소 클럽에 오랜만에 나가 보았다. 클럽 안에 들어서니 명희가 나와 있었다. 그리고 명희 옆에 돈 잘 버는 의사 김수일이 앉아 있었다. 나는 미라를 만나 같이 준비 작업을 하는 동안 거의 명희를 잊고 지냈었다. 또 명희도 연락을 해오지 않았다. 조금 이상하다고 생각했지만 아주 심각하게 신경 쓰이지는 않았다.

명희 주변에는 김수일뿐만 아니라 시인 홍민과 G사장, 그리고 소설가 한태섭과 화가 이목일 등이 진을 치고 앉아 있었다. 마치 명희가 언니인 명미 역할을 대신하고 있는 것처럼 보였다. 명희가 나를 바라보는 눈빛을 보니 나를 사랑한다던 예전과는 완전히 달라져 있었다. 말하자면 아주 무심한 눈빛이었다. 나는 직감적으로 '여자의 변덕'을 의식할 수밖에 없었다.

명희는 김수일의 품에 안겨 있었고, 그녀의 얼굴 표정은 아주 밝았다. 홍민은 명희를 보고 연신 아름답다는 찬사를 퍼붓고 있었다. 내가 보기에도 명희는 이제 언니만큼이나 화려하고 야한 여인이 되어가고 있었다.

"오랜만이에요, 마 선생님. 그동안 전시회 준비로 바쁘셨죠?"

하고 명희가 나를 보고 말했다.

"수고 많았어, 마 교수. 아니 이젠 마 화백이라고 불러야 할지도 모르겠군. 전시회가 열리면 내가 그림 한 점을 꼭 구입하도록 하겠네."

하고 김수일이 명희를 껴안은 채로 말했다.

"자네 전시회 때 그림이 내 전시회 때보다 더 많이 팔리면 안 되는데. 그럼 내가 틀림없이 샘을 내게 될 테니까 말야."

"샘을 내고 자시고 할 게 뭐 있겠어요? 이 선생님은 이제 화가가 아니라 붕어찜 가게 주인이신데요."

하고 곁에 있던 명희의 친구 채리가 농담조로 말했다. 이목일은 생계 유지를 위해 최근에 붕어찜 가게를 오픈했다.

채리의 말이 끝나자 박 사장이 미라와 함께 피카소 클럽으로 들어왔다. 나는 미라가 클럽에 나타난 것에 놀랐다. '미술계'사의 직원이 피카소 클럽에 들르는 것은 아주 드문 일이기 때문이었다. 미라가 클럽 안으로 들어서자 남자들의 눈빛이 변했다. 특히 홍민의 눈빛이 역력히 달라지는 것을 나는 눈치챌 수 있었다. 내가 보기에도 미라는 아주 청초하게 예쁜 얼굴이었다.

"올리브, 아니 미라가 이번 마 교수의 전시회 준비 때 한몫을 톡톡히 했어. 그래서 여기 한번 데리고 왔네. 신문에 보도되는 것을 봐도 그렇고, 이번 전시회는 꽤 성공적일 것 같아."

하고 박 사장이 말했다.

"그림에 대한 평가만 좋으면 뭐합니까. 전시회는 그저 그림이 많이 팔리고 봐야 해요."

하고 홍민이 말했다.

"응……, 그 문제는 나도 사실 걱정하고 있는 문제야. 요즘 그림 사는 사람들은 작품성보다 장식성(裝飾性)에 더 중점을 두거든. 집에 걸어놓을 거니까 그들이 그런 생각을 하는 것도 무리는 아니지. 그러니 그림이 너무 어두워도 안 팔리고 또 너무 야해도 안 팔린단 말야. 마 교수의 그림은 작품성은 좋은데 작품 소재가 너무 어둡고 우울한 것이 많지. 또 진하게 에로틱한 것도 많고. 하지만 첫 전시회

니만큼, 이번엔 팔리는 것보다는 작품 평가를 어떻게 받느냐가 더 중요하다고 생각하네. 일단 좋은 평가를 받게 되면 사람들은 그림 자체보다 화가 이름을 보고 그림을 사게 되니까."

하고 박 사장이 말했다. 나는 박 사장의 말이 맞다고 느꼈고 전시회를 열게 해준 명미, 곧 피카소 화랑이 고맙게 느껴졌다.

큰 무역회사의 G사장은 계속 미라를 주시하고 있었다. G사장의 눈빛을 보니 그것은 애욕의 눈빛이 아니라 흡사 물건의 가치를 평가하고 있는 듯한 눈빛이었다. 나는 G사장의 그런 눈빛이 퍽 이상하다고 생각했다.

미라의 옷차림을 보니 명희나 채리의 화려한 옷차림과는 너무 대조적이었다. 또 화장을 전혀 안 한 얼굴도 그랬다. 미라는 클럽 안의 분위기에 쉽사리 휩쓸리지 못하고 몹시 어색해하고 있었다. 나는 그러는 그녀가 무척이나 안쓰럽고 측은해 보였다.

"제가 듣자니 요즘 미라 씨와 친하게 지내고 계시다구요."

하고 명희가 말했다.

"친하게 지내긴 뭘……. 그냥 전시회 일 때문에 쭉 같이 있은 거지."

나 대신 박 사장이 명희에게 대답해 주었다.

"미라 씨 피부가 퍽 곱군요. 평생 기초화장을 안 해도 될 만한 피부예요."

하고 채리가 말했다. 그녀가 미(美)에 집착하는 강도(强度)는 대단해서, 처음으로 만나는 여자를 보더라도 금세 정확한 판단을 내린 다는 것을 나는 알고 있었다.

"피부뿐만 아니라 얼굴도 곱지. 솔직히 말해서 '미술계'사 직원 중에 가장 예쁜 얼굴을 가졌어. 몸이 너무 마른 게 흠이지만 말야."

하고 박 사장이 말했다.

"그래서 올리브란 별명을 붙여줬나?"

하고 한태섭이 말했다.

"그랬지. 자넨 옛날 세대라 만화영화 「뽀빠이」를 아는구먼. 요 즘 젊은 애들은 '올리브'를 그저 먹는 열매 이름으로만 아는 경우가 많더군."

하고 박 사장이 말했다.

"뽀빠이하고 올리브가 무슨 관계가 있어요?"

하고 명희가 박 사장에게 물었다.

"올리브는 뽀빠이의 애인 이름이야. 그런데 몸매가 아주 날씬하 게 빠졌지. 그래서 내가 미라에게 올리브란 별명을 붙여 줬어."

잠시 후 우리는 조금 있다가 하얏트 호텔로 갔다. 거기서 저녁을 먹고 곧바로 나이트클럽으로 가니 이른 시간이라 빈 좌석이 많았다. 미라가 안 끼겠다고 우기는 것을 내가 억지로 끌다시피 하여 함께 데리고 갔다.

며칠 후 내 그림 전시회가 열렸다. 전시회 전날에는 작품들을 어 떻게 디스플레이할 것인가 하고 고민하며 애를 써야 했다. 디스플레이 일을 맡아준 것도 미라였는데, 전시회 일이 처음인데도 그녀한테 남다른 센스가 있다는 것을 알 수 있었다.

전시회 오프닝 파티는 저녁 여섯 시였다. 내가 워낙 문단에는 발을 끊고 지내는 편이라 문학 하는 사람보다 미술 하는 사람들이 더 많이 와주었다. 내가 미술평론도 자주 써왔기 때문이었다.

책을 내는 것과는 달리 미술전시회를 한다는 것은 남들에게 폐를 끼치는 일이 될 수도 있다는 것을 나는 다시 한 번 절감하였다. 책은 출간하면 그만이지만(물론 출판기념회를 하면 문제가 다르다. 하지만 요즘은 출판기념회를 여는 일이 극히 드물어서 억지로 '눈도장'을 찍으러 갈 일은 거의 없는 것이다), 미술전시회는 꼭 사람을 불러모아야 하기 때문이었다. 피카소 클럽에 모이는 사람들이야 물론 흔쾌히 와줬지만, 미술 하는 이들 중엔 내가 가끔 미술평론도 하는 관계로 마지못해 '눈도장'을 찍기 위해 온 사람들도 상당히 많다는 것을 나는 알 수 있었다.

피카소 화랑 측에서는 화랑의 돈 많은 경영자인 명미의 배려로 오프닝 파티의 음식상을 뷔페식으로 훌륭하게 차려주었다. 그래서 손님들은 실컷 먹고 마시며 즐거워들 했다. 그리고 다들 한마디씩 내 그림이 예상외로 좋다는 덕담(德談)들을 해주었다.

전시회장에서 안내와 작품 구매 접수 등의 일을 맡은 것은 미라였다. 미라가 일하는 것이 얌전하고 꼼꼼하고 친절해서 나는 새삼 그녀에게 신뢰감을 느꼈다.

오프닝 파티의 의식은 내가 주장해서 아주 간단하게 했다. 박 사장이 축사를 하고 내가 답사를 한 것 외에 다른 지저분한 절차는 없었다. 다만 먹고 마시기만 하면 되는 파티였다.

명미는 이번 파티 때도 아주 선정적인 옷을 걸치고 있었다. 그리고 명희와 채리도 화려한 옷을 걸치고 있었다. 나는 명미를 보며 나도 모르게 이상한 거리감이 느껴지는 것을 의식했다. 그녀는 여전히 관능적이고 사랑스러웠다. 그리고 내가 전부터 오랫동안 은근히 그리워하던 대상이었다. 그러나 그녀가 외국에 나가 있어 한동안 둘이 떨어져 있었기 때문인지(아니면 명희와 가끔 만나고, 또 최근에 미라를 만나게 됐기 때문인지), 나는 그녀가 너무 '먼 그대'처럼 느껴지는 것이었다.

오프닝 파티는 꽤 늦은 시각까지 열렸다. 갈 사람은 다 간 뒤에도 피카소 클럽의 멤버들은 피카소 클럽으로 가서 간단한 뒤풀이를 했다. 그런 뒤에 나는 약간 쓸쓸한 마음을 품고서 집으로 돌아왔다.

미술전시회에 많이 가본 나로서는 전시회 오프닝 날 이후의 기간이 무척이나 쓸쓸하다는 것을 잘 알고 있었다. 화가는 하루 종일 우두커니 전시회장에 앉아 있고 관람객은 드문드문 가끔씩 나타난다. 그래서 아예 전시회장에 안 나가 있는 화가도 있지만 그런 경우는 극히 드물다. 이따금이라도 아는 사람이 오는 수가 있기 때문이다.

또 관람객이 많다는 사실과 작품 판매가 직결되는 것도 아니다. 관람객이 아무리 많더라도 작품 판매는 잘 안 되는 경우가 많다. 작품 판매는 주로 화랑 측이 얼마나 단골 컬렉터를 확보하고 있느냐에 따라 좌우되는 것이다.

오프닝 파티가 끝난 후의 기분은 연극이 끝난 후 배우들이 겪는 허탈감과 비슷했다.

다음 날부터 나는 매일 오후에 전시회장에 나갔다. 미라가 접수와 안내일을 보고 있어서 즐거웠다. 관람객은 생각보다 적었다. 역시 내가 아마추어 화가이기 때문인 것 같았다. 그래서 그림을 사겠다고 하는 사람도 적을 수밖에 없었다.

미라와 오후 내내 같이 있다 보니 같이 얘기하는 시간이 많아졌다. 명미나 박 사장도 가끔씩 들러주었지만 오래 앉아 있지는 않았다.

미라는 말수가 적은 여자였다. 그리고 항상 우울한 눈빛을 알듯 모를듯 드리우고 있었다. 사치스러운 허무주의가 아니라 생활의 고통과 인생에 대한 비감(悲感)에서 나온 진짜 실존적 허무주의가 그녀의 뇌리를 꽉 채우고 있는 것 같았다.

저녁때 전시회장의 문을 닫으면 나는 매일 미라에게 저녁을 사주었다. 미라는 별로 사양하지도 않고, 그렇다고 아주 고마워하지도 않고 내가 사주는 저녁밥을 담담히 먹었다. 이상한 것은, 내가 미라를 자주 만나도 그녀의 육체를 껴안거나 섹스를 하고 싶다는 생각이 별로 들지 않는다는 사실이었다. 나는 나도 모르게 나 자신이 변화

돼 가고 있는 것을 느꼈다.

그 '변화'란 다름 아닌 '사랑'에 대한 관념의 변화였다. 신경질적인 성욕이나 성희(性戲)가 없는 사랑이 어느 정도 가능하다는 사실을 나는 어렴풋이 느껴가고 있었다. 천골(賤骨)이 천녀(賤女)를 만나 그런지도 몰랐다.

피카소 클럽에서 저녁을 먹을 수 있는데도 나는 복잡한 것을 피해 미라를 늘 다른 식당으로 데리고 갔다. 그녀와 저녁을 같이 먹으며 나는 별로 할 말이 없었다. 보디랭귀지(Body language)가 빠져 있는 대화에 내가 익숙하지 못할뿐더러, 그녀가 지금 남녀 간의 우정이나 사랑보다는 '돈'에만 몹시 관심을 갖고 있다는 사실을 알고 있기 때문이었다. 하지만 별 말 없이 먹는 저녁식사일망정 미라와 함께 있다는 사실 하나만으로도 내가 행복한 감정을 느낄 수 있다는 사실이 나는 신기하게 느껴졌다.

어느 날 미라는 식사를 하다 말고 불쑥 명미 얘기를 꺼냈다.

"피카소 화랑을 운영하는 김명미 씨는 어쩌면 그렇게 예뻐요? 그리고 돈도 많구요. 전 김명미 씨가 부러워 죽겠어요. 선생님도 김명미 씨를 은근히 사랑하고 계시죠?"

그래서 나는 이렇게 대답했다.

"나뿐만 아니라 피카소 클럽에 들르는 남자들 모두가 명미를 사모하고 있지. 참 특별한 여자야. 아주 야하게 꾸미는데도 전혀 천해 보이지가 않거든. 그리고 마음씨도 착하고."

"돈에 여유가 있으면 마음씨는 다 착하게 되게 마련이에요."

"올리브는 돈이 없는데도 내가 보기엔 마음씨가 착해 보이는데?"

"그러려고 애쓰고 있을 뿐이지요. 이 상태가 더 이상 계속되면 저도 마음이 삐뚤어질 가능성이 커요."

"올리브는 절대로 그렇게 되지 않을 거야. 명미처럼 좋은 남편 만나 호강도 하게 될 거고."

"듣자니 김명미 씨는 바람둥이라면서요?"

"보통 바람둥이하곤 달라. 천진난만한 바람둥이라고나 할까."

"그렇다면 김명미 씨가 더 부러워지는군요."

"올리브도 얼굴 표정에서 바람둥이 체질이 엿보이고 있어. 올리브가 원하는 대로 돈이 아주 많고 나이 든 사람과 결혼한다면 슬쩍슬쩍 바람을 피우게 될지도 모르지. 요즘은 바람피우는 여자들이 점점 더 늘어가고 있는 세상이니까. 그리고 사람은 여자든 남자든 다 바람둥이 체질을 타고난 게 사실이니까."

"그렇게만 될 수 있으면 참 좋겠어요. 하지만 저는 소심해서 그런지 바람둥이 체질은 절대 못 될 것 같아요."

미라의 말은 맞는 말이었다. 내가 아까 한 얘기는 그저 한 번 해 본 소리였다. 미라는 순결을 중시하는 여자 같아 보였다. 그렇다면 한태섭이 늘 바라고 있는 여자인데, 유감스럽게도 한태섭에게는 돈이 없었다.

나는 자꾸 내가 미라한테 끌려들어 가고 있는 것을 인정하지 않을 수 없었다. 사치를 즐기는 명희와 서로 사랑한다는 것은 이제 불가능한 일이 되어 버렸고, 명희 역시 이제는 예전처럼 내게 별로 의지하지 않고 있는 것처럼 보였다. 난생처음으로 '결혼'에 대한 호기심과 욕구가 미라를 통해 느껴지는 것이 정말 이상했다. 내가 너무 혼자 오래도록 외롭게 살아온 탓인지도 몰랐다.

그런데 미라는 '돈'에 한(恨)을 품고 있고, 돈 많은 남자와의 결혼을 꿈꾸고 있었다.

나이가 아주 많은 남자의 재취 자리라도 돈만 많이 준다면 오케이(OK)하겠다는 미라의 말은 나를 풀죽게 했다.

미라의 얼굴에 문득 명희의 얼굴이 겹쳐졌다. 탐미주의적 관점에서 보면 내가 좋아하는 여자는 분명 명희였다. 그러나 '아내'라는 관점에서 보면 내게 필요한 여자는 분명 미라였다.

"내가 결혼 신청을 정식으로 한다면 미라는 받아주겠어?"

나는 불쑥 나도 모르게 이상한 소리를 내뱉었다.

"선생님은 철저한 독신주의자로 유명하던데요. 그런데 왜 갑자기 결혼이 하고 싶어지신 거죠? 혹시 어떤 여자에 대한 사랑에 지쳐서 그러시는 건 아닌가요?"

하고 미라가 차분한 목소리로 말했다.

"그럴지도 모르지. ……아까 얘기는 그냥 한번 해본 소리였어. 또 나는 이제 교수도 아니고 그저 '글쟁이'라서 올리브를 호강시켜줄 만큼 돈을 버는 놈도 아니고. 하지만 내가 요즘 미라한테 이상한 동지애를 느끼고 있는 건 사실이야. 결혼은 성가신 거지만 이왕 결혼을 한다면 성애적 결합보다는 '동지적(同志的) 결합' 쪽이 훨씬 더 낫다고 나는 늘 생각해 왔었지. 내가 좋아했던 명희란 여자는 말하자면 '성애적 결합' 쪽에 드는 여자이고……."

"아무튼 선생님은 그 여자를 사랑하고 계시잖아요? 그런데 왜 저를 갖다 대시는 거죠? 또 명희 씨도 선생님을 무척이나 좋아한다는 소문이 나 있던데요."

"솔직히 말해서 명희 생각을 하면 오금이 저려올 정도야. 그토록 화려하고 사치스럽게 몸을 꾸미는 여자는 드무니까. 그녀는 돈 없인 못 살 여자지."

반주로 곁들여 먹은 소주 탓인지 나는 계속 횡설수설하고 있었다. 아니 횡설수설이 아닌지도 몰랐다. 그만큼이나 나는 미라에게 의지하고 싶어 했다.

얼마 후 내 그림전시회가 끝났다. 생각보다 그림은 많이 팔리지 않았다. 그러나 신문이나 미술잡지 등의 매스컴에 나온 평(評)은 그렇게 나쁘지 않았다. 당돌하고 신선한 느낌을 주는 그림들이었다는 평이 대부분이었다. 나는 그것만으로도 큰 위안을 삼아야 했다.

며칠 후 G사장이 나를 좀 만나자고 했다. 그래서 우리는 어느 호텔 커피숍에서 만났다.

이런저런 잡담 끝에 G사장이 말했다.

"미라 씨는 잘하면 패션모델이 될 수도 있겠어. 패션모델은 우선 몸이 마르고 봐야 하니까 말야."

"그 말은 정말 일리가 있어. 하지만 미라는 그런 생각을 해본 적이 없대."

하고 내가 말했다.

"그러면서 그녀는 최고 모델로 출세하려면 너무 험난한 길일 것 같다고 하더군."

하고 내가 덧붙였다.

"그럼 시집가서 이른바 현모양처가 되는 게 미라 씨 꿈인가?"

하고 다시 G사장이 물었다.

"말하자면 그렇다고 할 수 있지. 하지만 돈이 아주 아주 많은 남자라야 한대. 그녀의 소원은 지금 '돈'이거든."

하고 내가 대답했다.

좀 너무 노골적으로 말하지 않았나 하고 내가 후회하고 있는데 G사장이 다시 말했다.

"좀 더 자세한 사정과 희망 사항을 물어보게나. 미라 씨가 결혼한다면 남자의 나이는 어느 정도라야 되겠나?"

"나이는 아무리 많아도 좋대."

"그럼 세컨드도 괜찮다는 얘긴가?"

하고 다시 G사장이 물었다.

"글쎄……내가 보기엔 그런 문제엔 별로 상관하지 않을 것 같아. 왜, G사장이 미라를 데리고 살고 싶어 그러나?"

"데리고 살긴……. 난 엄연히 유부남인데 데리고 살 수야 없지. 미라도 남의 세컨드 노릇을 하고 싶어 하지는 않을 것 아닌가?'

"그건 그래. 자기한텐 지금 '돈'이 몹시 필요하지만 술집에 나가거나 세컨드 노릇을 하고 싶진 않아 하는 눈치였어."

"내가 하고 싶은 얘기의 요점을 솔직히 말하겠네. 사실은 우리 아버님이 지금 새 장가를 가고 싶어 하셔. 어머님이 몇 년 전에 돌아가셨거든. 아버님이 워낙 기운이 좋으셔서 혼자 계시기 힘드신 모양이야. 그런데 문제는 아버님이 아주 젊은 여자를 원하고 계시다는 거야. ……그리고 나나 동생들이 고민하고 있는 건 아버님이 돌아가신 다음의 유산 분배 문제야. 만약 아버님이 새장가를 가시면 유산이 새어머니한테 많이 갈 게 아니겠나?'

G사장의 부친은 굉장한 재산가였다. 그러니 자식들이 유산 문제에 신경을 곤두세울 만했다. 그런 상황에서는 G사장이나 그의 형제들이 부친이 새장가를 가지 않기를 바라고 있을 건 뻔한 일이다. 그런데 G사장의 부친은 젊은 여자를 아내로 맞아 말년을 멋지게 즐기고 싶어 하는 모양이었다.

"아버님이 그토록 간절하게 새장가를 가고 싶어 하시나?'
하고 내가 G사장에게 물었다.

"사실 우리 형제들은 한사코 뜯어말리려고 노력했지. 하지만 아버님이 워낙 고집이 세셔서 통 우리 말을 안 들으시는 거야. 그리고 우리더러 중매쟁이를 통해서든 어떻게 해서든지 간에 여자를 한번 물색해 보라고 명하셨다네. 자식 된 도리로 아버님의 뜻을 거역하기도 어렵고, 또 아버님 뜻에 따르자니 여자를 구하기도 어렵고 해서 지금 고민하는 중일세."

하고 G사장이 대답했다.

"여자를 구하긴 쉬울걸. 요즘 세상에 돈 가지고 안 되는 일은 없으니까."

"그 말은 맞네. 하지만 우리가 겁을 내는 건 여자가 너무 돈 욕심이 있으면 안 된다는 거야. 말하자면 유산 분배에 너무 관심을 가져선 안 된다는 얘기지. 또 성격도 얌전한 여자라야 할 거고……."

"그래서 미라 얘길 꺼냈군. 미라를 아버님께 시집보내고 싶은 생각이 들었나 보지?"

"맞네. 미라가 참 참해 보였어. 다만 아버님과 나이 차이가 너무 많아 그게 걱정이지. 미라가 펄쩍 뛰며 거절할 것 같아서 말야."

나는 G사장의 얘기를 듣고 미라의 얼굴을 마음속에 떠올려 보았다. G사장의 제의에 펄쩍 뛰며 자존심 상해 할 것도 같고 그런대로 수긍할 것도 같았다.

"그런데…… 만약에 미라가 G사장의 제의를 수락한다면 미라에게 어떤 조건을 달 건가?"

하고 내가 한참 생각 끝에 G사장에게 물었다.

"조건이라니? 무슨 뜻으로 얘기하는 거지?"

"아까 내가 들은 얘기로 미루어 봐서, G사장은 아버님의 유산을 새어머니에게 너무 많이 뺏길까 봐 걱정하고 있는 것 같아서 하는 얘길세."

"그걸 지금 고민하고 있다네. 나나 동생들 생각으로는 미리 계약서를 작성하는 것이 좋겠다고 보고 있네. 물론 아버님이 모르시게 우리 형제들과 새어머니감 되는 여자 사이에 맺는 계약이지. 미리 목돈으로 얼마 가량을 주면 그걸 받고 유산 문제엔 일절 관여하지 않겠다는 약정을 맺어두는 거야."

"미리 목돈으로 줄 수 있는 금액이 얼마나 되는데?"

"글쎄……. 우리로선 지금 40억에서 50억 사이를 생각하고 있어."

"아버님은 근력이 지금 얼마나 좋으신가?"

"상당히 건강하신 편이야. 하지만 사람의 일은 몰라서 얼마 후 갑자기 돌아가실 수도 있고 아주 오래 사실 수도 있어. 계약을 할 때 아버님이 앞으로 사실 연수(年數)를 감안하여 신축성을 둘 수도 있네."

"이젠 대충 알아들었네. 그러니까 나더러 미라를 만나 의향을 떠보라는 얘기 아닌가?"

"맞네. 미라가 정 돈이 필요하다면 아버님과 결혼하는 것도 그리 나쁜 일은 아닐 것 같아. 나이가 너무 많은 게 흠이지만 아버님의 성격이 워낙 좋으신 데다가 나이 차이가 커서 사랑을 실컷 받을 수 있을 테니 말야. 그리고 우리가 미리 주는 돈과는 별개로 아버님이 용돈을 따로 많이 주실 테니까 실컷 사치를 부려볼 수도 있을 거고."

"알았네. 내가 차차 시간을 봐서 미라를 만나 의향을 물어보도록 하지."

할 얘기는 대충 다 했으므로 우리는 커피숍을 나왔다.

G사장의 묘한 제안을 듣고 나니 마음이 참으로 싱숭생숭해졌다. 여자가 부러워지기도 하고 돈이 부러워지기도 했다. 그리고 미라가 만약 돈에 팔려 G사장의 부친에게 시집을 간다면 내가 무척이나 서운해질 것 같은 생각도 들었다.

나는 피카소 클럽으로 갔다. 클럽에는 마침 명희가 나와 있었다. 나는 명희의 얼굴을 보며 미라의 얼굴을 비교해 보았다. 명희의 얼굴에는 센티멘털한 구석이 없었고 미라의 얼굴에는 센티멘털한 분위기가 흘러넘치고 있었다. 명희의 얼굴이 요염하다면 미라의 얼굴은 청초했다. 둘 다 예쁘지만 나한테는 모두 '그림의 떡'이었다.

며칠 후 나는 미라를 만났다. 토요일 오후였다. 미라는 만나자는 나의 청을 선선히 응낙해 주었다. 오후에 복잡한 시내에 있기도 뭐해서 나는 미라를 원당에 있는 이목일의 붕어찜 가게인 '나무와 해'로 데리고 갔다. 좀 멀긴 했지만 도착해보니 역시 시내보다 한적한 감이 있어 좋았다.

이목일은 우리를 보자 아주 반가워해주었다. 미라는 붕어찜 가게 부근의 전원 풍경을 보고 마음이 맑아진다고 하며 좋아했다.

우선 붕어찜과 밥과 소주를 시켰다. 술 먹을 시간이 아니지만 붕어찜에는 소주 한두 잔을 곁들여야 제맛이 날 것 같기 때문이었다.

미라는 붕어찜을 반찬으로 밥을 맛있게 먹었고 나도 소주를 반

주로해서 밥을 맛있게 먹었다. 식사를 하는 동안 우리 둘 사이에는 대화가 별로 오고 가지 않았다. 미라는 원체 말수가 적은 여자이고 나도 미라에게 해야 할 얘기가 미리부터 부담스럽게 느껴졌기 때문이었다.

식사를 마친 다음 나는 다시 붕어 튀김을 시키고 이번엔 맥주를 마셨다. 미라는 맥주 반 잔 정도를 비우고 나서 다시 콜라를 시킨 다음 주변 풍경을 둘러보고 있었다.

낮술이라 그런지 취기가 빨리 올라왔다. 그래서 나는 미라에게 말을 쉽게 할 수가 있었다.

"미라, 오늘 미라를 보자고 한 건 긴히 할 얘기가 있었기 때문이야."

하고 내가 말문을 떼었다.

"무슨 내용의 얘기시죠? 선생님 얼굴 표정이 굳어져 있어서 벌써부터 긴장이 되네요."

"심각하게 생각하면 심각한 얘기일 수도 있고, 아무렇지도 않게 생각하면 그저 그런 얘기일 수도 있지. 어쨌든 미라의 장래에 대한 얘긴데 담담한 마음으로 들어줘."

나는 이렇게 말하고 나서 G사장이 내게 얘기한 내용을 자세하게 전해주었다. 미라는 별로 동요하는 기색도 없이 내 얘기를 차분한 표정으로 들었다. 나는 그녀의 냉정한 침착성이 새삼 신기하게 느껴졌다.

"저한테 미리 줄 돈의 액수가 40억에서 50억 사이라고 하셨죠? 그럼 45억쯤 된다는 얘긴가요?"

내가 한 말을 다 듣고 나서 미라가 내게 물었다. 역시 차분한 음색이었다.

"그건 흥정하기 나름이겠지. 60억을 받아낼 수도 있고 아니면 더 받아낼 수도 있고……."

하고 내가 미라에게 말했다. 미라는 머리를 약간 숙이고 곰곰 생각에 잠겨 있었다. 그래서 내가 다시 미라에게 이렇게 말했다.

"미라는 돈에만 관심이 있군. 결혼할 상대방이 어떤 사람인지 궁금하지도 않아?"

"물론 궁금하죠. 하지만 솔직히 말해서 우선은 제 몸값에 더 관심이 가요."

하고 미라가 말했다.

"그 양반이 너무 오래 살면 어떡하지? 그러면 미라는 청춘을 다 허비하게 되는데……."

"그렇다고 빨리 돌아가시라고 굿을 할 수도 없는 일 아니겠어요?"

"난 G사장의 제안이 너무나 황당하다고 생각했어. 그리고 미라의 청춘이 아깝게 생각되기도 했고. 그런데 미라는 그런 생각이 전혀 안 드나 보지?"

"왜 그런 생각이 안 들겠어요. 저도 제 청춘이 한심스럽지요. 하지만 그렇게 큰 목돈을 쥘 수 있는 기회도 아주 드물지 않겠어요?"

"그건 그래. 그리고 실컷 호강과 사치를 부려볼 수도 있을 것 같고……. 하지만 난 괜히 슬퍼지는군."

"인생은 이래도 슬프고 저래도 슬픈 거예요. 선생님은 저보다 인생을 훨씬 더 많이 경험하셔서 더 잘 아실 텐데요."

"그래도 좀 더 다른 기회를 기다려보는 게 낫지 않을까? 돈 많은 젊은 남자가 미라 앞에 나타날지도 모르니까 말야."

"이젠 '백마를 탄 기사'는 존재하지 않아요. 신데렐라도 없구요."

"내가 보기엔 당사자들끼리 만나보고 결정해야 할 일인데 미라는 벌써부터 반(半)승낙을 한 것처럼 얘기하는군. 나로서는 꽤 놀랐는걸."

"물론 상대방을 만나봐야겠죠. 하지만 솔직히 말해서 저한테는 구미가 당기는 제안이에요."

"미라한테 좀 실망했는 걸. 아니, 실망이 아니라 경탄일 수도 있지. 미라가 너무 솔직하게 나오니까."

미라와 둘이서 여기까지 얘기하고 있는데 이목일이 우리 자리로 왔다. 그는 의자에 앉더니 맥주부터 한 잔 들이켰다. 그러고 나서 이렇게 말했다.

"무슨 비밀 얘긴데 둘이서만 그렇게 소곤거리는 거야. 나도 좀 한데 끼자구."

"미안하이. 좀 중요한 얘기라서 그랬어. 이제 미라와 할 얘기는 대충 끝났으니 같이 있도록 하세." 하고 내가 말했다.

"붕어찜과 튀김이 퍽 맛이 있었어요. 전 처음 먹어본 음식이에요." 하고 미라가 이목일한테 말했다

"맛이 있었다니 다행이군. 그런데 둘이 나눈 얘기가 대관절 뭐야? 괜히 궁금해지는데." 하고 이목일이 말했다. 그래서 나는 미라에게,

"우리가 한 얘기를 이 화백한테 해도 될까?" 하고 물어보았다.

"못할 것도 없죠, 뭐, 뭐든지 여럿이 의논하는 게 좋으니까요." 하고 미라가 대답했다.

그래서 나는 이목일한테 미라와 나눈 얘기의 요점을 들려주었다. 그랬더니 이목일은,

"그거 괜찮은 제안인걸. G사장이 미라를 아주 괜찮게 본 모양이야. 물론 G사장 부친이 미라를 마음에 들어 해야겠지만 내가 미라라면 그리로 시집가겠어."

나는 이목일이 그렇게 간단히 얘기하는 데 놀랐다. 그래서,

"아니, 자넨 이 일을 그렇게 단순하게 생각하나? 미라의 젊음이 아깝지도 않아?"

하고 말했다. 그랬더니 이목일은

"인생이 뭐 별건가, 뭐든지 간단하게 생각하고 봐야 하는 거야. 내 생각엔 G사장과 흥정을 잘해서 돈을 최고로 많이 받아내는 게 제일 큰 문제라고 생각하네."

하고 대답하는 것이었다. 그래서 나는 더 이상 할 말이 없어 가만히 있을 수밖에 없었다. 이목일은 한술 더 떠 이렇게도 말했다.

"난 지금 부자 과부를 아내로 얻는 게 소원이야. 돈은 중요하니까."

이목일의 말은 맞았다. 돈은 역시 중요한 것이었다. 하지만 미라가 너무 쉽게 G사장의 제의에 긍정적인 자세를 보인 것은 내게 아무래도 찝찝한 마음을 남겨주었다.

미라와 나는 저녁때까지 이런저런 이야기를 나누다가 헤어졌다. 내가 미라를 그녀의 집 근처까지 바래다주었다.

집으로 돌아와서 나는 G사장에게 전화로 미라의 의향을 전해주었다. G사장은 며칠 후 약속을 정하여 미라를 직접 만나보고 싶다고 말했다. 그래서 내가 중간에 서서 두 사람이 만날 시각과 장소를 주선하는 역할을 맡기로 했다. G사장과 나는 다음 화요일 저녁 정도로 우선 시간을 잡았다.

월요일이 되자 나는 '미술계'사로 전화를 걸어 미라와 통화를 했다. 그리고 G사장과 만날 장소와 시간을 알려주니 미라는 좋다고 했다. 그 자리에 나까지 끼기는 싫어 나는 나가지 않기로 했다. 어떻게 흥정이 되든, 그리고 G사장의 부친과 미라가 쿵짝이 들어맞든 안 맞든, 이젠 내가 상관할 일이 아니었다.

그러고 나서 열흘쯤의 시간이 지나갔다. 피카소 클럽에 나가 G사장을 만나보니 모든 일이 일사천리로 잘 진행됐다는 것이었다. G사장의 부친은 미라를 아주 마음에 들어 했고, 미라도 G사장의 부친에게 부정(父情) 비슷한 것을 느끼며 은근히 좋아하는 눈치를 보였다는 것이다. 다만 미라에게 갈 돈의 액수만은 말해주지 않겠다고 했는데, 눈치를 보니 미라가 흥정을 아주 잘한 것 같았다.

나는 G사장의 말을 듣고 약간 야릇한 마음을 느꼈지만 속이 그렇게 부글부글 끓어오르지는 않았다. 어쨌든 미라는 자기가 갈 길을 능동적으로 선택한 것이기 때문이었다.

미라와 G사장 부친의 혼인 의식은 간단한 절차로 이루어졌다. 아무도 초대되지 않았고 가족들끼리만 모여 조촐한 자리를 가졌다고 했다.

미라가 시집을 간 후 나는 '미술계' 사에 들를 때마다 한동안 허전한 마음을 느꼈다. 미라는 난생처음으로 내가 '결혼'에 대해 생각해 보도록 만든 여인이기 때문이었다. 하지만 차차 시간을 두고 생각해 보니 내가 결혼에 대해 생각해 봤다는 사실 자체가 우스꽝스러운 일로 생각되었다.

그러면서도 나는 '정(情)'에 대해 몹시 갈증이 느껴지는 것을 의식했다. 오랫동안 혼자서만 살아왔고 또 노년을 앞두고 있어서 그런지도 몰랐다. 하지만 따져서 생각해 보면 정(情) 역시 부질없는 것이었다. 설사 부모 자식 간이나 형제 간이라고 해도 진짜로 깊은 정을 나눌 수는 없는 게 현실이기 때문이었다.

이런 생각에 잠길 때마다 신경질적인 성욕이 몰려오는 게 신기했다. 신경질적인 성욕과 신경질적인 수음(手淫). 그리고 그 뒤에 따라오는 허탈감. 수음을 할 때마다 나는 환상 속의 야하디야한 여자 모습을 떠올렸고 그녀의 긴 머리카락과 긴 손톱을 상상 속에서 형상화시켰다. 그런 페티시들은 나를 성적(性的)으로 긴장하게 만들면서 다른 한편으로는 성적으로 허전하게도 만들었다. 어쨌든 나는 더욱 외로움을 느꼈고 허무감을 느꼈다.

나는 너야

초판 1쇄 발행일 2015년 8월 14일
초판 2쇄 발행일 2015년 9월 22일

지은이 마광수
펴낸이 박영희
책임편집 유태선
디자인 김미령·박희경
마케팅 임자연
인쇄·제본 태광인쇄
펴낸곳 도서출판 어문학사
　　　서울특별시 도봉구 쌍문동 523-21 나너울 카운티 1층
　　　대표전화: 02-998-0094/편집부1: 02-998-2267, 편집부2: 02-998-2269
　　　홈페이지: www.amhbook.com
　　　트위터: @with_amhbook
　　　페이스북 페이지: http://www.facebook.com/amhbook
　　　네이버 블로그: http://blog.naver.com/amhbook
　　　다음 블로그: http://blog.daum.net/amhbook
　　　e-mail: am@amhbook.com
　　　등록: 2004년 4월 6일 제7-276호

ISBN 978-89-6184-382-9 03810
정가 14,000원

이 도서의 국립중앙도서관 출판예정도서목록(CIP)은 e-CIP홈페이지(http://www.nl.go.kr/ecip)와
국가자료공동목록시스템(http://www.nl.go.kr/kolisnet)에서 이용하실 수 있습니다.
(CIP제어번호: CIP2015020611)